# サクラの守る街

朝倉宏景
Asakura
Hirokage

講談社

# 目次

装画　草野碧
装丁　アルビレオ

# サクラの守る街

# 序　章　あなたは何をまもりますか？

警察官と警備員の違いもよくわかっていなかった幼い頃、基輝《もとき》は父にたずねたことがある。

「警備員さんは、ピストルを持っちゃいけないし、逮捕もできないんでしょ？」

「現行犯逮捕以外、もちろん逮捕はできないよ」父は苦笑しながら答えてくれた。

父は警備会社の社長だった。「お父さん、お母さんの仕事」という作文の宿題が出たとき、基輝は父親の会社を見学しに行ったのだ。

「警察は、基本的に何か事件や事故が起こらないと、動いてくれないっていうのはわかるよな？　もちろんパトロールはしてるけど、ほとんどは一一〇番から仕事がはじまる」

特別だぞ、とささやいて、父は会社の駐車場に停まっていた現金輸送車の運転席に座らせてくれた。普段乗っている乗用車では見たことのないボタンや、機械がたくさんついていて、基輝は目を輝かせた。

「でも、ふつうの人にしてみたら、そもそも何も事件が起こらないのがいちばんだよな？」

無線機のマイクをとり、「応答せよ！」と、叫んだ基輝に、父は相好《そうごう》を崩した。

「何か事が起こってしまってからでは手おくれってことが、世の中にはたくさんある……、って、おい基輝、聞いてるか？　作文書くんだろ？」

基輝といっしょに会社に来ていた、六歳上の兄、光輝《こうき》がかわりに父の問いかけに答えた。

「大事な物やお金が盗まれたり、人が死んじゃったりしたら、もう時間はもとには戻せないからね」中学生らしく、光輝は落ち着いた声音で父の言葉に同調したのだが、基輝と同じように物珍しそうな目で、現金輸送車の内部を眺めていた。

「そう、その通り！」父がうれしそうにうなずく。基輝の両脇を抱え、運転席から下ろしながら、「ここ重要だぞ」と、まるで学校の先生のような口調でつづけた。

「警備員さんは、特別な権限を何一つ持っていない。捜査も逮捕もできない。ピストルも持っちゃいけない。そこらへんを歩いてる一般市民とおんなじだ」

父が両手を膝について、姿勢を低くした。真剣な表情で顔をのぞきこまれ、基輝は「うん」と、大きくうなずいた。

「もちろん、警備員にかぎらず、大人っていうのは、たいてい何かを守って生きてるもんだ。家族、仕事、お金、地位、名誉——人それぞれ、大事なものを守ることそのものが、生きる意味になってる場合が多いんだよ。言ってしまえば、みんなが警備員だな」

大人って、いろいろ大変なんだなと、小学生だった基輝は思った。

「警備員さんは、他人の大事なものを守るから、お金をもらえる。でも、立場や権限はふつうの人と変わらない。だからこそ、社会のいちばん下から、平和を支えられるんだ。それが警備員の使命なんだよ」

　使命という言葉がカッコよくて、作文にも使ってやろうと基輝は胸を躍らせた。警備員さんがいるから、事件や事故が起こらず、日本の平和や秩序が保たれている。そんな会社を、お父さんは経営しているのだ。スーパーヒーローだと思った。

　せっかくだからと、父子は記念撮影をした。基輝と光輝は、「サクラ警備保障」と大きく車体に印字された現金輸送車の前にならんだ。警備帽を借りてかぶり、つたなく敬礼をする。その背後に立った父は、今にも落ちそうになる、兄弟のぶかぶかの警備帽をそれぞれ片手でおさえながら、大きな笑みをたたえている。


　あの日から、二十数年——。

　帰宅後、基輝はふと仏壇を見た。見慣れない紙切れが立てかけられている。

　古びて茶色く変色した、薄っぺらい紙だった。四百字詰めの原稿用紙に、下手くそな字がならんでいる。

「ああ、それね」と、キッチンから移動してきた母がつぶやいた。「押し入れを整理してたら、見つけたの」

　一行目に「お父さんのしごと」と、書かれている。

「お父さんも、懐かしいだろうし、うれしいかなって思って」亡き夫を「お父さん」と呼ぶ習慣はずっと変わらない。基輝のすぐとなりに立ち、原稿用紙をのぞきこんでくる。

　ネクタイをゆるめながら、やたらと濃い鉛筆で書かれた、やたらと強い筆圧の文字を基輝は苦労して追いかけた。

〈じけんやじこがおきないようにするために、けいびいんさんは、まい日はたらいています。なにもおこらないのがふつうです。こうじげんばやビルやお金をはこぶトラックに、けいびいんさんがもしいなかったら、大へんなことがたくさんおこってしまいます。そうなったら、手おくれです。

けいさつが、はん人をつかまえたら、ほめられるし、かんしゃされます。でも、けいびいんさんはなにもおこらない、へいわなしゃかいをつくるためにいるので、あまりだれからもほめられません。〉

たしかに、当たっている。基輝は苦笑した。事件や事故が発生しない、ゼロの状態を保つことが仕事だから、なかなか成果が見えにくく、伝わりにくい業種なのだ。

〈だれにみとめられなくても、けいびいんさんはしゃかいのへいわをまもるのが、大せつな使命なのです。〉

「使命」の部分が、何度も消しゴムで消された痕跡《こんせき》があって、そこだけ紙が薄く、ボロボロになっていた。「使命」だけは、何がなんでも漢字で書きたかったのだろう。少し大げさで、つたない言葉づかいも、大人になった今見返すと、なんともこそばゆい。

基輝は、大きく息をついて原稿用紙を仏壇に戻した。

「なんでこんなことになっちゃったんだろ……」思わずつぶやいてしまい、ハッとして母をうかがう。

基輝の力ない声に、母はあえて返答をさけたようで、黙ったままキッチンに戻っていった。

口をついて出てしまった弱音は、取り返しようもない。今まで嫌というほど思い知らされてきたはずだった。何かが起こってしまったあとでは、たいていのことが手おくれで、もうもとには戻りようがない。

六年前、基輝が二十三歳のとき、サクラ警備保障株式会社、西東京警送センターで事件が起こった。現金輸送にたずさわる警備員が、無断で金庫室に侵入したのだ。

金庫室は、役職のない平の社員が入れる場所ではない。男は主任クラスで、金庫室のセキュリティをクリアするためのカードキーを持っていた。

その警備員は、勤務後旅行に行くと、キャリーケースを所持していた。実際、数日間の有給を取得していたのであやしまれることはなかった。ほかの社員の退勤を待って、金庫室に入った警備員は、キャリーとリュックに、クライアントからの一時保管金、三億円をつめこんだ。そのまま車で移動し、防犯カメラのない青梅《おうめ》市の山あいの道で待ち合わせた別の車に現金のほぼすべてを引き渡した。

翌日に、事件が発覚する。

警備員は、約二週間の逃亡ののち、山梨県の道の駅で確保された。逮捕後の供述で、反社会的勢力に脅されていたことが判明した。

警備員の弟が、事業に失敗し、ヤミ金にまで手を出していた。その弟は、「兄が大金にかかわる仕事をしている」と、何の拍子か、ヤミ金を取り仕切っている組織の人間にこぼしてしまったという。暴力団の男たちは、兄の警備員を車のなかに監禁し、脅迫した。

「お前が弟の借金を返せ」「とれるだけ、金をとってこい」「お前の家族がどうなっても知らないぞ」「家に火をつけるぞ」

同情には値するが、到底許される行為ではない。すぐに警察に通報するべきだったが、家族の安否を心配した警備員は、言われるままに罪を犯してしまった。

警察は暴力団の事務所や関連のある複数の店舗を一斉に家宅捜索したが、三億円のうち回収できたのは約二億四千万円だった。脅迫と金の受け取りをした実行犯、計五人を逮捕したが、組織の本丸には証拠不十分でそれ以上食いこむことはできなかった。

結果として、サクラ警備保障株式会社の信用は地に落ちた。現金輸送のクライアントどころか、そのほかの施設警備まで契約打ち切りが相次ぎ、社長だった父は顧客への謝罪行脚《あんぎゃ》に奔走した。

その心労と過労がたたったのだろう。事件から十ヵ月後に、父は心臓発作で他界した。

基輝は仏壇に手を合わせた。

未然に犯罪を防ぐことが最大の使命のはずの警備員が、反社会的勢力に脅されていたとはいえ、大きな犯罪に加担してしまった。父の無念を思うと、今でも心が痛む。

ずっと頭から離れないのは、葬儀の光景だ。その当時、基輝は父の会社には入らず、新卒で入社した食品メーカーで多忙な日々を送っていた。

就業中、突然母に呼ばれ、物言わぬ父と対面した。そこからは、呆然自失の状態でほとんど記憶がない。

強烈に意識に焼きついているのは、声をあげて泣くたくさんの男たちだ。父の会社で働く警備員たちだった。ここまで従業員たちに慕われていたのかと驚くくらい——そして、親族のほうが逆に冷静になってしまうくらい、みな号泣していた。

いったい、父は何を守っていたのだろう？

兄の光輝だけは、まるでその答えを知っているかのように、揺るぎない、決然とした表情で、傍目《はため》には異様と映りかねないこの光景を見つめていた。

それなのに、あとを継いで社長に就任した兄は父の理想とはほど遠い方向へ、会社の舵を切ろうとしている。

「絶対にクソ兄貴から会社を取り戻してみせるから」キッチンの母に聞こえないような声でつぶやいた。

なんとしても、父が大事にしていた会社を兄から守りきる。それが俺の戦いなのだと、サクラ警備保障株式会社、人事部次長の佐久良《さくら》基輝は仏前で亡き父に誓いをたてた。

# 第1章　3号警備「人間としてのプライドです」

「基輝君、ちょっと待っ……！　冷静に……！」

人事部長の泡を食った声を置き去りにして、基輝は狭い廊下を小走りで急いだ。今度という今度は、絶対に兄のことが許せなかった。フロアの最奥《さいおう》にある社長室の扉を荒々しくノックし、返事も待たずに押し開ける。

その途端、冷ややかな二つの視線が突き刺さった。

「いくらなんでも失礼だぞ、お前は社会人としてのマナーもわきまえていないのか」社長である兄・光輝が将棋盤から顔を上げた。

「基輝君、どうしたんですか、いきなり」サクラ警備保障の顧問の立場にある塩浜肇《しおはまはじめ》が、穏やかな口調で問いかけてきた。口元は軽く微笑んでいるが、重くたるんだまぶたのせいで、こちらをにらみつけているように見える。

光輝と塩浜顧問は、平日の昼間から将棋をさしている。ちょうど次の一手を塩浜がさすところだったらしく、右手で駒をもてあそんでいる。

そう言えば、むかしはよく兄弟で将棋をさしたなと、基輝はどうでもいいことを思い出した。六歳離れているだけあって、兄に勝てた記憶は皆無だった。光輝はこちらを勝たせるために、手加減するようなタイプではなかったけれど、それでも「遊んでくれ」と、しつこくつきまとってくる幼い弟を邪険に扱うことはなかった。優しくて、懐の深い兄だった。

基輝は、目の前にいる相手を、むかしからそうしているように「兄ちゃん」と呼ぶべきか、それとも「社長」と呼ぶべきか、いまだに迷いつづけている。

「いったい、どういうことですか？」子ども時代の甘い思い出を振り払い、基輝は精いっぱい声を低く保ちながらたずねた。「顧問の息子さんの……、塩浜英次《えいじ》さんの入社の件です」

「いやいや、私と愚息のせいでご迷惑をおかけしているようでっ！」語尾に力をこめると同時に、塩浜が持っていた歩《ふ》の駒を将棋盤に打ちつけた。パチンと、気持ちのいいほどの高い音がはじけた。

まったく悪びれていない顧問の様子に、怒りを通りこして、呆れ果ててしまう。

すべてのはじまりは、たしかに六年前の三億円盗難事件だった。

しかし、その後もサクラ警備保障には次々と困難が降りかかった。

会社再建に奔走した父が、志半ばで亡くなった。あとを継いだ兄・光輝は、失われた社会的信用を取り戻すため、警察権力が会社に介入することを積極的に受け入れた。

塩浜顧問は元警察官だ。再就職で、サクラ警備にやって来た。

退職時の階級は警視であり、都内の大規模警察署の副署長を務めていた。それ以前は、長らく警視庁の生活安全部にいたらしい。生安は、警備会社を直接監督する立場にある部署だ。

　ノンキャリアの定年退職後の再就職を「天下り」と表現していいのかはわからないが、こうして顧問待遇で迎えられたのは、階級が警視だったからだろう。巡査からスタートするノンキャリア組で、警視まで昇進できる人間はごくわずかだ。それだけに、再就職先でもそれなりの役職の好待遇におさまることができる。

　どこまでも甘い汁をすすり、わがままを通そうとする。それを嫌ったからこそ、父は警察からの天下りや再就職を絶対に受け入れなかったのだ。

　兄の代になり、その方針はあっけなくひっくり返された。

「英次君は、現場の警備員からはじめたいと言っているんだ。ただでさえ、警備員は慢性的に人手不足だ。それの何が悪いっていうんだ？」次の一手を考えるためか、将棋盤から目をそらさずに光輝が言った。

　今回、塩浜顧問は、息子である塩浜英次のコネ入社をねじこんできた。しかし、問題はコネ入社自体にはない。兄の言う通り、不足している現場の警備員を志望してくれるなら、これほどありがたい話はない。

「しかし……」基輝は塩浜顧問の手前、言葉を濁した。「彼の経歴が、どうにも……」

「失礼だろ！」光輝が一喝した。「英次君の経歴が警備員の欠格事由にあたらないことは、お前も承知のはずだ」

　そもそも警備員になれない人間は、国の法律「警備業法」で明確に定められている。たとえば、禁固刑の判決が下され、服役後、五年が経過していない者は警備員として勤務することができない。一方、街中で見かけることは少ないが、外国人は欠格事由にふくまれていないので警備員になれる。

「しかし、保護観察あけすぐっていうのは、どうも……。しかも、現金輸送を志望してるわけですし」

塩浜英次は、二年前、見ず知らずの男の腕を骨折させ、傷害罪で保護観察処分を言い渡された経歴を持つ。

もちろん、欠格事由にあたらない以上、保護観察がとかれさえすれば、警備員になれないことはない。しかし、面接や経歴調査の時点で重大な非行の前歴が判明したら、まともな警備会社なら入社を許さないだろう。

いくら健康な成人ならほとんど誰でもなれる職業とはいえ、人々の財産や生命に直結する重要な仕事だ。それを、六年前の事件で嫌というほど思い知らされたはずなのに、兄は元警察官の顧問にこびへつらい、問題のあるコネ入社を押し通そうとする。

「お恥ずかしい話ですが、本人は反省してるんですよ。高校も一年おくれで卒業できましたし、生まれ変わった気持ちで、一から現場で汗を流すと、そう誓ってますから」塩浜は、表面上は丁寧な物腰をくずさない。「少し甘やかしすぎました。親バカと思われるかもしれませんが、末っ子で、本当に手のかかる子で」

塩浜顧問の子ども三人のうち、英次の兄と姉は警察官だと聞いている。しかも、兄のほうはキャリアらしい。

ところが、次男で末っ子の英次だけは素行が悪く、非行に走った。塩浜顧問もさんざん手を焼いてきたのだろう。もしかしたら、英次の存在が兄と姉の出世や結婚に響くかもしれない。早く社会人として自立させたいと願う親心はよくわかる。

一般的に、高卒で前歴ありだと、正社員で就ける職業はかぎられる。親のコネを使うのが手っ取り早いわけだが、問題のある人間を押しつけられる側としたら、たまったものではない。

「しかし、その……、傷害の現場が、半グレ同士の抗争だとうかがってますが」基輝はおそるおそるたずねた。

まるで「半グレ」という言葉が、何かのスイッチであったかのように、塩浜顧問の目がさらに細くなった。それでも、口元は不敵に微笑んでいる。

「半グレとはいえ、枝の枝――もう末端とも呼べないような、使いっ走りで。抗争と言ったって、英次のほうが一方的にからまれただけのようです。本人は、本当は肝っ玉の小さい、ビビりなんですよ。捕まったときも、仲間のことを洗いざらい話させて、縁を切らせましたし、一から人生やり直させる覚悟でおりますので」

口先だけなら、なんとでも言える。最悪の場合、塩浜英次は警察と父親をだましていることも考えられる。現金輸送の警備員が、常に周囲を警戒し、強盗の襲撃に備えているのと同じように、経営陣はほんの少しのリスクであろうと事前に回避する責任がある。

「社長はそれでいいのか……？」

少なくとも、この場では「兄ちゃん」や「兄貴」とは呼びたくなかった。基輝は光輝を見つめたが、当の兄はソファーに座ったままローテーブルに向かって上半身をかがめ、将棋盤をにらみつけたままだった。

「何かあったら、今度こそ会社がつぶれるぞ」

「何かあったらって……、それこそ、顧問に失礼だぞ」冷ややかで、まるで他人事《ひとごと》のような返答しかなかった。

「あんたは会社を守る責務があるんだぞ」

「ああ、わかってるよ。俺は俺のやり方で、この会社を守り通す」

基輝は社長室の壁にかけられた写真を見た。

それは父の代から、変わらずそこにあった。現金輸送車を背景に、大きすぎる警備帽をかぶって、敬礼する兄弟が写っている。二人の背後で父が大きく笑っている。まるで、二十年後も、三十年後も、会社は安泰だと言わんばかりの、自慢げな表情だった。

「あの写真……」基輝は指さした。「いい加減、下ろしてくれ、目障りだ」

そのまま踵《きびす》を返し、社長室を出た。

デスクに戻ると、人事部長の樋口《ひぐち》が心配そうに「大丈夫だった?」と、肩に手をかけてきた。

「もう何を言っても無駄ですよ」基輝は椅子にどっと腰を下ろした。すべての力が抜けたような、絶望感に支配されつつあった。握りしめた拳を机に打ちつけかけ、基輝は途中でとめた。ゆっくりとその拳を腿の上に下ろす。

「部長は、俺と兄貴、どっちが正しいと思いますか?」

「どっちって言われても……。もちろん、現状を先代が見たら、悲しむと思うよ」

樋口部長は、父が起業して間もない頃から勤めている最古参の社員である。父の理想に共鳴したからこそ、これまでこの会社に尽くしてくれたのだ。

「でもね、光輝君のやり方も否定できないよ。実際、顧問を受け入れたことで得た恩恵は計り知れない部分があるわけだし」

光輝は社長就任早々に、警察官の再就職を受け入れた。それから、約五年。塩浜は先任の顧問の紹介で、サクラ警備保障にやって来た。それ以来、言ってしまえば、警察とのずぶずぶの関係がつづいている。

警察としては、三億円という途轍《とてつ》もない金額の盗難事件を起こした警備会社に身内を入れることで、目が行き届く。そして、何よりＯＢの再就職先が増えるという利点がある。

サクラ警備側のメリットはもっと大きい。第一に、警察関係者を入れることで、失われた社会的信用を取り戻すことができる。これから雇う者や社内の人間に対して、監視の目を向け、事件の再発を防止することもできるだろう。

また、警察のネットワークで得られる顧客や仕事も、たくさんあった。そのおかげで、落ちこんだ業績をなんとか事件前と同程度にまで回復することができた。その点は基輝も認めざるをえない。それなのに、なぜだろう……？

父の目指していた、人間味にあふれた、温かい警備業が、根こそぎ否定されたようで悔しくてたまらないのだ。

現場の警備員にも、元警察官が増えた。なかには問題を起こして警察を依願退職し、顧問経由の斡旋《あっせん》でサクラ警備保障に再就職した者もいる。

基輝は人事や総務にたずさわっているので、現場の声も上がってくる。元警察官の警備員は、同僚からもクライアントからも評判が悪いことが多かった。プライドだけ高く、無愛想だ。やる気がない。客をナメてるとまで、言われたこともあった。

警備はサービス業であり、顧客の安全、安心、笑顔を大切にするという、父のモットーはないがしろにされつつある。

「まあ、時代の流れだね」樋口が悲しそうにつぶやいた。「東京オリンピックも終わって、警備業そのものが、かぎられたパイの奪い合いに突入することは目に見えてるしね。現金輸送一つとったって、これから現金決済そのものが減ってくわけだし」

樋口の言う通りだった。兄だって、悩みに悩んだすえに、警察ＯＢを迎え入れたに違いない。たくさんの社員の生活を守る責任の重さを、何より尊重してやりたい気持ちもある。

「部長、一つお願いがあります」基輝は樋口に向かって頭を下げた。「塩浜英次の面接なんですが、僕も同席させていただけませんか？」

「えっ……？」戸惑ったように、樋口が目をむいた。

「せめて、彼の人間性を直接見たいんです」

新卒で入った会社を一年たたずにやめ、兄が社長に就いたサクラ警備に再就職した。なぜ兄のように最初からサクラ警備に入社していなかったのかと悔やみつづけているのは、生前の父がこの会社で何をいちばん大事に守っていたのか、いまだにその核心の部分が見えてこないからだ。

本社会議室に現れた塩浜英次は、意外にも非の打ち所のない好青年に見えた。質問にははきはきと応じ、笑顔も絶やさない。顧問である父親の老獪《ろうかい》そうな笑みとは違い、こちらの警戒心をとくような、人なつっこい笑顔だ。黒髪は短く刈り上げられ、まだどこか体になじまないリクルートスーツや、結び目のあやしいネクタイも微笑ましく映る。

形式ばかりの採用面接だが、一警備員を雇い入れるには、少しものものしい面接官がそろっていた。

人事部長の樋口に、東京警送センターの所長、そして警送部部長が、会議室の前方に居並んだ。そのいちばん端に座った基輝の目からは、重要なポストを占める面接官の険しい面持ちが、面接が進むにつれて徐々にゆるんでいくように見えた。英次の飾らない人柄に、そろって安堵したようだ。しかし、人事部次長として出席した基輝だけは、英次の人生にかかわるような質問をぶつけつづけた。

「塩浜さんは、一度過ちを犯しています。改心に至ったきっかけを教えてください」

しっかり確認しておかないと後悔すると思った。

現金輸送車への襲撃事件は、日本全国で相次いで発生している。未遂に終わったものの、二〇二一年にも、茨城県で輸送中の警備員がスタンガンで襲われた。

また、サクラ警備での事件のように、事務所で一時保管中の現金が狙われるケースもある。二〇一一年に東京の立川で約六億円が奪われた事件が、日本では最大の被害額である。最近でも、二〇一九年に大手警備業のグループ会社で、三億六千万が社員によりあっけなく盗まれた。

「えっと……」膝の上で拳をしっかりと握りしめている英次が、基輝の問いかけに反応し、口を開いた。「僕……、私には、兄と姉が一人ずつおります。とても優秀なんですが、人柄も良く、優しくて、私が非行をしたときも、粘り強く声をかけつづけてくれました」

　ときにうつむきながら、ときに基輝や、その他の面接官に視線を合わせながら、訥々《とつとつ》と言葉をつむいでいく。

「兄が警察庁に入って、今度結婚することになって……。その相手が、やっぱり警察の偉い人の娘さんだそうで、でも、どうやら、僕の……、私の存在が問題になっているらしくて、それがどうしても申し訳なくって。今まで私のことを見捨てないで、根気強く見守ってくれた兄や姉のために、きちんと社会人として自立しなければならないと思いました」

　基輝は眉間《みけん》に寄せていたしわを、少しだけゆるめた。つたないながらも、英次の改心の気持ちはじゅうぶん伝わってきたからだ。

「では、なぜ3号警備を志望されたのですか?」

「えっと……、3号っていうのは……?」

「失礼しました。3号というのは、現金輸送をはじめとした貴重品運搬警備業務のことです」

　警備の仕事は「警備業法」に則って、1号から4号まで業務内容が大別されている。英次はこれから二十時間の新任教育を受け、3号警備に従事するための資格を取得する。

「やはり、責任のある仕事に就いて、早く立派な兄たちと肩をならべたいと思いました」そう答えた英次の額には、抗争のときにできたものなのか、切り傷のあとがくっきりと残っていた。

その傷以外には、とりたてて目立つところもない、ごくごくふつうの青年に見受けられた。もう、じゅうぶんだろ――そう言いたげな顔で、となりに座る樋口部長が合図を送ってくる。

「では、最後に一つ聞かせてください」

基輝は迷いながらも、言葉を発した。

「塩浜さんが、家族の期待にこたえて、恩返しをしたいという気持ちはよくわかりました。でも、いくら家族のこととはいえ、結局それは外側からの動機だと思うんです」

「外側……」何か思うところがあったのか、英次がうつむく。

「現金輸送は、とても危険な職業であり、また社会的責任も重い。一度何かが起こったら取り返しがつかないこともあります」

いくら半グレと縁を切ったと訴えても、そんなことは今この場で他人に証明できるはずがない。また、現在交流がなくとも、いつまた仲間が接近してくるかわからない。脅迫され、あるいは甘い言葉でそそのかされれば、心の弱い者はたちまちのうちに大きな悪意にのみこまれてしまうだろう。

「あなた自身の内側からわき上がる動機が知りたいんです」

よどみなくしゃべりながら、基輝は父の口癖の一つを思い出した。

警備員にかぎらず、人は必ず大事な何かを守って生きている。家族、仕事であれ、お金や地位や名誉であれ、それを守り通すことが生きる意味そのものになってるんだ。

「あなたは、これからクライアントの大事な資産を守ります。それでは、あなたは、あなた自身の何を守りたいですか?」

相手のことを深く知りたければ、その人自身が何を大事に思い、守っているかを知ることだ――父はそう言っていた。せめて、塩浜英次という人間を支えている芯の部分をたしかめておきたかった。

「僕は……」

今まで、律儀《りちぎ》に「僕」を「私」と言いかえていた英次が、そのまま話をつづけた。

「保護観察中、父にはよく、お前はクズだとののしられました」

無意識なのか、右手の人差し指で、額に残る傷跡を一度なでた。

「でも、僕だってやれる。きちんと社会の一員として、やっていける。守りたいのは、人間としてのプライドです。それが、自分の内側からわき上がってくる、自分だけの動機だと思います。もう、絶対に過ちは犯したくありません」

底の底にある本音を吐き出しきったからか、英次は恥ずかしそうな笑顔を見せた。

「わかりました」基輝はうなずいた。

父が何をいちばん大事に守っていたのか――そして現場で働く警備員をどうやって守ればいいのか、結局、父には聞けずじまいだった。その後悔を払拭《ふっしょく》するように、基輝は塩浜英次を真っ直ぐ見つめた。

「警備員は嫌な思いをすることが多い職業です。つらいことも、たくさんあると思います。そのときは、あなた自身の今の答えを思い出してください」

*

「おらぁ！　手を挙げろ！　後ろ向け！」

ピストルをかまえた二人組の男が、荒々しい足どりで近づいてくる。どちらも帽子を目深《まぶか》にかぶっているものの、そのいかつい悪人顔は隠しようがない。

「後ろ向けって言ってんだろうが！　金の入ったバッグを置け！」

駐車場で現金輸送車の金庫室を開けた途端、男たちが躍り出てきたのだ。物陰でこちらの動きをうかがっていたのだろう。黒光りのする物体をこちらに突きつけ、大きく振り、絶えず「オラ！」と威嚇《いかく》してくる。今にも発砲しそうな勢いだ。

塩浜英次は緩慢に両手を挙げながら「ダリぃ」と、思った。

「警棒とバッグを置け！」

これが強盗か――。そのわりには、どうにも緊張感がわいてこない。英次は犯人たちに怒鳴られるまま、手にしていた特殊警棒を捨て、現金の入ったバッグを足元に置いた。

そのあいだにも、目だけは冷静に犯人を観察し、服装やその色、特徴などを記憶していく。研修時にそう教えられたからだ。拳銃などで脅された場合は、決して逆らわず、相手を刺激しない。特徴を記憶し、相手が逃走してから一一〇番すること。

地面に捨てた特殊警棒は、伸縮できる金属製の護身具で、生身にクリーンヒットを食らわせれば簡単に相手の骨を砕くことができるが、さすがに拳銃相手では勝ち目がない。

「何、じろじろ見てやがんだ！　後ろ向け！」

手を挙げた状態で、背中をどつかれ、英次は駐車場の壁面に押しつけられた。あまりに力が強く、コンクリートブロックの壁に、着用していたヘルメットがざりざりとこすれた。

「い……、命だけはお助けを」たまらず英次はつぶやいた。

それなのに、犯人の一人が「おい、笑わすんじゃねぇ、真面目にやれ」と、耳元でささやいてきた。ついでに、こちらの腿を何度か膝で蹴り上げてくる。

それを見たもう一人の犯人が、すかさず「おい」と、たしなめた。

「そいつ、塩浜さんの息子さんらしいぞ。やめとけ」

軽い舌打ちとともに、相手の力がゆるんだ。犯人たちはそのまま、現金入りのバッグを抱え、近くに停めてあった車に飛び乗った。

「英次君、カラーボール！」日頃から英次とペアを組み、現金輸送に従事している蜂《はち》須《す》賀《か》がエンジンをふかした車を指さした。

防弾ベストのポケットから、野球ボール大のカプセルを取り出す。軽く助走をとって、走り去る車の後部にカラーボールを投げつけた。ヒットしたが、模擬弾なので塗料は破裂しない。

そのあいだにも、逃走車両のナンバーに目を走らせ、記憶する。

「ナイスピッチ」蜂須賀が気の抜けた声でつぶやいた。

こいつも、たいがい緊張感がないなと思いながら、会社支給の携帯電話を取り出した。これは、警察署と合同の訓練だ。一一〇番という設定でかけた電話に、同じく訓練に参加している警察官が出る。

「逃走車のナンバーは……」英次がすべての情報を伝え、電話を切ると、ありえないほどの迅速さで、パトランプを点灯させた覆面パトカーが駐車場にすべりこんできた。

現場に到着したという設定の刑事たちに、逃走犯二人の特徴を話し、現金輸送車の襲撃訓練は無事に終了した。すべてが予定調和だ。犯人役ももちろん警察官だ。とことんリアルを追求して命乞いまでしたにもかかわらず、「笑わすんじゃねぇ」と、膝蹴りしてきやがった。

英次はちらっと背後をうかがった。

会社の駐車場の片隅にパイプ椅子が並べられ、最寄りの所轄の警察署から見学にやってきた、いわゆるお偉いさん風の年配の男たちが座っている。その一角に父も腰をかけていて、制服を着た署長と話をしていた。

愚かな息子のことは、まるで眼中に入っていないようだった。この場も「訓練」というよりは、サクラ警備と警察が、がっちりと協力関係にあることを確認する交流会のように見える。どうせ、このあとはサクラ警備が設けた宴席で、警察幹部への接待が行われるのだろう。

その後は、現金輸送にたずさわる警備員が整列し、警戒棒の操法訓練がはじまった。特殊警棒をはじめとした警棒術には、剣道や空手のように決まった構えや型があり、英次も研修のときに覚えさせられた。

「中段の構え！」号令役の警察官が、警備員たちと相対し、気合いの入った胴間声を響かせる。

「エイッ！」と、警備員たちもかけ声とともに、伸ばした特殊警棒を構えた。

「中段打ち、はじめっ！」

「エイッ、エイッ、エイッ！」

ほかの同僚たちと動きを合わせながら、決められた動作で特殊警棒を振り下ろしていく。茶番だと思った。何が「エイ」だ。リアルで強盗に襲われたら、頭が真っ白になって、きっと型なんか関係なくなる。犯人の特徴だって、あれほど冷静に記憶しきれるとは思えない。所詮、訓練だ。たぶん、このなかの警備員の誰一人として、特殊警棒を実際に人に向けて振るった者はいないだろう。

俺はある。相手の腕の骨を粉砕した感触を、今でもありありと思い出すことができる。英次はヘルメットの下で笑みを隠しながら、手首のスナップをきかせ、特殊警棒を振り下ろした。

ふと、自分のほうに向けられる強い視線を感じた。号令役の警察官ではなかった。そのさらに向こう、居並ぶお偉方の脇にたたずむスーツ姿の男が、腕を組みながら執拗にこちらの動きを見つめている――というよりは、監視している。

面接のときに、やたらときわどい質問をぶつけてきた、まだ若い人事部の男だった。たしか、社長の弟だと聞いた。前のめりで、こちらのパーソナリティにかかわることをずけずけ聞いてくるので、多少癇《かん》にさわり、笑顔を保つのが大変だった。

もちろん、こちらだってこれ以上法を犯すつもりはない。正社員になったことだし、クレジットカードもつくりたい。金を貯めて独り暮らしもしたい。

すべての訓練が終了し、警察署長の講評と訓示がはじまった。早く帰りたかった。となりに立つ蜂須賀も、だるそうな顔つきだ。ここ数年、毎年この訓練が行われているというから、うんざりしているのだろう。

そこそこ刺激があるだろうと思っていた現金輸送も、入社後三ヵ月が過ぎ、だいぶ業務に慣れてきた今となっては、ただのルート配送とほとんど変わりがなく、仕事に飽きがきている。

本当に強盗が来たら面白いのにと日々夢想する塩浜英次は、まだ二十歳を数ヵ月過ぎたばかりの旺盛な自己顕示欲と、それと相反するような、まっとうな人間として社会にとけこみたいという理想とのせめぎ合いを、どうにも持て余していた。


翌朝、着替えを終えてから、アルコール検査をした。朝礼と配送ルートの確認を終えると、さっそく現金の積みこみをはじめる。

サクラ警備保障が扱う現金輸送は、おもに小売店などを対象とした売上金回収・管理サービスだ。

スーパー、コンビニ、飲食店、商業施設などをまわり、売上金を回収していくと同時に、依頼された額の釣り銭を引き渡す。小売店としては、わざわざ大金を持って銀行に行き、入金したり、両替で釣り銭をつくったりする必要がないので、出納《すいとう》管理の手間が省け、盗難のリスクもさけられる。サクラ警備が、クライアントのかわりに預かった売上金を集計し、銀行へとまとめて運搬し、入金を行うわけだ。

朝から重労働だ。釣り銭を供給する、ということは、大量の硬貨を運ばなければならないわけで、その積みこみだけでかなりの体力を消耗する。

大型スーパーや、ディスカウントショップともなると、一店舗にかなりの数のレジがあり、その一つ一つに釣り銭が作成される。透明なフィルムでくくられ、棒状になった五百円や百円が束になると、ありえないほどの重さになった。英次はワンボックスタイプのワゴンに備えつけられた金庫室の内部に上がり、蜂須賀から受け取った各店舗の釣り銭の入ったケースを、奥へ、奥へとつめていった。ときどき腰を叩いて、背中をストレッチする。

警送センターの内部は、ほとんど見た目が工場のようになっていて、回収されてきた売上金は機械によって、自動で計上される。釣り銭作成の部署では、レーンに運ばれてきた硬貨が次々とフィルムに包まれ、束になって吐き出されてくる。女性スタッフが、鍵つきのバッグやケースに釣り銭をつめこんでいく。

もはや、この光景に慣れきってしまった英次は、お金をお金として見ることができなくなっている。何かの工業製品がつくられていくのを眺めているような感覚だ。天井には防犯カメラがいたるところに設置され、死角はない。計算されたすべての現金はシステム上、厳正に管理されているので、百円だってちょろまかすことはできないだろう。

「じゃあ、行こうか」装備を最終点検し、ペアを組む蜂須賀が、運転席に座った。

助手席についた英次は、硬貨の積みこみで朝からだるくなっている腕を伸ばし、防弾ベストのポケットから車の鍵を取り出した。

このワゴンは特殊なつくりになっている。運転席と助手席に差しこんだ鍵を同時にまわさないとエンジンがかからない仕組みだ。そのほかにも、現在の現金輸送車のセキュリティは万全で、車ごと金を盗むのは不可能だと断言してもいい。

強盗に襲撃されるとしたら、店舗から車への移動中、もしくは昨日の訓練のように、車の金庫室を解錠した瞬間がもっとも危険だろう。

芝浦《しばうら》にある東京警送センターを出発し、一件目のクライアントのパチンコ店に到着した。ごみごみした繁華街にある店だ。

車は店の通用口に横づけするのが理想だ。移動を最短距離にすることで、襲撃のリスクを減らせるからだが、東京の都市部ではなかなか思い通りにいかない。場合によっては、短時間でもコインパーキングを使うし、駐車場がなければ路上に停車せざるをえない。

営業中の店舗前をさけて、パチンコ店を通り過ぎた路地の、ガードレールの脇に停車した。周囲の雑居ビルの壁面や自動販売機、エアコンの室外機にはところせましとスプレーで落書きがされている。快晴の夏の午前中だが薄暗い。

身を隠すには絶好の場所だ。つねに緊張感を保ち、襲撃に備えること。それが、3号警備に従事する者の、最低限の心構えである。

英次は助手席側のミラーで周囲を確認してから、車を降りた。特殊警棒を振り下ろして伸ばし、車の後ろに立つ。

七月に入り、だいぶ暑くなってきた。真夏にヘルメットを着用し、分厚い防弾ベストを着て歩くのはかなりきつい。ヘルメットやベストの内側が、じわじわと蒸れていく。

蜂須賀が解錠し、ワゴンの後方の観音開きの扉を開ける。その内部はさらに金庫室になっていて、ダイヤル式のロックをクリアしていく。

そのあいだ、英次は現金輸送車を背にして、「両手の構え」で特殊警棒を構えつづけた。右手で警棒を持ち、その先端を左手で握る。足を肩幅に開き、周囲の動きを警戒し、もし襲いかかってくる者がいれば、迅速に警棒を振るえるように体の力を抜いて自然体で立つ。

もっとも大事なのは、背後をとられないことだ。蜂須賀が金庫室の扉を開けているあいだ、英次は相棒と背中合わせの状態で周囲を警戒する。二人が背中を無防備にさらしているときに、ナイフやスタンガンでやられてしまえば、簡単に金を持っていかれる。こちらの命にもかかわる。

頭のなかであらゆる「最悪」を想定していると、ふらふらと千鳥足でこちらに近づいてくる年配の男性が目に入った。視線が合うと、相手があからさまに舌打ちをしてきた。

嫌な予感がした。少し目つきがきつすぎたかと思い、あわてて顔の筋肉をやわらげる。

「おう、兄ちゃん、あんた強いんか？」

案の定、からまれた。午前中からすでに酔っ払っているようで、少しろれつがまわっていない。「ＡＩＲＦＯＲＣＥ」と刺繍《ししゅう》された、アメリカの空軍のようなキャップをかぶっている。

「タッパはあるけどよぉ、ぱっと見、ひょろひょろだよな。おめぇ、大金守れんのか？」

英次は、蟬《せみ》や雀の鳴き声と同じように、相手の声を完全に無視した。

話の相手をしてしまうと、周囲への警戒がおろそかになる。男がおとりで、ほかの仲間が襲撃のタイミングをはかっているという可能性も捨てきれないから、決して気は抜けない。

「おう、無視か？　おめぇはお地蔵様か？　拝んだら御利益《ごりやく》あんのか、パチンコ勝たせてくれんのか、この野郎」

無視はしているが、相手の体の動きにだけは注意を払いつづける。この男自身が、いきなり武器を取り出すことも想定している。

「おい、兄ちゃん、この車、いくら積んでんだ？　百億か？」

そんなに積んでいるわけないだろう。心のなかで答える。両手の構えのまま、いつでも特殊警棒を振れるように、準備をする。

「俺もよぉ、むかしは強かったんだぞ。ストリップで用心棒をしててよ、一度なんか、ヤクザみてぇな人間が暴れたのを、一発で気絶させたこともあるくれぇだ」シャドウボクシングのような仕草で距離をつめてきた。

何を考えているのかわからない人間は、なかなかの恐怖だ。少しでもあやしい人間を即座にぶちのめしていい法律があったら楽なのだが、日本ではそうはいかない。

暑い。近くの室外機から、熱風が吹き出てくる。頬を汗がつたうが、警棒から手を離すわけにはいかないため、ぬぐうこともできない。

「おい、あんたらサクラ警備なのかよ。そう言えば、三億だか盗まれた事件があったな。俺にもちょっと金、分けてくんねぇか。ここんとこ、負けっぱなしでよ」

背後でワゴンのドアが閉まる音がした。オートロックなので、左右の扉が合わさった瞬間、施錠される。

「すいませんね、僕ら急いでるもんで」蜂須賀が現金の入ったバッグを抱え、こちらに向き直った。にこやかな笑みで応じる。「パチンコに来たんでしょ？　早くしないといい台とられちゃいますよ」

「おう、そうだ、そうだ。海物語しにきたんだった」男は急に興味を失った様子で歩き去っていった。

蜂須賀は五十代のベテラン警備員だ。年の功と言うべきか、こういうイレギュラーな動きをする相手を穏便にいなす能力にたけている。

　車のロックを確認した蜂須賀が、「行こう」と、うながした。英次が警棒を持ったまま先導し、パチンコ店の裏手、通用口のチャイムを押す。店舗のなかに入ると、ようやく警棒を短くし、ホルダーにしまうことができる。ほっと息をついた。

「いつもお世話になっております。サクラ警備保障です」

「はいはい、ご苦労さん」店長に両替用の紙幣を渡し、昨日の売上金を受け取る。

　やっていることは、ルートが決まっている配送業とまったく変わりがないが、今、俺たちは数百万もの現金を手にしていると意識すると、自然と眠気もさめてくる。車への帰り道も細心の注意を払って移動する。

　むわっと暑い路上に出て、思わず顔をしかめた途端、蜂須賀の「おい！」という怒声が響いたものだから、英次はあわてて特殊警棒をホルダーから取り出した。路上に一歩でも出ると、気を抜ける時間は一秒たりともない。

「やめろ！　ストップ！」蜂須賀がなおも叫ぶ。

　さっきの男が、まだうろちょろしているのか？　英次は現金輸送車を見た。いつも冷静な蜂須賀がここまで取り乱すのは、異常事態だ。

　現金輸送車の前に二人の男が立っていた。さっきの男ではない。フロントガラスのあたりに手を伸ばしている。

　英次は特殊警棒を思いきり振り下ろして、いちばん長い状態まで伸ばした。ジャキッと金属的な音がする。そのままの勢いで、二人の男に「何してるんだ！」と、詰問した。

血が沸騰するような感覚が走った。どくどくと心臓が暴れるが、その働きによって運ばれていく血液が、脳を覚醒させていくのがわかる。

現金輸送車はどうやら無事だ。たとえ運転席の鍵を破られたとしても、エンジンは絶対にかからない。万が一、何らかの方法でエンジンをかけられたとしても、蜂須賀の持っているリモコンで、強制的にエンジンストップができる。おまけに警報を鳴らせば、耳をつんざくようなサイレン音があたりに響くことになる。

となると、次に狙われやすいのは、蜂須賀が持っている大金だ。

一度パチンコ店に戻ることも考え、ちらっと背後をうかがうと、なぜか蜂須賀はまったく緊張感のかけらもない、しまりのない表情を浮かべていた。「ギリギリセーフですよね？」と、懇願するような大声をあげる。

およそ三十メートル先の男たちに、英次は目をこらした。

よく見ると、二人の男は薄緑色の、そろいの制服を着ていた。その手には、駐車違反の黄色いステッカーが握られている。英次が叫んだおかげなのか、寸前のところで駐車監視員の手がとまったようだ。まさか、現金輸送車が駐禁の取り締まりを受けるなんて考えてもみなかった。

「困りますよ、こんなところに停められたら」警棒を今にも振り下ろす勢いの英次にたじろぎながらも、駐車監視員は苦言を呈した。

「こっちだって、停められるところを探すの、大変なんですよ」蜂須賀は、数百万の入ったバッグをわざと監視員の眼前にぶらさげた。「おたくらだって警備員でしょ。頼みますよ」

「えっ、そうなんすか？」英次は場違いな声を出してしまった。「この人たち、警備員なんすか？」

「英次君は知らないだろうけど、むかしは女性の警官なんかがミニパトでまわって駐禁をとってたんだ。それが途中から民間の警備会社に委託されたの」

「まあ、ウチの会社も３号を扱ってるから、他人事とは言えないけど、あまりにも目に余る駐車は看過できないんでね」

「でも、ギリギリ間に合ったでしょ」

「今回は見逃すけど、気をつけてくださいよ」

経費の関係なのか、監視員たちは自転車で街をまわっているようだ。バイクや車を使うこともできない。

炎天下、汗だくの警備員たちが集まり、なぜだか互いに消耗させられている。ひどく滑稽《こっけい》な構図に思えてきて、英次はため息を吐き出した。ボロボロの自転車にまたがった監視員たちが消えると、パチンコ店の売上金を無事に金庫室におさめた。

「いやぁ、助かった、助かった」運転席に乗りこんだ蜂須賀が、ヘルメットをはずしてダッシュボードの上に置いた。タオルで汗を拭っている。「さっきのじいさんといい、今日はなんだかツイてなさそうだから、気を引き締めていこう」

英次は無言でうなずいた。二人で同時に鍵をまわし、エンジンをかけた。蜂須賀が後方を確認し、ウィンカーを出してから車をゆるやかに発進させた。

「それにしても、久しぶりに言われちゃったね。むかしの事件のこと」

「さっきのじいさんの……、三億がどうとか言ってたやつですよね」英次は今まで気になっていても聞けなかったことを、おそるおそるたずねてみた。「そのときって、ハチさんはサクラ警備にいたんですか？」

「いたよ」蜂須賀が答えた。「事件直後なんかさ、客から、お前もウチの金、盗むんじゃないかなんて、冗談なのか、本気なのか、よくからまれたもんだよ。たとえ冗談だとしても、こっちは頭を下げつづけるしかないから本当に大変だった」

車が幹線道路に出た。三車線あるうちの真ん中を軽快に進んでいく。

「でも、今じゃ、ほとんど覚えてる人間もいないよ。日本中で重大事件が起きるから、まあ当たり前っちゃ、当たり前だけど」

「あれって、西東京で起きたんですよね？」

現在、サクラ警備保障の本社は新宿のオフィスビルのワンフロアを借りている。３号業務だけは、独自に事業所を構え、東京全域の現金輸送警備を請け負っている。

芝浦にある東京警送センターは、二十三区と神奈川県の一部をカバー。八王子にある西東京警送センターは市部を担当している。そのほかに、埼玉、千葉にも事業所がある。

「そうだよ。でも、事件を起こした男は、もともと芝浦のほうにいたヤツだから、俺もよく知ってる。今は、まだ刑務所暮らしかな。同情の余地はあっても、さすがに金額が金額だし、執行猶予つかなかったから」

蜂須賀が右にウィンカーを出し、車線変更した。

「なんにせよ、金庫室のセキュリティも強化されたし、もう盗むのは無理だろうな」

蜂須賀の言う通り、金庫室に入るには、役職についている社員二人の認証が必要である。カードキーだけで入室しようとしても、鍵は開かない。もう一人が、パソコンを操作し、システム上の警戒をとかないかぎり、金庫室には入室できない仕組みだ。

「英次君も、下手な考え起こさないほうがいいよ」

冗談だとはわかったのだが、「ははっ」と、中途半端で不自然な笑いしか返せなかった。

そもそも、蜂須賀がどこまで自分のことを知っているかわからない。さすがに、顧問の息子だということくらいは聞かされているのかもしれないが、半グレとかかわりがあったことや、傷害の前歴まではどうだろう……？

英次の頭から離れないのは、社長の弟だという人事部の男だ。

問題のありそうな新入社員のお目付役に、大ベテランの蜂須賀が選ばれた可能性はじゅうぶんある。なるべく穏やかで、口うるさく説教しない人物が、自分のペアとして適任だと思われたのだろう。

「じゃあ、ハチさんは、ウチの会社、相当長いんですよね。なんでずっと、現場の警備員やってるんすか？」

「勤続二十年以上で、まったく出世してないって？」

「あっ、そういうわけじゃ……」

「冗談、冗談」蜂須賀がハンドルを軽く切った。車が右折レーンに入っていく。「何度か、内勤の責任者にならないかって話があったんだけど、俺は外に出てるほうがいいんだ。デスクワークは肩こっちゃうしね。ずっと泳ぎつづけてないと死んじゃうマグロみたいなもんだね」

「えっ、マグロってずっと泳ぎつづけてるんすか！」

「そっちのほうに食いつく？」右折の信号待ちで停車し、蜂須賀がわざとらしくこちらの顔をのぞきこんできた。

「あっ、すいません。マグロじゃなくて、ハチさんの話でした」

「まあ、俺のつまらない人生より、生まれてからずっと泳いでないと死んじゃうマグロの話のほうが面白いよ」

　少しホコリ臭い、車内のエアコンから吐き出された空気を鼻から吸いこんだ。

「いや……、俺、ちょっと自信がないんです。こうしてずっと、死ぬまで地道な労働しなきゃいけないのかって思うと……」

「うーん……」蜂須賀は信号待ちのあいだ、人差し指の先で、ハンドルをとんとんと叩いていた。「まあ、英次君の場合はまだ若いんだからさ。いろいろ選択肢もあるよ。お金を貯めて、大学に行くことだってできるだろうし。やっぱり、親の金と自分の金で通うのとでは、まったく身の入り方が違うと思うし」

「ですね……」

「英次君、ちょっとだけ真面目な話になるけどいいかな？」

　右折専用の矢印信号が灯り、蜂須賀がアクセルを踏んだ。終始、軽やかだった口調が、急に重々しくなったものだから、英次はシートの上で背筋を伸ばし、身構えた。

「とりあえず英次君が、しばらくこの仕事をつづけていくとして、俺がずっと3号警備で働いてきた経験からできる忠告を、二つするよ」

大きく右へハンドルを切りながら、蜂須賀がつづけた。

「一つ目は、こまめにヘルメットをはずしたほうがいい、夏場はとくに。俺みたいになっちゃうから」

右折を終え、ハンドルを真っ直ぐに戻すと、蜂須賀は禿げた頭部を左手で撫で上げた。

なんだ、また他愛もない冗談かと思ったら、蜂須賀の口元はいつになく不機嫌そうに、への字に曲がっていた。

「二つ目はね、現金輸送の警備員をしていることを、あまり周囲にもらさないほうがいいよ」

「えっ……？」

「本人がどんなにクリーンでも、悪い虫は必ず、金のにおいを嗅ぎつけてやってくる。そんな虫どもにうようよとたかられて、破滅した人間を俺はよく知ってる。なんで、あんな真面目だったヤツがって、今でも悔やまれるよ」

六年前の事件のことを言っているのだろう。

「そもそも、変な虫を寄りつかせないようにするしかない。他人の金を守るのも大事だけど、自分のことをいちばんに守ってあげないとね」

それっきり蜂須賀は黙りこんだ。

やはり、わからない。ちょっと危なっかしそうな新人に、ふと思いついたままアドバイスを口にしただけなのか。まだ半グレとつながりがあるかもしれない危険人物に対して、あからさまなかたちで釘を刺したのか――。

「肝に銘じておきます」英次はヘルメットをはずして、膝の上に下ろした。「もちろん、髪の毛のほうも。ハチさんみたいになりたくないんで、絶対」

「言うよね」

車内のムードが少しゆるんだ。そのあとも、ベテランの蜂須賀の運転のおかげで、効率よく契約先をまわっていった。

様々な業種の小売店に釣り銭を供給し、徐々に積み荷の重量は軽くなる。そのかわりに、引き取った売上金の紙幣は、ただの紙切れにもかかわらず、ずっしりと存在感を増して、背後の金庫室に積み上げられていった。

芝浦の東京警送センターに帰ると、人事部次長の佐久良基輝が待ち受けていた。

英次は内心「うわっ」と叫び、蜂須賀の背後に隠れながら更衣室に消えようとしたのだが、相手は最初からこちらに会いにやってきたらしい。

「英次君、仕事はどう？　慣れてきた？」

「英次君、おまんじゅう差し入れだよ。食べな、食べな」

「ハチさんとはどう？　うまくやってる？」

お前は俺のファンかと、聞きたくなる。完全に出待ちのファンだ。

もちろん、定期的に顔を出して、こちらの仕事中の素行を確認しているのだろう。一日の労働を終えたあとに相手をするのは、なかなかしんどい。すべての返事を「はあ」と「まあ」でのりきることに専心した。

「けっこう重労働でしょ。体、疲れてない？　入浴剤がさ、家にたくさん余ってたから、どうかなって思って」

挙げ句の果ては、紙袋に大量に入れられた、「温泉のもと」を手渡されそうになった。

基輝はかなりの童顔で、新入社員ですと紹介されても信じてしまうだろう。たしか三十手前だと聞いたが、その若さで人事部次長に就けたのは、この会社が佐久良家の親族経営だからだ。

父親がつくった会社でぬくぬくと、いいポストで働ける。いけすかないと思ったが、よく考えたら自分もオヤジのコネで入ったのだから、人のことはあまり言えなかった。

「僕、実家暮らしなんで、この入浴剤、オヤジも使うことになりますけど、いいんですか？」

基輝の眉が、ほんの一瞬だけ、ぴくりと動いた。英次はそれを見逃さなかった。

この前、父親が「社長の弟は、とんだ甘ちゃんだ。まったく世間ってもんがわかってない」と、酔っ払って母に話していたのを聞いたことがある。くわしい事情はわからないが、この会社も一枚岩ではないらしい。

「まあ、とにかく持ってきたから、あげるよ、よかったら」すぐに温和な表情に戻った基輝が、紙袋を押しつけてきた。「で、本題なんだけど、いいかな？」

まだ何かあるのかと閉口したところに、意外な提案をされた。

「貴重品運搬警備業務検定、受けてみない？　二級を取れば、お給料もアップするよ。資格を取りたい人は、会社がきちんとバックアップするしね」

「いや……、まだ三ヵ月ですし、僕なんかには早いんじゃないですかね」

「そんなことないよ。二級はすぐにでも受けられるんだから」

新任教育と呼ばれる合計二十時間の研修を受ければ、警備員の仕事に従事することができる。さらにその先には、専門的な業務知識を備えているかどうかを確認する検定があり、昇給や昇進の基準となることも多い。

現金輸送車には、必ず一人、貴重品運搬警備業務の有資格者が乗務しなければならないという決まりがある。蜂須賀は一級を持っているはずだから、もう一人が検定無資格でも何も問題はないはずなのだが……。

「まあ考えといてよ」基輝が気安げに、肩をぽんぽんと叩いてきた。「あと、何か相談があったら、いつでもいいから言ってね」

きちんと責任と向上心を持って仕事にあたれという、言外のメッセージを受け取った気がした。勉強させれば、悪いことをする時間やエネルギーもなくなるだろうという考えが、実に安易だと思った。

仕事で相談事があったら、打ち明ける相手は迷わず蜂須賀を選ぶだろう。しかし、蜂須賀がこの基輝という男と裏でつながっていて、何かと自分のことを報告している可能性も否定できない。

更衣室で着替えをはじめると、英次は蜂須賀にそれとなく探りを入れてみた。いちおう、部屋のなかを見まわして、誰もいないことをたしかめる。

「ハチさん、社長の弟のことなんですけど、その……、どんな感じの人なのかなって思って」

「ああ、まあいい人だよ」蜂須賀も背後を振り返り、周囲に同僚がいないことを確認したようだった。そして、声を低くする。「社長とだいぶそりが合わないみたいだけどね」

「えっ、そうなんすか？」何度も汗に濡れ、かわいた制服のシャツを脱ぐ。

「本社の社員なんかは、険悪な兄弟仲を『コウモト問題』って言ってるらしいよ。社長がコウキで、弟がモトキだから」

　蜂須賀が汗拭きシートで体を拭きはじめた。爽やかなシトラスの香りがただよってきた。

「すべての発端はやっぱり三億円事件でね、その心労がたたってオヤジさんの社長が亡くなったんだよ。すごく人徳のある社長でね、さっきの基輝君みたいに、よく差し入れを持って、いろんな現場をまわって、直に警備員の声を聞くような人で」

　一枚、どう？　そう言って、蜂須賀が汗拭きシートのパッケージを差し出してきた。英次は「ありがとうございます」と、一枚抜き取った。

「そういう温かい面を基輝君が引き継ごうとしてるのはわかるけど、いかんせんまだ若いよね。なんというか……、空まわりとまではいかないけど、年上のベテラン警備員に慕われるのは難しいよな。社員が家族同然みたいな時代でもなくなっちゃったし」

　シートで体を拭くと、ひんやりとした冷感が皮膚の表面に心地いい余韻を残した。

「一方で、今の社長は合理的な人。顧問の息子さんなら、だいたいわかるでしょ」

「はぁ……、まあ」やっぱり、バレていた。さすがに名字がいっしょだし、どれだけ隠そうと、この警送センターでは噂になってしまうだろう。

「現社長は警察と持ちつ持たれつで、会社を再建してきた。３号で言うと、コンゴーマートの関東ブロックの売上管理を一括受注できたのは大きいよね」

　コンゴーマートは、金剛リテーリングが運営する大型ディスカウントショップで、関東一円を中心に、全国へ勢力を伸ばしつつある。今日も三件、コンゴーマートの店をまわってきた。

「コンゴーと警察って関係あるんすか？」

「あそこの会社も、ここ数年、かなり警察ＯＢの天下りとか再雇用に力入れてるらしいよ。そのつながりで、ウチも受注できたって話だし」

父親の仕事の内容はまったく知らないが、お中元やお歳暮の時期になると、今でも多くの贈答品が送られてくるので、人脈が広いことだけはうかがえる。警察内部の人間にしかわからないネットワークが、ＯＢになった今でも存在し、役に立っているのだろう。

「サクラ警備の立て直しは、警察の力あってこそ成り立ったわけだけど、一方で岡《おか》君みたいな横暴な人も入ってくるから、光と影があるんだろうな」

岡というのは、蜂須賀が休みの日にペアを組まされる三十代半ばの元警察官だ。同僚を殴ったか何かで、警察を依願退職させられたらしい。

警察というのは不思議な組織で、問題のある人間をやめさせるのではなく、自分のほうから自発的にやめるよう促すケースが往々にしてあるようだ。依願退職というかたちをとれば、退職金も受け取れるし、必要なら再就職も斡旋してもらえるという。

「岡君とは、どう？　殴られてない？」蜂須賀が冗談めかして聞いてきた。

「さすがに、殴られてはないですけど、正直、きついっす」

光と影。

自分の存在も、この社内では警察権力の「影」に違いない。蜂須賀は気をつかって何も言わないけれど、岡と同じようにサクラ警備にとって煙たい存在だ。だからこそ、あの基輝という男も、気にかけるふりをして、徹底マークしてくる。

二級を取れば、まぎれもなく自分たちの仲間として迎え入れるという基輝のメッセージに、ふざけるなと全力であらがいたいような、しかし、もう身をまかせて警備員になりきってしまってもいいような、二つの気持ちが今もせめぎ合っていた。

日曜日、独身寮に住んでいる兄が実家にやってきた。夕食がてら、結婚式の相談をするつもりらしい。

兄が一人いるだけで、家の居心地や風通しが、一気に悪くなる気がする——そんな思いを抱えているのは、家族のなかで自分一人しかいないわけで、父と母は、まさにほくほくした幸せそうな顔で、兄の話を聞いていた。

「この人と、課長を同じ席にするのは、どうかと思うんだけど……」兄の宏和《ひろかず》が、テーブルに紙を広げ、指をさしながら父にたずねる。

「そうだな」と、父がうなずいた。「ただ、直属の上司に一回、見てもらったほうがいいかもしれないな」

どうやら、披露宴の席次というのは組織に属する人間にとって、とても重要なことらしい。出身大学の派閥だとか、階級だとか、考えただけで面倒くさすぎる。だから、嫌なんだ。こういう硬直した組織で己を殺すのがどうしても我慢できないのはわかっていたから、中学生のときには、警察官になるという選択肢を捨てていた。

夕食と席次の相談があらかた済み、父と兄はウイスキーを飲みはじめた。そのウイスキーもたぶん贈答品で、なんだか二人の汚らしい部分を煎じて、煮つめて、凝縮したエキスのように見えてくる。

　英次はそっと席を立った。

「で、英次は、式来んの？」

　リビングの扉のノブに手をかけたとき、背後から宏和が問いかけてきた。ただのあてこすりに答えるのが面倒で、ことさら緩慢に振り返る。

「マジで恥ずかしいんだわ。家族で一人だけ警備員だなんて、いったいどうやって来賓の方たちに紹介したらいいんだか」

「あっそう。じゃあ、行かないけど」

「そういうわけにいかないから、頭が痛いんだろ」

　どっちなんだ、いったい。勉強はできるのかもしれないが、本当に頭が悪すぎる。

「やめなさいよ、エイちゃんだって、もう立派な社会人なんだから」父や兄のため、つまみのナッツを出しながら、母が眉をひそめた。「私は、もうどこに出しても恥ずかしくないと思う」

　それを聞いた父と兄が、「まだ三ヵ月だぞ」と冷笑する。母親だけが家族のなかで唯一の味方という事実が、いちばん情けなくて、精神にこたえた。

　面接で「優しい兄」と言ったのは、完全なる嘘だった。面接官を言いくるめるために、家族への恩返しというストーリーをでっちあげた。

　しかし、佐久良基輝には、もしかしたらすべてを見抜かれていたのかもしれない。家族はあくまで外からの動機だと、あいつは言った。自分の内側からわき上がる、自分だけの動機を言えと迫ってきた。

「披露宴の最中は、余計なことはしゃべらず、お前は黙っとけばいい」父がたるんだまぶたを持ち上げて言った。「ウマいメシだけ食えりゃ、お前は満足だろ」

あの重そうなウイスキーの瓶で、父と兄の頭をかち割る、ほんの数秒後の未来を思い描いてみる。他人の腕の骨を粉砕したくらいだから、思いきってしまえば、できないことはない。

人間としてのプライドを守りたいと、たしかに面接で話した。あれは本心だったのか、その場しのぎの適当な嘘だったのか、英次は自分でもよくわからなくなっていた。

プライドなんか、この家族のなかで、もともと粉々に砕かれていた。


十六歳から、地元の先輩に誘われてキャッチの仕事をはじめた。

繁華街の路上で、「居酒屋お探しですか?」と、声をかける。引っかかった客を案内するのは、半グレのグループと関連のある店だ。

そこは、いわゆる「プチぼったくり」の居酒屋で、法外な値段を要求するわけではないが、チャージやドリンク代など、様々な料金がちょっとずつ割高になっている。あきらかに最初の説明よりも高いが、かといって払えない金額でもないし、ごねても面倒だからしかたなく言い値にしたがってしまう。そんな絶妙なラインの料金設定で、かなりの利益をあげているようだった。

道行く人を相手に、適当におだて、適当な笑みを浮かべ、口八丁で目当ての店に誘導する。この仕事で、だいぶ大人相手に渡り合えるコミュニケーション能力がついた。最初は「ガキ」

とバカにされることもあったけれど、度胸がついて、堂々と振る舞えるようになると、なんだか妙な説得力が言葉に宿るようで、足をとめる人が多くなった。

報酬は歩合制だった。成績のいい者はそのスキルを買われ、特殊詐欺のプレイヤー――電話をかけて騙《だま》す役目に出世できるという。暴力団のように、はっきりとした組織のかたちがあるわけではないが、ゆるくつながった仲間の、そのヒエラルキーのなかで認められ、のし上がっていくことができる。

ところが、英次は伸び悩んだ。たしかに口はうまくなったが、強引さに欠けるところがあった。自分では後ろめたさなんていう感情は絶対に認めたくなかったけれど、心のどこかには「プチ騙された」人たちのことが引っかかっていて、しかもその売上げが、今度は特殊詐欺やヤミ金の運転資金に転用され、もっと巨額な被害が出るのかと思うと、その末端の末端に位置している自分の卑小さが徐々に嫌になってきた。

そこまでして、金が欲しいか、実際。

中途半端に良い家庭に生まれてしまったせいで、ハングリーさが足りないのだと自覚もしていた。周りの仲間は、ほとんどがろくでもない家庭に育っていて、金持ちになりたい、幸せなヤツらを出し抜いてやりたいという意識が強烈だった。どっぷり浸かりこむ前に、ここらでやめたほうがいいかもしれないと考えながら、それでも惰性でキャッチをつづけていたある日、事件は起こった。

「どうですか、お兄さん、居酒屋探してます？」

二人組の若い男たちに声をかけたら、「あん？」と、ものすごい形相でにらみ返された。

訳がわからないまま、「ちょっと来い」と、襟首をつかまれ、引きずられた。相手の胸筋がパンパンで、Ｔシャツがはち切れんばかりなのを目の当たりにして、いったいこいつらは誰なのか、なぜ因縁をつけてくるのかまったくわからないにもかかわらず、「終わった」と思った。

雑居ビルのあいだの真っ暗な路地に、ほとんど放り出されるようにして連れこまれた。

「お前ら、最近、好き勝手やってるよな。いい加減、調子に乗りすぎなんだよ」

脂汗がにじんだ。すぐそこの明るい表通りを行き交う人々が、果てしなく遠く見える。

あなたたちは「お前ら」と言うが、俺は「お前ら」のうちにも入らないような末端の働きアリであり、毛細血管に過ぎないと訴えたかったが、それもそれで情けないので、震えながら無言で突っ立っていた。

そっとポケットに手を突っこみ、いつもそのなかに忍ばせていた、特殊警棒の柄に触れる。

それは父の私物だった。たぶん、警察官時代の物だ。こっそりくすねてきたから、父親はたぶん盗られたことを知らない。何かあったときのため、いつもお守りがわりに持ち歩いている。使ったことは一度もない。

「おう、なんとか言ったらどうなんだ！」

胸を小突かれた。胸筋男の腕には、タトゥーがびっしり彫られていた。

「オラ！」思いきりぶん殴られた。

頬をおさえた。血が出ていた。濃い鉄の味とにおいが口のなかにあふれる。同時に「ふざけるな」という怒りも、一気に噴出した。特殊警棒をポケットから抜き取り、勢いよく伸ばした。

迷いなく、胸筋男の腕めがけて振り下ろした。

ぐしゃ、とも、めきゃ、ともつかないような衝撃と感触が、金属を伝わり、さらに腕の骨を突き抜け、脳にまで届いた。男の悲鳴が左右の雑居ビルの壁に反響した。

「いてぇ、いてぇよぉ」

まるでペットを慈しむように、折れた右腕を左腕と胸で抱き、さすりながら、男がうずくまった。その背中にもう一撃、体重をかけ、手首のスナップを目いっぱいきかせ、振り下ろした。もう一人の男は呆気にとられた様子で、とめもしなかった。

「お前ら、何してる！」

懐中電灯の光に照らされ、我に返った。

「武器を捨てろ！」

自分と同じく特殊警棒を構えた警察官に言われるまま、手にしていた警棒を地面に落とした。無傷のもう一人は逃げていった。

「もっと早く来てくださいよ、マジで」思わず本音を吐き出してしまった。助けが来てくれるとわかっていたなら、手なんか出さなかったのに……。

逮捕され、「仲間のことを洗いざらい話せ」と言われたけれど、洗いざらい話せるほどの情報を持っていないことに、今さら愕然とした。「お前が骨折させたのは、敵対しているグループの誰それで、お前がキャッチをしている店のオーナーとの関係が……」と、逆に半グレ担当の刑事たちにレクチャーされる始末だった。

父や兄の面子《メンツ》を保つためではなく、「キャッチはやめます」と、誓った。すべてがバカらしくなったからだ。

正当防衛が認められるはずもなかったが、初犯であることと、英次のほうがからまれ、先に殴られたということで、少年院行きはまぬがれた。

結婚式の相談に来ている兄が帰るまで、家にいる気になれなかった。これ以上、何か嫌味を言われたら、自分が何をしでかすかわからなかった。英次は代々木上原《よよぎうえはら》にある自宅マンションを出た。

とはいえ行くあてはないし、遊びや飲みに誘える友人も思いつかない。つながりがあったのは、ほとんど数年前のキャッチ時代の仲間だったので、その界隈《かいわい》と縁を切った今、あまりに孤独だった。

代々木公園をぶらぶらと歩き、適当に北上し、新宿に至る。

かつての仕事場を見たかった。

もうここには、絶対に戻らない。ふつうの社会人として生きるんだ。その覚悟が変わらず自分のなかにあるのをたしかめたくて、歌舞伎町までやって来た。

ネオンがまぶしかった。酔っ払ってバカ騒ぎしている男女を見て、なぜか無性に腹が立った。目をそらすと、自動販売機の下の隅っこのほうに百円玉が落ちていた。

勤めている事業所で見る百円と、路上に落ちている百円は、不思議とまったく違う物体に見えた。こんな薄汚いものに、価値が宿っているのが信じられなかった。拾う気にもなれない。

いったい、俺は何を懸命に守っているのだろう？

ふたたび顔を上げ、街を行き交う若者たちを見やる。みんな笑っていた。あいつらのポケットやカバンのなかにも、金やクレジットカードが入っていて、銀行口座にはそれぞれ桁は違えど、数字が刻まれている。

人の金を守って、いったい何になるのだろう？　やり場のない怒りが、徐々にむなしさに変わっていった。答えのない自問をしていたら、背後から「エイちゃん？」と呼びとめられた。

振り返ると、キャッチ時代、いっしょに働いていた仲間が立っていた。

「よっつん……」数年先輩のよっつんには、よくかわいがってもらった。英次も、本当の兄貴のように慕っていた。

気まずさと、恥ずかしさで、一気に体の芯が熱くなった。新宿の夏の夜に、肌にまとわりつく湿気と熱気が滞留していた。

「エイちゃん、武勇伝だけ残して消えてったから心配してたんだぞ。連絡しても全然出ないし」

「俺……」

なんと言ったらいいかわからず、言葉につまっていると、がっしり肩を組まれた。

「ちょうどいいや。飲みに行くとこだったんだけど、ついてこいよ」

これ見よがしに高級ブランドのロゴが入ったTシャツを着たよっつんは、とくに太ったとか、筋肉がついたというわけでもなさそうなのに、威圧的な存在感をあたりにまき散らしていた。

道行く人は、彼をさけて歩きたくなる。よっつんの知り合いや後輩は、彼を慕い、頼りたくなる――そんな「オラオラ感」とでも言うべき、攻撃的な雰囲気を強烈に放っている。

まだ二十三歳のはずだ。世間の同年代の多くが、新入社員として汲々《きゅうきゅう》と働いているにもかかわらず、よっつんは、少なくともこの新宿の一角では肩で風を切って歩く。かつて自分たちがそうしていたように、そこらにはキャッチの子が立っていて、よっつんを認めると「ちぃす」「お疲れ様です」と、深く頭を下げてくる。そのたびに、よっつんも「頼むぜ」「頑張れよ」と、鷹揚な返事をした。

帰ったほうが、いいんじゃないか？

半グレグループの系列のキャバクラの前に立って、英次ははじめて危機感を抱いた。しかし、とてもじゃないけれど逃げられる雰囲気ではなかった。適当に飲んで、憂《う》さ晴《ば》らしをして、帰ろう。どうせ明日は休みだ。英次は頭を切り替えた。

席に案内され、店の女の子が三人もやって来た。自分とよっつんのあいだ、そして両端に座った女の子たちは、びっくりするほどの美人で、そこにもよっつんの影響力が如実にあらわれているように感じられた。

「何、飲みます？」アヤミと名乗った、端に座るキャバ嬢がたずねてきた。

ようやくビールの味に慣れてきた子どもの舌で、おいしいと感じられるのは、まだまだ甘いチューハイやカクテルだった。こんな店で、何を頼むのが正解なのかもわからない。どぎまぎしてしまって、相手の顔がまともに見られなかった。

「エイちゃんは、ソーダ割りにしてあげて」ソファーに深く腰かけ、足を組んだよっつんが言った。背もたれの上部に、広げた両腕をのせ、両側の女性を抱くような格好だ。「俺はロックね、みんなも遠慮せず飲んじゃってよ」

いただきまーす、と三人の女の子たちが返事をして、テキパキとドリンクをつくっていく。訳もわからないまま、英次はほかの四人と乾杯した。

「で、エイちゃん、今、何やってんの？　大学生？」ソファーの背もたれから、がばっと上半身を起こし、よっつんが前のめりの姿勢で顔を近づけてきた。

ハイボールを飲むと、強烈な炭酸と、ウイスキーの苦み、香ばしさが、口のなかで爆《は》ぜた。よっつんの質問を無視しようかと思ったが、三人の女の子もこちらを注目している。

「ふつうに働いてるよ」

「ふつうって、何？　どんな業種？」

「まあ……、その……、警備員」

ぷっ、と誰かが息をもらす音がした。よっつんだった。大笑いしながら、よっつんは何度も自分の膝を叩いている。

「エイちゃん、それ、冗談？」

「冗談じゃないよ。いろいろあって、今は警備員」

「工事現場で、旗振って、車誘導してんの？」

「そういうんじゃない」

「そういうんじゃないって、どういうのだよ」

あわてて口をつぐんだ。これ以上話すのは危険だ。蜂須賀の忠告を思い出した。

「おい、聞いてる？　そういうんじゃないって、どういうのだよ」ちょっとイラついている様子のよっつんが、ふたたびたずねてきた。「警備員は、警備員だろうが」

話すべきじゃないと、懸命に踏みとどまろうとする一方で、なんでバカにされなきゃならないんだという怒りもわいてくる。俺は、お前が考えもつかないような大金を、日々守って、運んでるんだ。

　幼稚な見栄だとはわかっていた。しかし、今日会ったばかりのキャバ嬢たちにまで「警備員に媚《こ》び売ってもしかたない」と、あざ笑われ、見下されている気がして、英次はついに蜂須賀の警告を破ってしまった。

「現金輸送車に乗ってるんだ」

　ハイボールを飲んで、つづけた。

「数億円のせて、毎日走ってる」

　かなり金額を盛ってしまった。しかし、一度口をついて出てきてしまった言葉は、もう自分のなかに戻せない。

「防弾ベスト着て、特殊警棒持って、大金を運んでるんだ」

　それを聞いたよっつんの目が、すぅっと細くなる。笑っているのか、怒っているのか、判別がつかなかった。

「それって、正社員？」よっつんが、持っているグラスを揺らした。氷の音が、高く響いた。

「いくらもらえんの？」

「正社員だけど、手取りで十九万くらい」

残業代や手当が諸々プラスされて、約十九万円だ。そこは正直に話した。

「オッケー」と、よっつんは、何が「オッケー」なのか英次が戸惑うのをよそに、そう答えた。「警備員の仕事をバカにして悪かったよ。お前は、きちんと働いて、立派だ」

女の子たちも、互いに顔を見合わせている。

「でも、お前、騙されてないか？」

「は……？」英次は口をぽかんと開けた。

「いつ襲われるかわからない、危険な仕事だろ。防弾ベストまで着るってことは」

「まあ……」

「それで十九万って、だいぶナメられてんぞ」

「でも、俺はまだ二十歳だし、こんなもんじゃないかって思うけど」

「お前は、素直だなぁ」なぜか慈しむような笑顔で、顔をくしゃっとゆがませる。「むかしから、そうだったわ。思い出した。それがお前の美点であり、欠点だな。さぞかし良い家庭で育ってきたんだろう。ボンボン臭がするわ、くせぇわ」

英次はソファーの上で、身をかたくして、うつむいた。左どなりのアヤミが着ている、水色のドレスの襞《ひだ》をじっと見つめた。

「お前、一生それでいいのか？」

「一生って……？」

「ふつうに働いて、ふつうに結婚して、子どもが生まれて、ああ、でも二人目は収入的に厳しいわ、一人目だって私立は無理っぽいし、それでも大学行くんなら国立なんかそれこそ頭的に無理だし、奨学金だって借りさせなきゃいけないし、いろんなローンに追われて、あっぷあっぷで、それでも他人の金を守って、出世しても、転職してもたかが知れたような年収で、くたびれた奥さんに文句言われつづけて、禿げて、体酷使して、それでも汗水たらして働いて、そんな人生でいいのかってこと」

キャッチ時代、マルチ商法のサクラのバイトをやらされたときのことを思い出した。自分も入会を迷っているふりをして、ターゲットのとなりに座り、「やっぱ、入ろう」「これいいなぁ」などと、思わせぶりなことをつぶやく。相手の心理に働きかけ、判子を押させるように、うまく誘導するわけだ。

喫茶店の向かい側に座っていた、騙す側――プレイヤーのよどみない勧誘の口ぶりは、今のよっつんの口調とまったく同じだった。危機感をあおりたてる手法も似かよっている。もしかしたら、よっつんもそういう仕事をしているのかもしれない。

「お前、騙されてんぞ。自覚ないだろ？　なけなしの給料から、毎月いったいいくら引かれてんだ？」

一気にまくしたてられ、慣れないアルコールの酔いも手伝って、思考力が鈍っていく。頭がくらくらする。

たしかに、滅多に病院にも行かない。将来、満足に年金を受け取れるかもわからない。当たり前に引かれている社会保険料は、まるまる無駄かもしれない。

「で、俺たちが老人になったら、全部無かったことにされるんだぞ。年金も、何もかも」

よっつんのよどみない口車にのせられているのか、それともよっつんの言う通りひどい社会にまんまと騙されているのか、だんだんわからなくなってきた。

「絶望しかないだろ。お前、クリア不可能なゲームに、強制的に放りこまれて、コントローラー握ってるヤツらの都合のいいように操られて、吸い上げられて、それに気づいてないんだぞ。そのあいだに、金持ちだけはどんどん儲けてく」

シャンデリアがぎらぎらとまぶしい。周囲の客や女の子たちの話し声が、みるみる遠ざかっていくような気がする。

ついこの前、街を歩いていて、同じサクラ警備保障の制服を着た、交通誘導警備員を見かけた。どう見ても八十をオーバーしているおじいさんだった。クソ暑いさなか、片側通行を延々さばきつづけていた。あの歳になっても働かなければ生きていけないのかと、たしかに絶望した。

「ところでさ、半世紀以上前の話だけど、この国でも、本気で革命を起こそうとした若いヤツらがいたらしいぞ」

知ってるか？　と、よっつんは、右どなりの女の子の膝に手をおいた。えー、それってマジ？　革命？　女の子がすっとんきょうな声をあげる。

「言ってみたら、ゲームそのものを乗っ取ろうとしたわけだが、もちろん失敗した」

すぐとなりのテーブルで、大きな笑いが起こった。いかにも金を持っていそうな中年男性が、「ピンドン、入れちゃおうか」と、聞こえよがしな大声を出した。

「ゲーム自体を乗っ取れないのなら、一生、労働者としてこき使われるしかないのか」よっつんは、ちらっととなりのテーブルを見たものの、すぐに視線を戻した。「いや、違うね。ゲームなんだからバグや抜け道がある。それを見つけて、うまく出し抜いてやればいい。賢いヤツはそうする」

やはり、話の方向がだんだんきな臭くなってきた。英次はハイボールを飲み干した。アヤミがすかさずおかわりをつくってくれた。

「あんまり大きな声では言えないけどよ、エイちゃんだから言うよ。俺、今、特殊詐欺やってんだ」

女の子たちは、無反応。聞かなかったふりを貫いている。英次もどんな反応をすればいいのかわからず、新しくつくられたハイボールを、また半分まで飲んだ。氷で冷やされたグラスが、大きく汗をかいていた。

「ターゲットは、金持ちのじいさん、ばあさんだ。貧乏人や、中流家庭は狙わない。俺たちは、いいことをしている。胸を張ってそう言えるよ」

あまりに得意気に話すので、本当にそうなのかもしれないと一瞬錯覚してしまう。

「しこたま貯めこんでる老人の金は、いわば死んでる金だ。なんでもうすぐ死ぬのに、後生大事に無用なものを貯めてんだよ。その金をむしり取って、俺らは社会に還元する。今、はやりの分配ってやつだな。経済の循環に一役買ってるわけだ」

いや、待てよ。マジで一理あるかもしれない——英次がそう考えたところを見計らったかのように、よっつんが鋭い視線を向けてきた。

「で、お前が運んでる金はどうなんだ?」

「ど……、どうなんだって、どういうこと?」

「お前が日々、危険をおかして守ってる金は、銀行のものか？　それとも……」

「売上金だよ。お店なんかが、営業して儲けてる金だ」英次は必死に訴えた。「ちゃんと循環してるし、死んでないし、汚い金なんかでもない」

「本当にそうか？」

　よっつんが、余裕たっぷりの、ゆがんだ笑みを浮かべる。

「売上金ってことは、もちろん働いてる人たちの給料にもなるんだろうけどさ、大半は企業の内部留保になったり、上層部の懐に入りこんでるんじゃないか？　結局、ほとんどが無駄に貯めこまれて、死ぬ運命にある金なんじゃないか？　店で地道に、汗水たらして働いている労働者は、安い時給や給料で、貧しいまま、報われないまま……」

「無理だから！　絶対、無理！」まだ、何も具体的なことを言われていないにもかかわらず、絶叫してしまった。

「おいおい、俺は……」

「本当にごめん！　帰る！」

　勢いよく立ち上がった。アヤミがのけぞって、道をあける。その前を通り抜け、ふかふかの絨毯《じゅうたん》を大股で歩き、エレベーターフロアに出た。下に行くボタンを連打した。

　心臓がばくばくと音をたてている。エレベーターに乗りこんだが、よっつんが追いかけてくる気配はなかった。

　俺はバカだ、大バカだ――。

　見栄を張って、3号警備員であることをひけらかしてしまった。

一階に到着し、呼吸を整えながら、ビルを出ようとした。エレベーターの脇についている階段から、駆け下りてくる足音が聞こえて、ふたたび鼓動が跳ね上がった。さっさと新宿の雑踏に消えようと足を速めかけたが、反響してくるのは高いヒールの音だった。

英次は足をとめた。ゆるくカーブしている階段から姿をあらわしたのは、さっきまでとなりに座っていたアヤミだった。

「よかった、間に合った」ドレスの裾を両手で持ち上げながら、最後の数段を駆け下り、安心したように笑う。

「あの……、何か？」よっつんに言われて追いかけてきたのかと、思わず身構えてしまった。

「お見送り……」切れた息を整えるように、アヤミは胸に手をやった。「しちゃダメだったかな？」

電車で帰るの？　歩きっす。近いの？　まあ、ちょっと遠いですけど。

そんなぎこちないやりとりをつづけた。もう二度とここには来ないんだから、早く解放してくれと、英次は焦った。一階でとまったままのエレベーターの階数表示が動かないことを横目で確認した。

英次の焦慮を感じとったのか、アヤミが思いきった様子で「あのさ……」と、話しはじめた。

「私は、たとえ少ないお給料でも、真面目に働いてる人のほうが、圧倒的に正しいと思う。甘い言葉に、騙されちゃダメだよ」

「え……」

「私も、そんな裕福じゃない家庭で、今、私立大学に通ってて、学費は全部奨学金なの。それをさっさと返したくて、夜はここでバイトしてる。まさに、あいつが言ってた、騙されて、搾り取られてる側の人間だね」

アヤミは悲しそうな笑みで、少し首を傾けた。

「それで、卒業したら、ふつうに就職して、ふつうに働く。私は、それでいいって思ってるよ。たとえ、ゲームのコントローラーを誰かに握られてるとしてもね」

店を出るときに持ってきたらしいペンで、名刺に何か書きこみはじめた。

「はい、これ」

名刺を差し出してくる。英次は言われるまま、それを受け取った。

「嫌なことあったら、いつでも連絡してきていいよ。変な気、起こしちゃダメだよ」

名刺に目を落とす。ＳＮＳのアカウントらしきアルファベットと、「がんばれ、青年！」というメッセージが書かれていた。一気に現実に揺り戻されたような気がした。

瀟洒《しょうしゃ》なシャンデリアと、ベルベット生地らしい、座り心地のいいソファーと、高そうな酒と、ふかふかの絨毯に囲まれた、あの空間のほうが非現実だ。すごくかわいいと感じたアヤミの顔も、こうして煌々《こうこう》と明るい夜の新宿のネオンに照らされた顔をまじまじ見ると、ごくふつうの、クラスに一人はいそうな女の子に見えた。

「ありがと」

英次は答えた。名刺をズボンの後ろのポケットに、そっとしまった。

「俺は、大丈夫だと思う、たぶん」

アヤミは「うん」と簡潔に答え、つづけた。

「じゃあ、君の名刺もちょうだい。連絡先、書いて」

「わかった」英次は財布から、自分の名刺を出した。

正社員になって名刺を一ケース分作ってもらったものの、現場の警備員がそれを渡すことはほとんどない。数枚だけ財布に入れていた。あとは、ケースごと会社のロッカーに放置していた。

アヤミから受け取ったペンで、連絡先を書きこんだ。迷ったすえに、「アヤミさんも、がんばれ！」と、つけたした。

「エイちゃんは、英次君っていうんだね」

顔が赤くなっているかもしれない。それを酔いのせいだと思ってほしかったが、ハイボールは一杯と半分しか飲んでいない。今さら「がんばれ！」のメッセージが照れくさく感じられた。

「じゃあ」と、手を振って、アヤミはエレベーターのボタンを押し、非現実の世界へと戻っていった。

数日後、蜂須賀が休みの日に、元警察官の岡とペアを組んだ。週に一度の憂鬱《ゆううつ》な日だ。

岡は饒舌《じょうぜつ》で、移動中の車内はほとんどしゃべっている。沈黙している時間があまりないから、その点では気づまりでないのだが、きちんと返事や返答をしないと途端に不機嫌になるから厄介だ。

「親戚が、歯医者をやっててよ」岡がハンドルを握りながら言った。

「はい」

「岡歯科っていうんだ、おかしいだろ」

「ははっ、やばいっすね」

この話、すでに一回聞いているが、はじめて聞いたようなリアクションをした。狭い車内で一日中二人きりだと、こういう軽いジャブが積み重なって、仕事終わりにはげっそり疲れきっている。

つまらない話への返答を強要されるのも、パワハラ認定してほしい。

こんなにしゃべるのに、クライアントの前では途端に愛想がなくなるのも、また問題だった。ペアを組む自分が、かわりに契約先の店長に、ご機嫌うかがいをするハメになるから、余計疲れるのだ。

蜂須賀は、その点、如才なく立ちまわり、相手が誰であろうと愛想よく振る舞う。英次はほとんどしゃべらずに済むから、重い硬貨を運ぶ、体力を使う役割に専念できる。

早く一日が終わらないかなと思っていたら、なぜか急に岡が黙りこんだ。ちらっと横顔をうかがうと、眉間に深いしわが寄っている。

ハンドルを操作しながら、岡はしきりにミラーを確認している様子だ。そして、たっぷり五分は黙りこんだあと、つぶやいた。

「つけられてねぇか……？」

英次は耳を疑った。「つけられてる」という岡の言葉が「尾行」の意味につながるまでしばらく時間がかかったのだ。

　ワゴンの後方は、密閉された金庫室があるので、岡は複数のサイドミラーで、つけてくる車――もしくはバイク？　を視認したようだった。

「ずっと、ついてきてるような気がするんだよな。いつからだか、わからんけど……」

　ふたたびつぶやいた岡が、急に左にウィンカーを出し、ハンドルを切った。街道沿いのコンビニの駐車場に、頭から車を入れる。

「二台挟んだ、黒いＳＵＶだ」

　英次も身をよじって、助手席側のミラーをのぞきこんだ。岡の言う通り、二台が通過したあとに、黒い車がものすごくゆっくり走り過ぎていった。が、運転席に座っている人物の顔までは見えなかった。

「思い過ごしだったかな」岡がゆっくりと首をひねった。

　すでに契約先を四軒まわり、そろそろ昼にさしかかる頃合いだったが、まだ休憩は早い。岡はバックして、ワゴンを発進させた。

　しばらく走ると、岡が舌打ちした。

「確定だな」

「えっ」座席の上で、体が凍りつく。

「途中のファミレスの駐車場から、同じ車が出てきた。そんな偶然ねぇだろ。あきらかに、こっちを待ってたな」

　岡とは横並びで座っているわけで、青ざめているかもしれない、この顔を見られないのが救いだった。

真っ先に思い浮かんだのは、よっつんの顔だ。もちろん、よっつんには勤めている会社の名前までは言っていない。

いや……、待てよ。英次は、ともすれば思考停止に陥りそうになる頭で必死に、キャバクラでの出来事を思い出した。

アヤミに名刺を渡したじゃないか。あそこには「サクラ警備保障株式会社　東京警送センター」と芝浦の住所など、すべての情報が書かれている。

しかし、どうしてもアヤミのことは疑いたくなかった。あのときかけてくれた親身な励ましは、決して嘘だとは思えなかった。

「慣れてやがるな。きっちり間隔を開けて、つかず離れずついてくる」

岡は片手でハンドルを操作し、もう片方の指の爪をしきりに噛んでいた。どう対処するべきか考えているのだろう。

「いつからだ……？　朝からか？　ってか、今日だけか？　何台もあるウチの現金輸送車のなかで、この車だけを狙って？」

岡の自問がとまらない。

もしかしたら、元警察官の岡だから、こうして尾行に気づけたのかもしれない。蜂須賀だったら、数台挟んでついてくる車の存在すら感知できなかっただろう。ということは、岡の言う通り、尾行は今日だけでない可能性もある。冷や汗がとまらなかった。

「もうすぐ、着くぞ。次はコンゴーマートの経堂《きょうどう》店だ」

岡がハザードを点灯させ、経堂駅のロータリーにさしかかる手前で現金輸送車を停めた。英次は岡の座る運転席の窓をうかがった。

あの車がゆっくりと真横を通過していくのが見えた。黒いＳＵＶは、そのままロータリーに進入し、バスの出入りの邪魔にならないところで停車した。が、誰も降りてこない。後部座席とリアウィンドウはスモークになっていて、車内がうかがえない。

「行くぞ、クライアントが待ってるから、動かないわけにはいかない」岡が指示を出した。

「お前が金を出せ。俺が警戒にあたる」

岡が特殊警棒を構え、車の周囲をうかがう。英次は震えて言うことのきかない手と腕を鼓舞し、後方の扉を解錠した。さらに金庫室の鍵を開ける。

「コンゴーマート、経堂店……、経堂……」心臓が波打ち、膝が萎《な》え、重い硬貨の入ったケースを取り落としそうになった。

「焦るな、大丈夫だ、あの車に動きはない」背後から、落ち着いた岡の声がする。このときほど、岡の存在を頼りに思ったことはなかった。

台車を出し、釣り銭のケースを三個積んだ。金庫室と、ワゴンのドアの施錠を確認し、すぐそばにあるディスカウントショップの正面口から入った。品出しをしていた店員に声をかけ、バックヤードまで通してもらう。

店長に判子をもらい、釣り銭と売上金を交換するかたちで、やりとりする。帰りは台車を使わない。売上金は紙幣が主で、軽いから、ひったくりのようにさらわれる可能性がある。

岡がふたたび特殊警棒を伸ばした。店の出入り口で、慎重に外の様子をうかがう。まるで軍隊のように、右手を頭の位置まで上げて軽く振り、ついてくるよう無言でうながしてくる。

英次は片手で空の台車を押し、売上金の入ったバッグをもう片方の腕でしっかり抱いて歩いた。岡が先導しているから、背後はがら空きだ。ときどき後ろを振り返りながら、どうにか車に戻った。売上金をおさめるときも、とくにＳＵＶに動きはなかったようだ。

助手席に座り、ほっと息をつく。しかし、岡は車に乗りこんでこなかった。運転席の扉を開け、「ちょっと行ってくる」と、低い声で言った。

「えっ？　行ってくるって、どこへ？」まるで親においていかれる子どものように、悲愴な声を出してしまった。

「ナンバーを見てくる。ずっとつきまとわれるのも、ウザいしな。ロックを解くなよ、絶対に」

そう言い残して、岡は運転席の扉を閉めた。外からリモコンで、車の鍵をかける。

英次は唾をのみこみ、遠ざかっていく岡の背中を窓越しに見送った。岡はそのままロータリーの歩道を早足で歩いて行った。

すると、岡の接近をみとめたのか、ＳＵＶが急発進した。ロータリーの出口まで進み、一時停止線でろくにとまりもせずに、通りを消えていった。

防弾ベストからメモ帳を取り出した岡が、ナンバーを書きとめながら、車に戻ってくる。運転席に乗りこみ、メモ帳を胸元にしまった。

シートベルトを締めながら、なぜか岡がまじまじとこちらの顔を見つめてくる。

「俺はさ、所轄の強行犯係の刑事だったんだ」

「えっ、あっ、はい」

「車での尾行も数えきれないほどした。尾行されたのは、はじめてだったけど」

「岡さんだから、気づけたんだと思います」

「捕まえた人間の取り調べもした。しらを切るヤツもたくさんいた。でも、最後には必ず落とした」

「はあ……」尾行の話はわかるが、なぜ取り調べに話題が移ったのか。戸惑って視線をさまよわせると、岡がぞっとするほど優しい猫なで声を発した。

「お前、何かあの車について知ってるんじゃないか?」

「はい……?」

車の冷房に冷やされた汗が、制服のシャツの内側でだらだらとたれていく。

「隠すとろくなことにならないぞ。さっさと言っちまったほうがいい」

「知りませんよ!」

静かな車内には不釣り合いなほどの声量で叫んでしまった。岡が探るような視線を向けてくる。

「本当か?」

「本当です」

「そうか、わかった」意外にもあっさりと岡は引き下がった。「いずれにせよ、この車のナンバーを、お前のオヤジさん経由で調べてもらおう」

ふつうは、一民間企業がナンバーの照会などできるはずもない。しかし、警察とのコネクシヨンがあれば、あまり大っぴらには言えないが、あやしい車の素性を調べるくらい訳はない。

現金輸送車が尾行されたとなれば、なおさらだ。

その後の勤務を無事に終え、芝浦から自宅の最寄りの代々木上原まで電車で帰った。

疲れ果てた。岡には最後までしらを切り通したが、絶対に何か感づかれている。父親に何かしらの報告が上がるだろう。

「マジで関係ないんだって……」改札を抜け、夜道を歩きながら、思わず独り言をつぶやいてしまった。

頭のなかで、ぐるぐると際限なく思考がめぐる。足元ばかり見つめて歩いていたから、後ろから接近してくる車にまったく気がつかなかった。

クラクションを鳴らされ、とっさに顔を上げる。住宅街の路地だった。そこまで車道にはみ出して歩いてないのにと思って、舌打ちしながら振り返った。

ヘッドライトに目がくらみかけたが、開け放った車の窓から顔をのぞかせた人物の顔がしだいにはっきりと像を結ぶと、膝が途端に震えた。

「乗れよ」後部座席の窓から、よっつんが手招きをしている。

周囲を見まわし、家までの距離を頭のなかではかった。とてもじゃないけれど、逃げきれない。

「早く、乗れ」

「いや……、家、すぐだから」

「ちょっと話があるんだ」

しかたなく踵を返し、よっつんの開けたドアから乗りこんだ。日中の黒いＳＵＶとは違う車だ。

「お前、ちゃんと働いてるんだな。偉いな」座席の奥につめたよっつんが、こちらの膝をぽんと一つ叩いてきた。「顔も、ちょっと精悍《せいかん》になってきた感じがする」

お前のことを見てたぞというあからさまな脅しに、どう言葉を返していいのかわからなかった。英次はずっと気になっていたことをたずねた。

「会社のこと、アヤミさんに聞いたの？」

「アヤミ……？　誰だ、それ」よっつんは、車の天井を見上げた。「ああ、あのときのキャバ嬢か。違《ちげ》えよ」

その答えに安堵はしたものの、次のよっつんの言葉で、ふたたびどん底に突き落とされた。

「だいたい、俺がここまで来てるってことは、お前のこと何から何まで調べてるからだろうが」

たしかに、キャッチで働いていたときには、実家の住所など一言もよっつんや仲間に言っていない。それなのに、こうして最寄り駅で待ち伏せされた。会社も、家も調べられたということに、今さら気がついて愕然とした。

「お前の会社調べてて思い出したんだけどさ、六年前、三億円盗まれてるよな？」

「だから、無理なんだって！」英次はほとんど懇願するような口調で訴えた。「その件で、セキュリティが強化されてるから、一円だって盗めないよ」

「だろうな。やるとしたら、やっぱり輸送中だな」

膝の上に肘をのせ、前屈みの祈るような姿勢で手を組み合わせた。貧乏揺すりがとまらない。背もたれに寄りかかったよっつんの声が、上から降ってくる。

「それにしても今日、お前と組んでたヤツは勘がいいな。けっこう気をつけて、運転させてたんだけど」

英次は視線を上げた。運転席に、知らない男が座っていた。じっと前方を見つめているので、顔がよくわからないが、おそらくよっつんと同年代だろう。

「あの人は、強行犯係の元刑事だって言ってた。だから……」

「もう一人、ペアがいるだろ。冴えない中年男」

「いるけど……」よっつんにとってネガティブな情報を、頭のなかで必死に探しつづけた。

「でも、その元刑事に今日の車のナンバーをひかえられてるんだよ。もう警察にも報告がいってると思う」

「あの車は、全然関係ない人間の名義になってるから、俺らとは結びつかない」

よっつんは平然としていた。

「とにかく、その元刑事ってヤツじゃなく、おっさんとお前がペアを組むときにやろう」

「やろうって……」あまりに軽い言葉に唖然とした。

「あのおっさんが、金庫室を開けた瞬間だ。お前は周囲を警戒してるわけだが、俺たちの接近をぎりぎりまで許してくれればいい。あとは、適当に襲われた演技をしておけ。おっさんをスタンガンか何かで失神させる。お前らの頭に袋をかぶせて、後ろ手で手錠をかけておく。窮屈だろうけど、しばらく我慢してくれれば、そのあいだに金を盗むから。そのうち助けが来るだろう」

　そんな簡単にいくわけがないと思う一方で、二人いる警備員のうちどちらか一方がグルなら案外すんなり成功するのではと、もちろんまったく乗り気ではないものの、わずかな希望にすがりたくもなった。どんなに説得しようと、ここまでやる気のよっつんを今さらとめることはできないからだ。

「売上金回収ってことは、一日の終わりがいちばん金を積んでるってことだよな？　夏場は夕方もまだ明るいから、冬に決行しよう。それまで、準備をしておく。お前は監視カメラがなくて、人通りも少ない現場を選定してくれればそれでいい」

「そんなに都合良くいかないって！　ルートや担当地域は、定期的にシャッフルされるんだから」

「定期的って言っても、そこまで頻繁じゃないだろ。準備を周到にしておけば、場所が直前に決まっても対処できる」

　どれだけ希望的観測を想定したところで、明るい未来は見えてきそうになかった。たとえ現金奪取が成功したとしても、半グレグループの手先として働いたことの知られている自分が、「災難でしたね」で済まされるはずがない。サクラ警備、警察、父親、保険会社から、嵐のような追及を受けるだろう。

「この前話しただろ？　俺たちはバグや抜け道を見つけて、世間を出し抜くノウハウにたけてる。だから、バレない。銀行の金と違って、店の売上金は札の番号もバラバラだからな」

毎日決まりきったルーティーンの仕事に倦《う》んで、誰か襲ってこないだろうか、俺が撃退してやるのにと日々夢想していた自分を、心底愚かだったと呪いたくなった。

巻きこまれたら、こちらも絶対に無傷では済まない。身の破滅が必ず訪れる。できることなら、あのキャバクラの日に戻って、よっつんとの問答を一からやり直したかった。

「まあ、想像するだけなら犯罪にならないんだから、考えといてよ」へらへらと半笑いで、よっつんが言った。

もう行け、と短く命令され、英次は車を降りた。足にうまく力が入らず、雲の上を歩いているような、ふわふわと心もとない歩き方になってしまった。よっつんの乗った車が、ふたたびヘッドライトを点灯させ、走り去っていくのを見送った。

英次は知らない家の塀に背中をあずけた。そのまま、ずるずるとしゃがみこむ。塀のコンクリートにTシャツがこすれて、痛かった。

俺は弱い。社会に出て、働いて、はじめて悟った。

そんな弱い俺が、警備員として他人の金を守る。じゃあ、俺自身はいったい誰が守ってくれるのだろう？

足に力をこめて立ち上がる。すると、財布とは反対のポケットに入れていたスマホが短い着信音を鳴らした。

〈アヤミだよ　覚えてる？〉

あまりのタイミングの良さに驚いたが、自然に笑みと涙がこみ上げてきて、ふたたび路傍にしゃがみこんだ。

〈あれからちょっと心配だったから連絡してみた〉
〈元気？　何か困ってない？〉
吹き出しが、次々と画面に表示される。まったく問題は解決していないのに、なぜかますます目頭が熱くなり、暗闇のなかで発光するスマホの画面がぼやけた。

数時間後、アヤミと入った焼き肉店で、英次は白く濁ったマッコリをおそるおそるすすった。

「甘っ！　ウマっ！　これ、お酒ですか？」

「君、かわいいよね。いちいち、反応がかわいい」アヤミがテーブルに頬杖をつきながら、笑みをこぼした。「まだまだ、お子ちゃまだ。ウイスキーは早かったね」

「お子ちゃまって……。アヤミさんと一つしか違わないじゃないすか」

あのあと連絡を取り合い、キャバクラが休みだったアヤミと会うことになったのだ。

「ほら、若者。食え食え」肉はもっぱらアヤミが焼き、次々とこちらの取り皿によそってくれる。

「だから！　アヤミさんもまだ二十一でしょ！」

こそばゆく、ともすれば寒いやりとりが、なんとも心地良い。考えてみれば、こうして同年代の人と向き合って食事するのも久しぶりだった。胃袋だけでなく、すさんでささくれだっていた心も、温かく満たされていく気がする。

気が大きくなったわけではないけれど、よっつんに言ってやりたい。

いいじゃないか。ふつうに結婚して、たまに外食して、少ない給料や、上向かない景気や、不正を繰り返す政治家に文句を言いながらも、平凡な人生をまっとうするのも悪くない。一度大きく足を踏みはずしたら、二度とそんな当たり前の生き方には戻れなくなるのだから。

「で……、何があったの？　また、あの男？」アヤミのその一言で、英次は我に返った。

豚トロの油がしたたったからか、網から小さな炎が立ちのぼった。アヤミは英次の話を聞きながら、飲んでいたレモンサワーのグラスから器用に氷だけを取り出した。

「全部調べられてたなんて、こわいね……」アヤミがぽつりとつぶやいて、網の上に置いた氷を箸で転がした。

二人のあいだに、白い煙が立ちのぼる。アヤミの顔がかすんだ。キャバクラで会った日にアップだった髪をおろしているだけで別人に見えた。

「もしかしたら、うまくいくんじゃないかっていう甘い考えもあるにはあって……」

「甘いよ、甘すぎる」アヤミがぴしゃりとさえぎった。

「ですよね……」急に食欲を失い、焼けた肉が取り皿に積み重なった。「だったら、いっそのこと、仕事やめちゃおうかなって思って」

「いや、それでもやっぱり仕事はつづけたほうがいいと思うよ」アヤミが即答した。「やめて、何するの？　何も目的がないのにやめちゃったら、今度はフリーターくらいしかできる仕事がなくなって、嫌になってやめての繰り返しになっちゃうよ。それでまた、よっつんって男の仲間にくわわったら元も子もないじゃん」

アヤミの言う通りだった。飽きっぽいからこそ、しばらく辛抱しなければ、働くということに対して耐性がつかない気がした。

「家の近くで、あいつに張られてたんだよね？」アヤミがたずねた。テーブルの下で足を組み替えたらしく、彼女の爪先が、英次のすねに触れた。

　たったそれだけのことで、英次はびくっと身じろぎをした。アヤミが「どれだけビビってんの」と、軽く笑った。

「たぶん」

「また来るかもしれないんだよね？　来たら、今度こそ返事を求められるんだよね？」

「じゃあ、しばらくウチに来る？」

「はい？」アヤミの提案が信じられず、英次はふたたび椅子の上で身じろぎした。

「私も朝方帰って、ちょっと寝るだけの家だし、日中働いてる英次君とはほとんど会わないと思うよ」

「いや、そういう問題じゃ……」

「私、起きたら大学行って、夜はキャバで、さらにファミレスのバイトもしてるから、家に全然いないし」

　アヤミが、「シメ食べる？」と、メニューを広げた。メニューには拭いてもとれない油が表面にこびりついているのか、めくるたびにぺりぺりと音がした。

　実家を離れたとしても、たぶん一時しのぎにしかならない。でも、あいつに会いたくない。よっつんに会ったら、今度こそ「わかった、やるよ」と、この口は言ってしまうだろう。

「もし、彼氏さんとかがいないなら……」英次は、取り皿の上に置いた箸を、無意味に指先で整えた。「しばらくお世話になろうかな」

「オッケー」百円を貸すくらいの気軽さで、アヤミが答えた。「今夜から来なよ」

冷麺かご飯かで、しばらく二人して迷っていた。肉をかなり食べているのに、アヤミは「決めた！」と、魯肉飯《ルーローハン》の大を指さした。

Tシャツを着たアヤミの腹はかなりスリムだった。こんなに食べて、なんでモデルみたいな体型を保てているのか——そんな些末な疑問を頭のなかで打ち消しながら、英次はおそるおそるたずねてみた。

「あの……、なんでここまでしてくれるんですか？」

酔っ払った勢いで、こんな安易な提案をしているわけではなさそうだった。アヤミの顔は白く、炭火の熱にも火照《ほて》った様子がない。

「会ったばっかりの、素性もよくわからない男なんか泊めて、大丈夫なんすか？」

「警備会社の名刺もらってるからね」店員を呼ぶためなのか、右手をひらひらと頭上にあげながらアヤミが言った。「それこそ会社をやめられないかぎり、安心だと思うから」

「それはそうですけど、もっと根本的に、なんでよくしてくれるのかなって」

今になって、甘ったるいマッコリが胃にずっしりとたまって、存在を主張してくる。店員を呼び、お互いにシメの注文を伝えた。

「もし仮にね、仮にだよ——」

メニューをテーブルの隅に立てかけたアヤミが、両肘をテーブルについた。組んだ両手の上に顎をのせて、こちらをじっとのぞきこんでくる。

「私のお母さんが、重病で入院してるから、百万貸してって私がいきなり言いだしたら、英次君は信じる？　貸す？」

「いや……」戸惑いながら、首を軽く横に振った。「そんなすんなりは信じないと思いますし、そもそもそんなお金ないですし」

「じゃあ、英次君が私の家で暮らして、しばらく経って、ある程度信頼関係ができたとして、お母さんが手術するからお金欲しい。やっぱり、現金輸送車の強盗に加担してって頼んだら？」

　何を言ってるんだ、この人は……？

　頭が混乱し、急に警戒感が高まった。英次はあまりにも真っ直ぐなアヤミの瞳から目をそらした。

「それは、今の時点で聞かれても、たぶんノーって答えるんでしょうけど、本当に……、何と言うか、情みたいなものが僕らのあいだに成立してたら、考えちゃうかもしれません」

　うん、とアヤミが咳払いなのか、返事なのか、曖昧《あいまい》な音を喉から出した。

「あのね、今の全部、嘘だからね。何が言いたいかっていうと、とにかく私が途中で何か変なことを言いだしたら、私を容赦なく疑って、すぐに出ていってね」

　まさか、この人はよっつんの仲間なのではないかと、はじめに抱いた疑問に立ち返った。じわじわと恐怖心が再燃してくる。名刺に書かれた勤め先の情報をよっつんに流し、そして、これからは自分の近くにおくことで、徐々に気持ちが強盗へと傾くように説得するつもりなのではないだろうか？

けれど、もしそうだとしたら、こんな思わせぶりなことを言う必要はまったくないわけで、ただのおせっかいな良い人を演じていれば済む話だ。

「よっつんって人が言ってたけど、君、やっぱり素直すぎるっぽいから、あらかじめ言っとくよ」

「そんな、俺……、素直ですかね？」アヤミの意図がまったくわからず、後頭部をかきながら、英次はへらへらと情けない笑みを浮かべた。


アヤミの部屋は、とてつもなく汚かった。

キャッチをしていた頃、独り暮らしをしている仲間の部屋によく入り浸っていたのだが、ろくに掃除をしないそいつのワンルームよりも散らかっていた。

シンクに洗い物がたまっている。小蠅《こばえ》が飛び交っている。服が床やベッドにまで広がっていた。生活感にあふれた、１ＬＤＫの部屋だった。

「あんまり汚いところ、じろじろ見ないで、恥ずかしいから」

「あの……、それだと天井しか目のやり場がないんですが」

「じゃあ、さっさと寝るしかねぇな！」肩にパンチされた。

さすがに、一日の汗は流したかったので、交代でシャワーを浴びた。英次が浴室に入っているあいだに、たまに妹が使うという布団が、雑にどかされた荷物の隙間に敷かれていた。

コンビニで買った下着に着替え、今まではいていたものを捨てようとしたのだが、「何してんの、もったいないよ」と、とめられた。

「強盗の件が解決するまでここにいるんだから、洗濯なんかもきちんとしなきゃでしょ」

アヤミの寝るベッドのすぐ下に、布団がある。寝転がった。暗い天井を見つめていると、俺は今、なぜこんなところにいるんだという強烈な違和感が襲ってきた。ほとんど会ったばかりの女の子の家に、酔った勢いでもなく、当たり前のように上がりこんで、しかもしばらく滞在しようとしている。

仰向けのまま、手の甲を額にのせ、目をつむった。一日、あまりにもいろいろなことがありすぎた。

「ねぇ……」

呼ぶ声に目を開けると、うつ伏せで寝たままベッドから身をのりだしているアヤミの顔がすぐ近くにあった。英次は布団の上で身をかたくして、「なんですか……」と、たずねた。

「その傷、なんでできたの？　ケンカ？」

アヤミが指さしたのは、眉の生え際にある傷跡だった。そこだけ、茶色く盛り上がっている。

「ああ、これすか」英次は傷を指先でなぞりながら答えた。「ケンカじゃないんですよ。小二のとき、お店のガラスにぶつかったんです。向こう側に両親がいて、走って駆けよって、俺はそのあいだに何もないと思いこんでたんですけど、ガラスに激突して割れちゃったんです」

「割れるって、そうとう思いっきり走りこんだんだね」

あのときは、本当に両親が優しかった。父親は病院で傷を縫うあいだ、ずっと泣き叫ぶ自分の手を握っていてくれた。少しやんちゃな末っ子が、まだまだかわいくてしかたなかったのだろう。英次も、自分が警察官になる未来を信じて疑わなかった。

ふたたび、目をつむった。子どもの頃は、家族に手厚く守られていた。その当たり前の事実を疑いすらしなかった。

父親を否定し、家を出てしまった今、もはや自分自身を守れるのは、自分だけだと思った。

なんとかしよう。心を強く保つんだ。よっつんを退ける方法を、どうにかして考えなければならない。

アヤミの言った通り、彼女とはほとんどすれ違いの毎日がつづいた。

家賃を少し入れたいという提案に、アヤミは頑としてうなずかなかった。お金のかわりに、英次はシンクにたまった食器を洗い、掃除機をかけた。

実家にいたときは、母親の手伝いをする気には到底なれなかった。それが、今はよく素性も知らない女の子のために、トイレや風呂の掃除など、進んで家事をこなしている自分が信じられなかった。

〈きれいにしてくれてありがとう　冷蔵庫にカレーあるから食べてね〉

帰宅すると、手書きのメモがよくローテーブルの上にのっていた。しかし、キッチンに目を転じると、かぴかぴにかわいたカレーがこびりついた鍋や食器が、まるまる放置されていて、げんなりもする。カレーはおいしかったが、どうやら片付けが苦手らしい。

「せめて、水につけといてほしいな……」という独り言は、しかし、自分の耳にむなしくは聞こえなかった。誰かのために自分がいる、という思いが、心の支えになっていたのかもしれない。

ときどき、実家にもこっそり戻って、必要なものを取って帰った。よっつんには会わなかったけれど、面倒だったのは母の存在で、「いったいどこにいるのか」と詰問された。そのたびに、ちょくちょく顔を出すからと、追及を逃れるのに必死だった。むしろ、アヤミの部屋に帰ったときのほうが、気分が落ち着き、ほっとした。

あるとき、明け方近くに目を覚ました。窓の外はうっすらと明るかった。

床に敷いている布団の上で、顔だけを傾けると、すぐ近くのローテーブルに向かって何か作業をしているアヤミが目に入った。

「あっ、ごめん、起こしちゃった?」ノートパソコンのキーを叩きながら、アヤミがちらっと視線を上げる。

普段はコンタクトレンズなのか、たまに見るメガネをかけた姿が新鮮で、英次は好きだった。

「ううん、大丈夫、ちょっとトイレ」

目をこすりながら起き上がり、トイレに向かう。ともすれば忘れてしまいそうになるが、アヤミの本業は大学生で、こうしてキャバクラの勤務を終えてからレポートなどの課題をこなしているようだ。

もう一眠りして六時半に起きると、今度はアヤミがベッドで寝ていた。ローテーブルの上には、プリントアウトされたレポートがのっていた。

「保育園の園外活動における安全性の確保」というタイトルと、「教育学部　町山美和」という名前が表紙に印字されている。

アヤミというのが源氏名であるのはわかっていたが、英次はずっと「アヤミさん」と呼んでいた。そのほうが、互いの適切な距離感を保てるような気がした。最悪なのは、こうしてお世話になっているアヤミと、つまらない理由でケンカをしてしまうことで、どこか他人めいたよそよそしさを保つことに生活の重きをおいた。

それでも、日々、いやおうなく情はわいてくる。今も、アヤミの寝顔を見て、かわいいなと思ってしまう。こんなに頑張っている人が報われない社会も、たしかにおかしいと感じる。

心に引っかかっているのは、焼き肉店でのミステリアスなアヤミの言葉の数々だった。もし、今以上に信頼関係や愛情が芽生えたら……。そして、「お金がどうしても必要だから、強盗に参加して」と懇願されたら。

俺はいったいどうするだろう？　英次は朝、アヤミの寝顔を見るたびに考えた。しかし、あれ以来、アヤミが奇妙な発言をすることはなかったから、しだいにそんな想像をする頻度も少なくなっていった。

身支度を整えた英次は、まだ寝ているアヤミに「行ってきます」と、小声でつぶやいて部屋を出た。

いつものように、蜂須賀と契約店舗をまわっていく。呆れるほど代わり映えのしない毎日だったが、尾行された日以来、東京警送センターは、どこかぴりぴりした、ものものしい雰囲気に包まれていた。

ナンバーの照会はされたようだが、よっつんの言っていた通り、犯罪にかかわるような証拠や前歴は何も出てこなかったらしい。

日々警戒はしているものの、具体的に何をどう警戒したらいいかわからない、というのが、ぴりぴりしたムードの原因だろう。それでも岡や蜂須賀が尾行に関して、直接英次に問いかけをしてくることはなかった。

いつもマイペースに見える蜂須賀はともかく、岡の沈黙はかなり不気味だった。今頃は、父親経由で警察に連絡が行き、自分の身辺があらわれているかもしれない。オヤジは、いきなり実家を出た息子を、絶対に不審に思っているだろう。

しかし、いちばん負担を感じているのは、現場をまわる警備員たちで、無用な緊張をしいているのは自分のせいだという負い目を、英次は強く感じていた。

運転中の蜂須賀を見て、やはりすべてを話すべきだと、英次の気持ちは傾きつつある。今も、蜂須賀はハンドルを握りながら、かなり頻繁にサイドミラーを確認しているようだ。

互いに無言のなか、次のクライアントのスーパーに到着し、英次は膝の上に置いていたヘルメットを装着した。蜂須賀がウィンカーを出しながら、ハンドルを切る。幸いなことに、このスーパーは商品を運ぶトラックの搬入スペースが敷地内の裏手にあり、そこに車を停められるから最短で店内と車を往復することができる。

いつものように、台車に釣り銭を積み、バックヤードから入ると、いきなり「あああー！」という絶叫が廊下に響いて、英次はとっさに蜂須賀と顔を見合わせた。

事務所に入り、おそるおそる「サクラ警備です」と顔を出すと、店長と老婆がテーブルに向かい合わせで座っているのが見えた。

「なんで、私、こんなことしちゃったんだろう……」両手で頭を抱え、老婆はうなだれていた。髪は真っ白で、頭頂部がかなり薄い。どうやら、叫び声はこのおばあさんのものだったらしい。

「なんでかって、こっちが聞きたいですよ、本当に」この店長は温厚で、いつもにこにこしているのに、今日ばかりは不機嫌そうな顔つきで腕を組んでいた。

テーブルの上には、肉のパックやチョコレートなど、いくつかの商品が広げられていた。

「どうか、逮捕だけは……」老婆は英次と蜂須賀を認めると、深く頭を下げながら両手を合わせてきた。「お願いです。見逃していただけませんか？」

「この人たちは警察じゃないですよ」店長が英次たちに会釈をしながら言った。「でも、これから通報しますからね。万引きした人は、もれなく警察に引き渡すように指導されてますから」

「ああ！」と、ふたたび老婆が顔をテーブルに伏せ、悲痛な声をあげた。

かなり反省しているようだが、いくぶん芝居がかっているようにも見えた。同情をひいて、なんとか通報を思いとどまってもらえないかと、わざと大げさな反応をしているんじゃないかと英次は感じた。

「お待たせして、すいません」店長が立ち上がり、パーティションで仕切られた、事務所の隅にある大きな金庫に歩み寄った。「最近、年配の万引きが多くてね。おたくの警備会社は、万引きGメンってやってるの？」

「はい、やってますけど」

蜂須賀が台車の持ち手をおさえながら答えた。英次はてきぱきと釣り銭のつまったケースを、台車からおろしていった。

「今のおばあさんは、店員さんが捕まえたんですか？」

「そうだよ。挙動がおかしかったから見張ってたらしいけど、さすがにずっと万引きを警戒してたら、業務がおろそかになっちゃうしね」

蜂須賀が売上金を受け取りながら、店長に説明をはじめた。

万引きGメンというのは、テレビなどで使われる通称で、警備業界では保安員と呼ばれている。私服で店内を巡回し、挙動のあやしい客をマークし、窃盗を現認することで現行犯逮捕を行う。現金輸送は3号業務だが、店内の保安は施設警備にあたる1号業務であり、部署も違う。

「同情したらダメなんだけどさ、今のおばあさんも、最近オレオレ詐欺に引っかかって、大金を振り込んじゃったらしいんだよ。犯人も捕まってないし、お金も戻ってきてないんだって」

「お店はまったく関係ないのに、それで商品を盗まれたら、たまったもんじゃないですよね」

蜂須賀が、眉をひそめて答えた。

二人の会話を黙って聞いていた英次は、事務所を去るとき、ちらっと老婆の丸まった小さい背中を見た。後悔か、罪の意識からか、その肩がかすかに震えていた。

売上金を車の金庫室におさめ、蜂須賀は運転席、英次は助手席に座った。

エンジンをスタートさせるために、英次は鍵を取り出したのだが、蜂須賀は微動だにしない。「なんだかなぁ……」と、独り言をつぶやいている。

英次もまったく同じ気持ちだった。なんだかなぁ、としか表現できないような、煮えきらない、やるせない思いが全身を重くしている。車の鍵を手のなかでもてあそんだ。

すると突然、蜂須賀が何かを嚙みしめるような口調で問いかけてきた。

「英次君、俺たちは何を守っていると思う？」

その質問は、なかば蜂須賀が蜂須賀自身に向けたものであるようにも聞こえた。英次はおそるおそる答えた。

「お金……ですよね」

「そう、お金」

二人同時にシートベルトを締めた。蜂須賀がため息をつきながら、言った。

「あの人たちが、日々、働いて得ているお金だよ」

蜂須賀が見ているほうに、英次も視線を移した。ちょうど、商品の搬入がはじまったらしく、「高原レタス」と書かれた段ボールを、店員がトラックから下ろし、積み上げている。

残暑が厳しい午後二時だ。外は容赦ない日差しが落ちている。若い男性の店員はときどき首元にかけたタオルで汗をふきながら、重そうな段ボールを運んでいた。緑色のエプロンまで、汗で濡れていた。

「でも……」

英次は胸の前のシートベルトを握りしめながら、つぶやいた。

「真面目に、一生懸命働いて、ずっと低賃金でっていうのが、嫌になるときってありませんか？　スーパーの売上げは、きちんと正しくあの人たちに還元されてるんですかね？」

　ヘルメットを脱いで、膝の上に置いた。心にかすかに引っかかるものがある。「お前、騙されてないか？」という、よっつんの問いかけが頭のなかによみがえる。

「テレビで、たまたま半グレの特集を見まして」とっさに嘘をついてしまった。「それで、インタビューを受けてたヤツが話してたんですけど、賢い人間は、この社会のバグとか抜け道をうまく見つけて、通り抜けて、稼ぐって。うまく立ちまわったヤツが勝ちなんだって」

　蜂須賀も、いつものようにヘルメットを脱いで、ダッシュボードにそっと置いた。黙ったまま、英次の話に耳を傾けている。

「他人の金を、危険をおかして守って、それでもたいしたお金はもらえなくてっていうのが、ハチさんは嫌になるときがありませんか？」

　何か思うところがあるのか、「そりゃ、あるさ」と、蜂須賀が何度も禿げた頭部をさすりながら答えた。

「でも、俺はね、ただ目の前の金を守ってるだけじゃないと思うんだ、この仕事は。それ以上の価値があると思ってる」

「えっ、どういうことですか？」英次は蜂須賀の横顔をちらっと見た。

　蜂須賀は前を見つめたまま、少し目元をやわらげた。目尻に、薄いしわが寄った。

「じゃあさ、俺たちはいったい何からお金を守っているんだろう？」

「それは……、盗もうとする人間からですよね」

「当たり前だけど、そうだよね。でも、なかなか現金輸送車を個人で襲おうって人はいない。

たいていは、組織的犯行だ。今、英次君が言ったみたいな、半グレとかね」

今になって、「半グレ」というワードを出したのは、まずかったかと思った。が、英次は、もうすべてを打ち明けてもかまわないという気持ちになっていた。

「売上金管理の場合、盗まれたときに損失を補塡《ほてん》するための保険料もクライアントからいただいてるからね。たとえ強盗が成功したとしても、損失を被るのは、表面上保険会社だけなんだけど……」

我々の対応に重大な落ち度がなければ、現金輸送車の金が盗まれても、基本的には保険会社が保障してくれる。だからこそ、３号業務に従事する警備員は、命を危険にさらしてまで無理に犯人に抵抗しないよう教育されている。

「でもさ、仮にこの車にある金が、半グレとか暴力団とか、そういう連中に盗まれたら、その大金は必ず、また悪いことの資金に転用されるだろうね。たとえば、詐欺だとか、ヤミ金だとか」

「ですよね……」英次は自分の膝の上のヘルメットに印字されている、「サクラ警備保障」という社名を見つめた。

「すると、さらに被害を受けて悲しむ人は増えるよね。この車で運んでいた金が盗まれたばっかりに、さらに反社会的勢力は力をつけて、真面目に働いてる人たちを騙し、傷つける」

「はい……」痛いほど、身にしみる言葉だった。

万引きをしたあの老婆も、特殊詐欺の被害にあったという。

その老婆が、窃盗をして、今度はスーパーを苦しめる。スーパーの利益が減れば、店員の給料にも影響するかもしれない。

よっつんの言った、このクリア不可能なゲームのなかで、ごくふつうに、まっとうに生きている者同士が傷つけ合い、いがみ合う。そして、抜け道を知り、自在に行き来する者だけが、得をして、ほくそえんでいる。

「さっき英次君が言った、バグや抜け道自体をなくすのが、政治家や官僚の仕事だ。そして、抜け道を通る人間を捕まえるのが、警察の仕事だ」

蜂須賀は断固とした口調でつづけた。

「俺たちの仕事は、最前線で、抜け道の前に立ちはだかる。そもそも通らせない。何も事件を起こさせない」

無言のまま、英次は何度もうなずいた。警備員の仕事の意義や意味をはじめて身をもって理解できた気がしたのだ。

「もちろん、武装した人間に対しては無力だ。とくに、俺みたいなおっさんはね。でも、生きているかぎり、警察にすぐ通報することはできる。そして、そもそも抜け道の前に立つことそのものが、犯罪に対する抑止力になってると、俺は信じてる」

蜂須賀が、防弾ベストのポケットから、車のエンジンスタートの鍵を取り出した。

「抜け道を通って闇に持ちこまれる金が、さらにヤツらの力となって、俺たちを苦しめないように。めぐりめぐって、こちら側に跳ね返ってこないように。そのために、俺たちはいると思う。だから、ただ目の前の金を守ってるだけじゃないと信じてるんだ。その何倍もの価値があるんだ」

「はい」今度は、はっきりと返事をした。

もしも、よっつんの仲間にくわわったら、それは抜け道の前に立ちはだかるふりをして、実際には賄賂《わいろ》を受け取り、「どうぞ、どうぞ」と、こっそり道案内をするようなものだ。しかし、その報いは蜂須賀の言う通り、きっと何倍にもなってアヤミのような、日向に住む善良な人間たちに跳ね返ってくるだろう。

「まあ、これも前の社長の教えなんだけど、ね」

「亡くなったっていう……？」

「そう。俺たち警備員は、何の権限もない一般人だ。だからこそ、市民の立場に立って、サービスを提供することができるんだ。そのことだけは口酸《くちず》っぱく言われたよ」

二人そろって、同じタイミングで鍵をまわす。ワゴンのエンジンがかかり、座席を通して振動が伝わってくる。

「それだけ価値がある仕事なのに給料低いって言われたら、もう反論の余地はないけどね」蜂須賀が苦笑しながら言った。

「いや」英次はかぶりを振った。「なんだか、勇気がわいてきました」

「勇気だなんて、大袈裟だなぁ」と、蜂須賀はさらに照れくさそうに笑った。「じゃあ、気を取り直して、次に行こう」

ことさら明るい声で蜂須賀が言った。ギアをドライブに入れ、ワゴンはゆるやかに発進した。

その日の勤務後、いつものようにアヤミの部屋に帰ると、玄関の鍵がかかっていないことに気がついた。一度、鍵を差しこんでまわすと、逆にロックがかかってしまったので、ふたたび反転させてドアを開けた。

どうせ、アヤミがかけ忘れたのだろう。部屋は真っ暗だった。が、靴を脱ぎかけた英次の動作はぴたりと停止した。見慣れない男の靴が一足あったのだ。

リビングに、ぼぉっと小さい明かりが灯っている。スマホの光に下から照らし出された顔が、ゆっくりとこちらを向いた。

「おお、エイちゃん、お帰り」

「よっつん……」ついに来るときが来たと、英次は悟った。

「お前、こんなところに隠れてたのか。探すの手間取ったぞ」

脱ぎかけのスニーカーに爪先を入れたまま、突っ立っていた。

「どうやって……、入ったの？」

「ピッキング」

こともなげにそう言い放ったよっつんは、ふらりと立ち上がって、部屋の電気をつけた。

「で、決心ついた？　襲うのによさげな場所ありそう？」

英次は驚き、たじろいだふりをして、一歩あとずさり、ポケットに両手を入れた。このポケットのなかに、もう特殊警棒はない。そんなものでは、自分の身を最後まで守りきれない。

これまで周到に準備し、練習してきた。決心もついていた。英次はよっつんにさとられないように、右ポケットの内部でスマホを操作した。

わざと震えた声で答える。

「俺、やっぱ無理だわ、ごめん」

「そんなこと言うなよ。労せず大金が手に入るんだぞ」

「だいたい、東京の二十三区で、人気《ひとけ》のないところなんてそうそうないよ。最後の契約先をまわるのが、だいたい七時くらいで、いくら冬で真っ暗とはいえ、完全に誰もいないタイミングなんてありえないし」

「ちょっと繁華街からはずれた、路地にあるような店なら、いくらでもあるだろ」

「俺、ちょっと話を盛って、数億円運んでるって言ったんだけど、実際はそんなにないんだ。いっても、数千万くらい」

「いいじゃねぇか。数千万で」

「現金輸送車を襲うリスクと釣り合わない金額だよ」

「なんだ、お前」よっつんが、疑わしそうな目でじろじろと眺めてくる。「今日は、ずいぶんよくしゃべるじゃん」

踵《かかと》がつぶれたスニーカーの上で、今度は本当に動揺して、よろけてしまった。

「いきなり、よっつんがこんなところにいて、気が動転してるんだよ」

近くの壁に手をつくかたちで、自然にポケットから手を出した。

「それに、どうやって断ろうかって、ずっと考えてたからさ」

「残念だけど、お前は断れないよ」

よっつんが余裕たっぷりの笑みとともに断言した。

「お前、ここに住んでる女とどういう関係だ？」

そう聞かれて、さっと血の気が引いた。

「まあ、どうでもいいや。とにかく、お前が断るんなら、あのキャバ嬢を犯して、シャブ漬けにして、最後は風俗行き確定だな」

「あの人は、関係ないだろ！」

「出たな、大声が。それほど、大切なんだな。だったら、よくよく考えろ」

リビングの大きな窓は街道に面していて、車が通りかかるとヘッドライトがカーテンをなめるように照らしていった。

「そんな……」

早朝に、レポートを必死に書き上げていた姿が思い浮かぶ。私、保育士になりたいと、ある日、笑って話していた。

蜂須賀の言った通りだった。報いは必ず、ふつうに生きている善良な人間に跳ね返ってくる。俺のせいでアヤミが傷つけられるかもしれないと思うと、心臓が内側から爆発して、張り裂けそうになった。

「俺らはやると言ったら、容赦なくやるぞ」

「一週間……」

英次は震える拳を握りしめた。

「あと一週間考えさせてくれないかな？　頼むよ、よっつん」

社会の一員としての——人間としてのプライドを守り抜きたい。入社時の面接で発したみずからの答えは、決して嘘ではなかった。この極限に追いつめられた状況で、思い起こすのは、面接官だった佐久良基輝の言葉だった。

「いい答えを期待してるよ。あの女を救えるのはお前だけだ」

英次の肩を叩いて、よっつんが出ていった。ドアを開け、後ろ姿が消え去るのを確認してから、英次はスマホを取り出した。画面を見ずに、ポケットのなかでボイスレコーダーのアプリを立ち上げる練習を、今まで何度も繰り返してきた。

録音を確認してみた。成功だ。よっつんの声はいくぶんくぐもっているものの、その脅し文句は一語一語しっかりと聞き取れる。

はやる気持ちをおさえながら、父親に電話をかけた。あらかじめ、父にはすべてを話し、証拠をおさえると伝えてあった。

コール中、部屋のなかにもしかしたら盗聴器がしかけられているかもしれないと思い、あわてて外に出た。あたりを入念に確認し、父親の「もしもし」という不機嫌そうな声を聞いた。

英次は答えた。

「録れたよ、証拠が」

四元鉄男《よつもとてつお》に逮捕状と捜索差押許可状が出たのは、翌々日のことだった。警視庁の組織犯罪対策部と生安でも、ずっとよっつんやその周辺をマークしていたようで、今回の脅迫の容疑を足がかりに詐欺などの余罪追及に入る手はずらしい。

英次にとって何よりショックだったのは、四元鉄男とアヤミ——本名・町山美和《まちやまみわ》のあいだで、頻繁に通話やメールのやりとりが確認されたことだ。

「まったく、お前は本当におめでたいな」久しぶりに帰った実家で、父親から冷徹な言葉を浴びせかけられた。「キャバクラでお前が去った直後、四元は町山美和にすぐお前を追いかけるよう指示した。そして、まんまと名刺を得て、それを四元に渡した。だいたい、都合が良すぎるだろ？　四元に最初に自宅付近で脅されたあと、すぐに女から連絡が来て、しばらくウチに来ないかなんて誘われた時点で、どう考えてもあやしい」

　リビングでお仕置きのように立たされていた英次は、父の前で深くうなだれていた。すべてのいきさつを知った父は、息子のことをよほどのバカだと思ったに違いない。まさに、「愚息」そのものだ。

「いっしょに暮らして、徐々にお前との距離をつめていって、現金輸送車襲撃に舵を切らせていくよう四元は指示してたんだろう」

　焼き肉店で、アヤミはたしかに警告を発していた。自分が金を要求したら、容赦なく疑って家を出ろと言ってくれた。今なら、あの奇妙な発言の真意がわかる。

「しかし、それはうまくいかず、今度はその女性をお前の弱点として脅すプランに、四元は変更した」

　アヤミは板挟みになって、本当に苦しかっただろう。裏ではよっつんに与《くみ》しながら、彼女はなんとか襲撃をとめようとしてくれた。それだけはたしかだと断言できる。

「もちろん、その女も被害者と言えば、被害者なんだが」

「えっ……？」英次は驚いて顔を上げた。

「会員制のホストクラブで、若い女性を騙す被害が多発してたんだ。ホストはさも交際をしているような口ぶりで、複数の女性を甘い言葉で囲いこむ。俺をナンバーワンにしてくれ、俺にはお前が必要だ、金を稼いでゆくゆくは結婚しよう、なんていう思わせぶりなセリフをささやかれた女性たちは、系列のヤミ金で借金までしてホストクラブに金をつぎこんでしまう。その末路は、よくてキャバクラ、最悪でソープ……」

かなり微妙な立場におかれていたにもかかわらず、アヤミはぎりぎりの一線で自分をかばってくれた。もし命令に逆らったことが知れたら、それこそよっつんの脅しが現実になったかもしれないのに。

「おい、英次」

たるんだまぶたを億劫そうに持ち上げて、はっきりとこちらを見すえてくる。

「なんで、尾行されたときに、すぐ報告しなかった？　せめて、元刑事の岡君に話すことはできたんじゃないか？」

「その通りだと思います」ふたたび深くうなだれて、うなずいた。反論の余地もなかった。

「あのときは、ものすごく気が動転して、訳がわからなくなって……」

もしかしたら、岡から報告が上がったとき、父はある程度、俺を泳がすことを決意したのかもしれないと思った。その結果、暗躍している半グレグループが釣り上げられれば大成功。

しかし、万が一、自分が四元の強盗計画に加担していたら……。その結末はおそろしくて考えたくもなかった。

どちらにしろ、俺はオヤジの手のひらの上で転がされていただけだったらしい。俺はやっぱり弱くて、無力な存在だと心の底から思い知らされた。

自身の弱さや無知を自覚しないと、大事な何かを守ることは決してできない。その過程は、もしかしたら、たくさんの大人たちが通る道なのかもしれないと思った。

普段は押しが強く、偉そうにふんぞり返っている父も、叩き上げで警視になったくらいだから、若い頃はいろいろな挫折や悔しさを味わってきたことだろう。

今だからこそ、自分自身の動機や守りたいものを言えと、面接のときに迫ってきた佐久良基輝の真意もわかる気がした。己の内面に目を向けない者に、無知や弱さを自覚することはできない。もしかしたら、基輝も元社長である父の死などで、決定的な後悔を抱いたのかもしれない。

自分の弱さを知れたからこそ、他人の努力や痛みも想像できる。たくさんのお店の売上金と、何よりアヤミの身を守れたことにだけは、少しだけ胸を張ってもいいかなと思えた。

ひとまず、貴重品運搬警備業務検定の二級にチャレンジしてみたい。それが、たくさんの人たちの恩に報いる第一歩であると、英次は確信していた。


翌日、合鍵を返すためにアヤミの部屋に向かった。アヤミがいても、いなくても、そっとドアポストに鍵を入れて帰ろうと思っていた。

夜だった。アパートの廊下に面した窓は真っ暗だ。まだ私物がいくつか部屋のなかに残っていることを思い出し、英次は考えをあらため、部屋の鍵をそっと開けた。「お邪魔します」と、つぶやき靴を脱ぐ。

真っ先に目がいったのは、ローテーブルだった。いつも〈トイレぴかぴか！　ありがとう！〉〈ハンバーグあるよ　チンして食べてね〉などと書かれたメモが置かれていたからだ。

そこには便箋がのっていた。電気をつけ、アヤミの丁寧な字を読み進めていった。

〈本当にごめんなさい。英次君にはあわせる顔がありません。一方的にこの家に引きこんでおいて申し訳ないですが、このまま私物を持って出ていってもらえるとありがたいです。もしかしたら、なぜ私が四元の指示に従ったのか、英次君は聞かされたかもしれません。バカだと思ったでしょう？　上京直後、浮かれていた私は、ただ顔がいいだけの男に騙されて、ホストクラブで大金を使ってしまいました。借金を返すため、キャバクラで働かされて、そんな女性がたくさんいることに気づかされました。

警察から聴取を受けて、何もかも話しました。被害にあったほかの女の子からも証言を得て、送検を視野に入れて動いてくれるそうです。事態がいい方向に進んでいく、そんな兆しを感じています。それもこれも、英次君が勇気を出して四元の誘いを退けてくれたからです。

私の直感は間違っていなかった。君はとても素直で、優しい心持ちの、真っ直ぐな青年です。私を守ってくれてありがとう。

私は信じています。真面目に、地道に働いている人こそが、幸せになるべきです。

英次君も、どうか幸せになってください。

がんばれ、青年！〉

それは、こちらのセリフです。英次は便箋を胸に抱き締めた。

俺のことを守ってくれてありがとう。町山美和さん、どうか幸せになってください。


いつもと変わらない毎日が、ふたたびはじまった。

朝、釣り銭をワゴンに積みこみ、街をめぐって売上金を回収していく。周囲を警戒はしていても、いきなり襲ってくる悪人はそうそういない。ともすれば気を抜きそうになるが、そのたびによっつんの不敵な笑みを思い出し、集中力を保った。

「次はファミレスだよ」信号待ちのあいだ、バインダーに挟まれたルートの情報を見ながら蜂須賀が言った。

最近、担当エリアが防犯のためにシャッフルされ、また新たな店をまわることになった。

蜂須賀と岡には、四元逮捕のあと、洗いざらいいきさつを話し、あやまった。蜂須賀からは「勇気を出して、よくしゃべってくれた」と、寛大な言葉をもらった。岡はさすがに、キレてぶん殴ってくるかと思ったが、「お前、今度飲みにいくぞ。言っとくけど、断る権利はないからな」と、ものすごい眼力でにらまれた。これも、岡なりの優しさなのだろうと解釈したが、酔っ払ってエスカレートする岡のつまらない話に一晩中つきあわされるかと思うと、それなりの覚悟がいる。

ファミリーレストランの駐車場に到着すると、英次はワゴンの後方の扉を開け、さらに金庫室を解錠した。釣り銭を下ろして、バックヤードへ入っていく。

店長に挨拶を済ませ、無事に売上金を回収すると、聞き慣れた女性の声が聞こえてきた。

「お疲れ様です。休憩に入ります」

英次は売上金の入ったバッグを抱えながら、ふと背後を振り返った。

「あ……」相手と同時に思わず声を出してしまった。

ファミレスの制服が新鮮で、一瞬、別人かと思ってしまった。けれど、目元のほくろが同じ位置にあり、間違いないと気がついた。考えてみれば、このエリアは英次が一ヵ月を過ごしたあのアパートに近かった。

しばらく、見つめ合った。最初に感じた気まずさはすぐにかき消えて、妙な懐かしさと安堵感がわき上がってくる。

あれから、三ヵ月が経った。ずいぶん血色が良い。元気そうだ。それを確認できただけでよかったと思った。

互いに、ちょっと口元をゆるめて、微笑んだ。軽く会釈を交わして、それぞれの進路に向き直る。

「知り合い？」蜂須賀が聞いた。「ちょっとくらい話してきていいよ」

「いや……」英次は首を振った。「いいんです。仕事中ですし」

もう、キャバ嬢の「アヤミ」はどこにも存在しない。そう自分に言い聞かせた。

「このレストランで働く人たちが稼いだ、大事なお金、一刻も早く金庫室におさめたいですから」売上金の入ったバッグを小脇に抱きかかえる。「このお金を守るのが僕の仕事ですから」

「そっか……」なおも何か言いたそうだった蜂須賀が、言葉をのみこんだ様子で微笑んだ。

「じゃあ、行こうか、英次君」

蜂須賀に先導され、ファミレスを出た。

ただ表面化していないだけで、危険はそこかしこに潜んでいる。事件や混乱がそもそも起こらないのは、そこに警備員が立ちはだかっているからだ。

英次は祈るような気持ちで、売上金の入ったバッグを金庫室におさめ、分厚い扉をそっと閉めた。

# 第2章　2号警備「最低限の生活だよ」

「俺はまだやれるんだ」

さんざん絞りつくした雑巾の、最後の一滴を振り落とすような声が、会議室に弱々しく響いた。

「俺はまだ働ける」

震えるその声には悔しさがにじんでいるようにも聞こえる。

「生涯現役を目指しとります」

男沢《おとこざわ》睦《むつ》夫《お》は、机の上にそろえた両手を、強く握りしめていた。その手は、長年紫外線にさらされ、真っ黒で、ごつごつと節くれ立っていた。

「男沢さんのご意思はわかりました」基輝はあわててうなずいた。

なんだか、高齢のおじいさんを、一方的にいじめているような気分になってきた。とはいえ、会社としてはなんとか穏便なかたちで男沢に引導を渡さなければならない。

男沢睦夫は、サクラ警備保障の最高齢のアルバイト従業員だ。

「しかしですね、２号警備は瞬時の判断が重要になってくるわけです。男沢さんなら、そんなことを言われないでも、わかっているとは思いますが」

男沢が八十五歳になったのを機に、ヒアリングという名目で、こうして本社に呼び出した。人事部のなかでも「八十五歳というのは、さすがにそろそろ……」という話になったのだ。

男沢は、縦に何本も深く刻まれた口の周りのしわを、もごもご伸ばしたり、縮めたりしながら何事かをつぶやいたが、よく聞き取れなかった。多少、背は曲がっているものの、たしかにまだまだ矍鑠《かくしゃく》としている。働けないことはないと思うが、２号警備は一瞬の判断のあやまりが、即、事故に直結してしまう。

２号とは、交通誘導と雑踏警備が主な業務だ。

たとえば、交通量の多い、交差点近くの片側通行を一日さばきつづけるには、かなりのテクニックと、集中力、対応力が求められる。見なければならないのは、車道を行き交う車だけではない。歩行者、自転車、関係車両の出入りなど、つねに視線を動かしつづけ、周囲の安全を確保しなければならない。

そして、雑踏警備は、花火大会、音楽フェスティバルなど、多くの観客が集まるイベントの誘導、案内がメインの仕事だが、これも一歩あやまれば大事故につながることがある。

二〇〇一年、兵庫県で行われた花火大会で、歩道橋に両方向から人が殺到し、十一名もの尊い命が失われる事故が発生した。事前の警備計画、行き交う人々の動線確保が杜撰《ずさん》で、曖昧だと、数万人集まるイベントでは致命的な事故が起きかねないのだ。

「勤務中に、判断のおくれなどを実感されたことはありませんか？」

「まだ、ない」と、男沢は言いきった。

近年、問題になっている運転免許証の返納と同じだと思った。プライドを傷つけてしまうと、相手が意固地になりかねない。とくに、男沢は元中学教師であり、己の能力に対する自負は、人一倍頑強だと思われた。

男沢は、サクラ警備保障の交通誘導に、二十一年間尽くしてきてくれた。二十一年といえば、俺がまだ八歳だった頃だと、基輝は頭のなかで計算した。それほどまでの長きにわたって、暑い日も寒い日も、雨の日も風の日も、工事現場の安全を守ってきた男沢に敬意を抱いているからこそ、こうして退職の提案をしているのだ。最後の最後で重大な事故を引き起こしてしまっては、せっかくの男沢の警備員としての日々が台無しになってしまう。

サクラ警備保障の2号警備員は、六十代以上が約八割を占めている。これからは、男沢のようなケースがますます増えていくだろう。場合によっては、あらかじめ採用時に「雇用は八十五歳まで」という一線を引いておく必要があるかもしれない。

一日中屋外に立ちつづける体力、高度な判断力と集中力、そして日々移り変わる現場ごとに臨機応変に対応する柔軟さが求められる2号警備でありながら、実際は、定年退職後の再就職のイメージがつきまとう。そもそも、ほかの1、3、4号業務と比べて社員の比率が著しく低い。

どんどん先細り、行きづまっていく日本社会の象徴と言ったら、言い過ぎかもしれないが、年金だけでは満足に暮らせないのだから、こうして生涯働かなければならないのだろう。医療が進歩して寿命が長くなればなるだけ、現役世代の負担は増えるし、高齢者だって多少無理をしてでも働く必要がある。男沢は定年まで勤め上げた元教師であり、退職金も年金もそれなりにもらっているとは思うのだが、個人の深い事情にまで立ち入るわけにはいかなかった。

男沢は背中を折って、出されたお茶が湯気を立てる様子を、じっと眺めているようだった。気まずい沈黙を破ったのは、会議室に響いたノックの音だった。基輝が返事をすると、意外な人物が顔をのぞかせた。

兄の光輝だった。なんで、わざわざ社長みずから、アルバイト従業員の面談に顔を出すのかといぶかしむ基輝をよそに、「どうも、お久しぶりです。こちらにいらしてると聞いたものですから」と、光輝が男沢の向かいに腰をかけた。

「おう、光輝君か！　すっかり立派になって」男沢がはじかれたように背筋をしゃんと伸ばした。

光輝君……？　基輝は、やけになれなれしい呼び方に違和感をおぼえた。が、すぐに合点がいった。

兄は大学時代、サクラ警備で2号警備のアルバイトを四年間していた。そこで、男沢と顔見知りになったのだろう。

「まったく、困ったもんだよ、光輝君。人事部がやめろやめろって迫ってくるもんだからよぉ。社長からがつんと言ってやってくれよ。俺はまだ働けるんだよ」

男沢が太い眉を上げ下げしながら、光輝に訴える。心強い味方を得たように、急に生き生きと目を輝かせた。

しかし、兄は合理的な判断を下す男だ。きっと明確な物言いで、男沢に引導を渡すだろうと考えた矢先、思ってもみないほど鋭い視線で兄からにらみつけられた。

「基輝、お前は男沢さんが、どれだけこの会社に貢献してくれたか知らないから、簡単にやめろと言えるんだ」

「いや……、それはわかってますよ」これは、人事部の総意だ。たまたま代表して、自分が来ただけだ。「わかってるからこその提案なんです」

「わかってないよ。現場に出たことのないお前に、何がわかるっていうんだ？」

基輝はわき上がる怒りを必死にこらえた。それは、兄にいちばん言われたくない言葉だったからだ。

「男沢さんの誘導の技術は、今でもピカ一だと聞いている。そして、何より真面目で、欠勤も遅刻もない」

すっかり生気を取り戻した男沢が、勝ち誇ったように、わざとらしく音をたててお茶をすすった。くたびれたワイシャツを着ているが、アイロンがしっかりとかけられているのか、しわは見当たらなかった。

「現場のことは、現場に出た人間にしかわからない。いったい、お前に現場の何がわかるんだ？」

わざと、あてつけるように光輝が言った。

兄は学生時代のアルバイトから警備の仕事をはじめた。大学卒業後は、正式にサクラ警備保障に入社したが、本社勤務をみずから断ったという。1号の施設警備を経験したのち、3号の現金輸送業務にもたずさわった。その後は、本社の営業に配属された。

そして、父の死後、あらゆる警備の現場での経験を糧に、社長に就任したわけだ。

一方の、俺はといえば……。

基輝の負い目は、現場をいっさい経験していないことにあった。警備服を着たことがないのだ。

中学生のときには、すでに警備業をダサいと感じるようになっていた。幼い頃、あそこまで熱意のこもった作文を書いたにもかかわらず、交通誘導のアルバイトに出る六歳上の兄を、中学当時は「汗くさい、汚い」と、からかったことさえあった。世間の警備員に対するイメージが、いつの間にか自分の頭のなかにもすりこまれていた。

そして、大学卒業後は、まったく関係のない業界に就職した。

父の葬儀で泣く警備員たちを見て、目が覚めた。父の遺志をなんとしても継ぎたいと思った。新卒で入った会社をすぐにやめ、サクラ警備に入社したわけだが、兄とは違って最初から本社勤務だ。

父の目指していた理想の警備会社を追い求めると、口では言っておきながら、現場をまったく経験していない。兄のほうが、むかしからこの会社を愛し、守りつづけているというのが、基輝の深い負い目の源だった。

「男沢さん、徐々に働く日数や、ハードな現場を減らしていくっていうのはどうですか？」光輝が声をやわらげて、男沢に目を向けた。

「光輝君が言うからには、そうしたほうがいいんだろうね」男沢も途端に態度を軟化させてうなずいた。

「ちなみに、このあとってあいてますか？　ひさしぶりに、どうです、一杯」

「おっ、社長さんのおごりかい？」男沢が冗談めかして聞いた。「それなら、行かないわけにはいかないねぇ」

「もちろんです。僕にまかせてください！」

　こんな兄貴、久しぶりに見たと、思わず感心してしまうほどの爽やかな笑みで光輝が応じた。

「いやいや、光輝君も立派になったもんだね」しみじみと男沢がつぶやいた。「これで、先代も安心して天国で安らかに過ごせることだろうよ」

「そう言っていただけると、僕も救われますよ」用意をしてくると言い残し、光輝が会議室を出た。

　古株の警備員に慕われているのは、兄のほうだということを、まざまざと見せつけられたような気がした。父の正統な後継者は、やはり兄なのだ。光輝はきっと、父がこの会社で何をいちばん大事に守り通してきたかを明確に知っているに違いない。

　父が生前、この会社でどんなことを話し、どんな様子で警備員たちに声をかけていたのかを聞いてみたい。けれど、絶対に兄には聞きたくない。血のつながった実の兄との心の距離は、簡単に飛び越えられないほど、今や、果てしなく遠く離れていた。

「男沢さん、一つおうかがいしてもいいですか？」基輝は目の前に座る老人に、思わず問いかけた。

「なんだい？」男沢は、光輝としゃべっていたときとは打って変わって、胡乱《うろん》な目を向けてきた。

「男沢さんは、警備員をつづけることで、何を守りたいと考えてらっしゃるのかなぁって思って」

「何を？　守る……？」きょとんとした様子で、男沢が天井を見上げた。

「いきなり変な質問してしまってすみません。ただ、男沢さんが私生活において、いちばん大事にされてるもの、仕事をつづける上でこれだけはどうしても守りたいものって何なんだろうって思いまして」

「そんなもん、決まってんだろ」

天井から視線を落とした男沢が、吐き捨てるように言った。

「最低限の生活だよ。人間らしい生活を維持するために働いてるんだよ」

乱暴な口調が、いつの間にか、出来の悪い生徒に噛んで含めるような、慈しみさえ感じられる言葉づかいに変化した。

「あんたねぇ、夢や希望だなんて言うと思ったかい？　八十五のじいさんが」

「いや……、その……、すいません、立ち入ったことを聞いてしまって」基輝は己を強く恥じた。

塩浜英次に同じ質問をしたとき、彼は「人間としてのプライドを守りたい」と語った。

そんな前向きな答えができたのは、英次の若さゆえかもしれない。彼には未来がある。

「お前さんみたいな若いモンには、ただただ生きてるだけっていう感覚がわからないだろうねえ」

基輝は、教師に叱られる生徒のように肩を小さくした。

「ただ、生きているだけ。生きなきゃいけないだけ。それだけなんだよ」

せめて、現場で働く社員やアルバイトの労働環境や待遇を守りたいと、サクラ警備入社後は人事部を志望した。けれど、そもそも警備員たちを「守りたい」と考えることそのものが、おこがましく、間違った考え方じゃないのだろうかと反省した。

母は今でもサクラ警備保障の役員であり、収入がある。我々は、現場で働く警備員のおかげで生かされているということに、いやおうなく気づかされたのだった。

「生きてるだけっていうのはね、とっても厄介なもんなんだよ」

男沢睦夫は、そう言ってかすかに微笑んだ。

*

ただ生きているだけ。その状態を保つだけの毎日が、厄介なものだなんて、教師をしていた頃は考えもしなかった。

朝、五時ちょっと過ぎ。自然と目が覚める。ああ、また今日がはじまってしまったなぁと思いながら、雀の鳴き声を聞いた。

すぐには起きられないのが常だ。布団のなかで、足の先からゆっくりと動かしていく。急な動作は禁物で、必ずつってしまう。指先から足首、膝から股関節へと、曲げたり、伸ばしたり、ぐるぐる回したり、左右に倒したりして、徐々に血のめぐりを良くしていかないと起き上がることすらままならない。

たっぷり十分くらい使って、布団をはぎ、上半身を起こした。起居しているのは、和室の仏間だ。

さっそく、仏壇に向けて手を合わせる。黄色い菊の花が枯れかけているのを見て、帰りにスーパーで新しい生花を買おうと思った。

「今日も何事もないように。頼むよ、十和子《とわこ》」一人には広すぎる一軒家に、自分の声がむなしく響く。十年前に亡くなった妻が、写真のなかで、小さな目を細めて笑っている。

発展はない。楽しいこともない。ただただ何もない、波風の立たない日々を保つこと。元気だった切り花が、やがて枯れ、また新しいものに替えようと思う——その繰り返しを眺めること。それこそが、「生きているだけ」の毎日だ。

考えてみれば、交通誘導の仕事も同じだった。

安全を保って、事故を起こさせない。それ以上でも、以下でもない。とくに、何か仕事の達成や、進展があるわけでもない。だからこそ、高齢者ばかりがこぞって集まるのかもしれない。

仕事をつづけていないと、かろうじて保っている「生きているだけ」の緊張の糸がぷつんと切れて、たぶんミイラみたいに干からびてしまう。起き上がって、朝メシを食う動機も気力もなくなってしまうだろう。

だから、今日も言うことを聞かない体にむち打って、工事現場へ行く。

人事部が「ひとまず楽そうなところを」と、手配してくれたのは、住宅街にあるアパートの建設現場だった。バスで十五分ほどの、自宅から比較的近い場所だ。

アパートと言っても、完成図を見ると一軒家みたいな見た目をしている。一階に大家が住み、二、三階に各二戸ずつ店子《たなこ》が入れるようになっている。

今の若い人間に「店子」なんて言っても通じないだろうなと思いながら、近くにあった児童公園で着替えをした。自分が若い頃は、まだまだボロボロの長屋みたいな建物がならんでいる地域もあって、人間関係が濃密に形成されていた。

着替えていると、犬の散歩をしている女性が通りかかった。リードをぴんと引っ張って、汚いものを見る冷たい眼差しでこちらを一瞥《いちべつ》し、「そっちはダメ」と言いながら、遠ざかっていった。

こんなことは日常茶飯事で、とくに何も感じない。でも、「何も感じない」と、自分に言い聞かせているだけで、本当は何かを感じているのかもしれない。それすらもよくわからなくなってきた。

べつに着替えるからといって、すっぽんぽんになっているわけではない。制服のズボンは家からはいてきている。ただ私服のシャツを脱いで、ランニング姿になり、制服を着こむだけだ。準備を終えると、荷物をかついで現場へ急いだ。

もう一人の警備員は、すでに到着していた。大橋《おおはし》という六十代前半の男で、サクラ警備の2号のなかではかなり若手に分類される。彼が入った当初は、よく現場がいっしょになったこともあり、交通誘導のノウハウを一から教えた。

「おはようございます。男沢さん、お久しぶりですね」挨拶を交わした大橋が、急に自身の制服のボタンや、ベルト、右肩につけるモールの位置を確認しだした。

　制服のゆるみは気のゆるみにつながると、新人の頃、大橋には口酸っぱく言ってきた。久々に顔をあわせたこともあり、こちらの姿をみとめて、反射的に身だしなみをチェックしてしまったのだろう。

「大丈夫だよ、大橋君。完璧だ」と、笑って答えた。

　勤務開始まで、しばらく世間話をした。この現場が家からどの程度の距離だの、しばらく会わない同僚の噂だの、とりとめのない話をしていると、作業員を乗せたワゴンが到着した。

「気をつけてください」大橋が眉をひそめながら言った。「この工務店、だいぶガラが悪いですから」

　ワゴンから、ぞろぞろと作業員たちが降りてきた。なるほど、耳がピアスの穴だらけの金髪男がいたり、作業着の隙間から、首の後ろの入れ墨がのぞいている者がいたりと、「やんちゃ」の一言では済ませられないような容姿の男たちが剣呑《けんのん》な雰囲気を放っている。

「前科のある人間の再就職に力を入れてるらしいんですよ、ここの工務店の社長が」大橋が声を極端に落としたので、聞き取るのに苦労した。「この現場に入って、あまりに態度がひどかったんで、ネットで調べたんですけど」

「まあ、なんてことないよ」一言、大橋に答えた。「なんてことない」

　主に下町の地域を中心に、東京の区立中学の体育教師を長年務めた。不良全盛期だった昭和

五、六十年代には、中学生の飲酒喫煙など日常茶飯事だった。万引き、バイクの無免許運転、カツアゲなど、生徒が犯した悪行の数々を挙げればきりがない。

　作業着を着た男たちが、基礎工事の段差に腰かけて、缶コーヒーを飲み、ダべりはじめた。人様のおうちを作るのに、あまりいい態度とはたしかに言えない。と思ったら、あざけるような笑いが飛んできた。

「とんでもねぇよぼよぼジジイが来たな」

「しょぼくれすぎだろ。ホントに大丈夫か？　今にも死にそうだぞ」

「きちんと車さばけんのかよ。ぼさっとしてて、自分のほうがひかれんじゃねぇの？」

　いつもなら、無視してやり過ごすのだが、作業員の一人に、思わず目が釘付けになった。よく顔が見えなかったということもあるが、それにしてもあまりに凝視しすぎたらしく、相手が「なんだ、ジジイ」と、すごんできた。

　あわてて目をそらした。自分の記憶のなかにある顔と、今さっきまじまじと見た顔を、重ね合わせ、照合した。

　先生！　男沢先生！　俺、オリンピック出たら、絶対先生と奥さんのこと、恩師だってテレビに呼ぶからね。

　おうおう、楽しみにしてるよ。

　無邪気な中学生の声と、まだ若かった自分の声が重なり、胸の内側に甘い懐かしさを呼び起こす。

いつかこんな日が来ると覚悟はしていた。

なにせ、町で交通誘導をしていて、「男沢先生じゃないですか？」といきなり話しかけられたことは、一度や二度ではない。はっきり覚えている元生徒もいれば、なかなか記憶がよみがえってこない相手もいた。

教師生活、三十五年以上。転勤は何度も経験した。担任を受け持った生徒は、おそらく千人を超える。さらに、体育の授業を担当した生徒、部活動で指導した生徒をふくめたら、もっとだ。途方もない数の人間とかかわってきたのだから、教え子と偶然顔をあわせるのはある程度しかたのないことだと言えた。

あの男は、絶対に向島《むこうじま》淳也《じゅんや》だ。年齢はもう四十くらいだろう。すっかり大人になったもんだが、しかし……。

「おはようございます」突然声をかけられて、我に返った。

工務店の現場監督が立っていた。

「すいませんね、うちの若い者が。あとで、きつく言っておきますので」申し訳なさそうに、ヘルメットのひさしに手をかけながら頭を下げてきた。「それと、これ、新規入場の用紙です。小さい現場ですが、いちおう出してもらってますんで」

新規入場の際には、名前、所属先、血液型、住所などの情報を用紙に書きこむことがある。大ケガをしたときなどの、緊急連絡先としても使われる。

大規模な現場だと、ここから作業員に混じって朝礼、ラジオ体操とつづくことも多いが、それはないらしい。簡単に監督が一日の流れを説明した。

「それじゃあ、午前中はミキサー車が入れ替わりで入ってくるのと、午後はクレーンも来るので、片側通行でお願いします」

「わかりました。よろしくお願いします」大橋とともに頭を下げた。

これが他社と仕事をするときの、最低限のマナーだ。わざわざ教えられなくとも、ふつうはわかる。

さすがに、五十代の監督は社会人としてまともだが、しかし、あとの作業員は礼儀をまったく心得ていないようだった。まあ、二十代前半の若者なら、わからないことはないが……。

向島淳也。

お前は、どうやらあのなかで一人だけ四十代に見える。低レベルな会話にくわわって、老人をバカにして、いったい何を考えているんだ。まばらに生えた無精ひげが、なんとも汚らしい印象を与えた。あいつの担任は二年間持ったし、顧問をしていた陸上部でも入学から卒業まで指導してきたわけだから、ショックもひとしおだった。

「男沢さん、ポンプ車とミキサー車来ましたよ」大橋が声をかけてきた。

誘導灯を振り、「オーライ」と合図を送りながら、建設現場の前に横付けできるよう業者の車を誘導する。赤いコーンと、そのあいだを渡す黄色と黒の縞模様のバーで、車を囲った。

大橋と、ミキサー車の前後に分かれて、交通誘導を開始した。現場の前を行き交う車、歩行者、自転車を、安全に、かつスムーズにさばいていく。住宅街の狭い道だが、大通りに通じていることもあり、そこそこ交通量があった。

車が接近すると、ミキサー車越しに背後の大橋をうかがう。大橋のほうからも、自動車が複数台近づいてくるのが見えた。

「そっち先、いいよ！」大声を出して、大橋に伝えた。

「了解！」大橋も答える。

大規模な片側通行の場合、無線で意思疎通をすることもあるが、こうして互いに姿が見えて、声も通る場所なら直接やりとりしたほうが早い。

前に向き直り、誘導灯を横に倒しながら大きく掲げて、近づく車に停止をうながした。相手が速度をゆるめたのを確認後、倒した誘導灯を顔の前でとめる。

ドライバーに向かって、大きく、深く、頭を下げた。

急いでいるところを、こちらの都合で止まってもらう。だから、礼儀は欠かさない。工事現場というのは騒音や交通のトラブルが起きがちだ。作業員たちが余計なストレスなく、建設に邁進《まいしん》できるように。そして、建物が完成したあとも、入居者が周辺住民との軋轢《あつれき》を抱えないように。

警備員は、建設現場における最前線の「顔」となり、安心と安全を守る。先代の社長によく言われたことだし、まだ大学生のアルバイトだった光輝にも、その父親の教えを伝えたものだ。

現場では、ミキサー車から移された生コンクリートが、ポンプ車によって吸い上げられ、基礎部分に流しこまれていた。ポンプのモーターの音が、絶えず鳴り響いている。

「こっち三台で、終わり！」大橋の大声が、ポンプのモーター音を切り裂いた。「最後、赤い車です！」

三台目の赤い車が通過したのを確認し、もう一度、お辞儀をした。誘導灯を勢いよく回転させ、通行をうながす。

動作は大きく、はっきり、きびきびと。ドライバーが進むか止まるか迷ってしまうような誘導は、二流の仕事だ。そして、相手が乗用車なのか、トラックなのかで、運転席の視点がまったく違うので、誘導灯を振る高さも変化させる。

しかし、腕がだんだん上がらなくなってくる。目がしょぼしょぼして、視界がかすんできた。まだ、午前中だ。

本当は、わかっていた。

もういい加減、限界だ。腰が悲鳴をあげている。何か致命的な過失を起こしてしまっては、手おくれなのだ。

その素直な気持ちにふたをして、誘導をつづけた。必死に守りつづけているこの最後の一線から退いてしまえば、あとに待つのは死だけだ。

十月に入って、屋外でもだいぶ過ごしやすくなってきたのだが、まだまだ日向は暑い。年寄りになると、喉のかわきを感じにくくなるというので、意識して定期的に水を飲むようにしていた。

車の通行がないことを確認して、尻のポケットに入れていたペットボトルを手に取ると、ものすごい怒声が飛んできた。

「ちんたらしてんじゃねぇよ、じいさん！　ミキサー出るぞ！」

向島淳也の声だった。あわてて振り向くと、ミキサー車にコンクリート業者の男性が乗りこむところだった。

大橋が「すみません！」と叫びながら、走り寄る。二人で、コーンとバーをどけ、車が来ないことを確認してから、「オーライ」と発車をうながした。

気持ちがゆっくりとふさぎこんでいく。体が重たい。ふつうに言えないものだろうか。「ミキサー車、出ますよ。誘導お願いします」と、丁寧に話しかけられないものだろうか。中学の頃は、ここまでやさぐれていなかったはずだ。

何かあったのか？　先生、話聞いてやるぞ。そんな一言は、到底言えるはずがない。恩師と教え子の関係は、とうのむかしに終わっている。

どうやら、淳也はこちらが元担任の男沢であると気づいていないらしい。ヘルメットを目深にかぶって、舌打ちする淳也の視線をやり過ごした。あれだけ面倒を見てやったのに、気づかれないのは寂しいと思う。それでいて、この落ちぶれ、しょぼくれた姿を、教え子にまじまじと見られたくはない。

すっかり摩耗して、繊細な襞をなくした心の内側に、激しい怒りと、悲しみがじわじわとわき上がってきた。

最初に淳也を見たときのことは、はっきり覚えている。入学直後の体育の体力測定だった。五十メートル走のタイムを計測していたのだが、一人の男子生徒の走りに目を見張った。

「よーい、スタート！」こちらが腕を振り下ろすと同時に、その生徒は低くしていた姿勢を、一気に動に転じ、走り出した。

全身を躍動させ、目いっぱい腕を振り、こちらに迫り来る。瞬間、目の前で風がふわりと巻き起こり、男子生徒が駆け抜けた。

「六秒六七！」

小学校を卒業したばかりの、まだできあがっていない体にしては上々のタイムだ。少なくとも、顧問を務めている陸上部のなかではいちばん速かった。

「えーと、向島淳也？」リストで名前を確認し、息を整えている淳也に話しかけた。

「なんすか？」膝に手をついていた淳也が、顔を上げた。額と鼻の頭に、今にも噴火しそうな、赤いニキビがふくらんでいた。声変わりするか、しないかの境目の、かすれた声が印象的だった。

「君は、もう部活決まってるのか？」

「いえ」

「じゃあ、陸上部はどう？」

「いや、やめておきます。どこにも入るつもりないんで」

「もったいないな。家庭の事情か？」

「そうですね」あっけらかんと淳也が答えた。「走るとお腹が減るじゃないですか」

「まあ……、そりゃ、そうだな」

「先生はもったいないって言いますけど、走って消費するカロリーのほうがもったいないっす」

元号は昭和から平成に変わっていた。これが、いわゆる現代っ子というものかと閉口した。二の句がつげないでいると、淳也が表情をゆがめた。

「今、家に食パンしかないんです」

少し口をとがらせて、すねたような口調でつづける。

「わざわざ走って、お腹減らして、食パンとジャムだけは拷問っす」

淳也の家はシングルマザーだった。しかも金だけ置いて、家にあまり帰ってこないらしい。今でこそ、そういう貧困家庭はテレビでも取り上げられて問題になっているが、まだまだその当時は片親に対する偏見も大きかった。

戦後すぐは、日本人のほとんどみんなが貧乏だった。復興と高度成長期を経て、もはや戦後ではない、総中流社会が、いつの間にか当たり前になっていった。平成に入り、バブルがはじけ、そこからこぼれ落ちる家庭が少しずつ増えていった。

「俺が、食わせてやる」後日、淳也の事情をくわしく聞いて、宣言した。「陸上部の活動は週三回だ。そのあとは、俺んちに来い。腹いっぱい食わせてやる。ついでに、余ったおかずも持って帰れ」

すでに、妻には相談していた。

「さすが男沢。生徒を見捨てられないなんて男だね」と、男勝りの妻は賛成してくれた。

「あんたもだよ、男沢十和子」

そんなこそばゆい会話を夫婦で交わしたものだ。「男・女らしく」だとか「男・女のくせに」みたいな言葉が通用した最後の時代だった。

とはいえ、教師がそこまで個人の家庭に介入し、一人の生徒に目をかけるのは正しいことなのか考えないでもなかった。しかし、体の小さい、ひょろひょろの淳也を放ってはおけないという使命感のほうが、最後はまさった。

一人だけひいきととられないため、陸上部の部員たちには、淳也の了解をとって事情を話した。救いだったのは、淳也に悲愴感や、十代特有の青臭いプライドが感じられなかったことだ。

陸上部の活動に打ちこむというよりは、メシにありつくために走っているというような態度ではあったけれど、言われたメニューはひたむきにこなすし、何より本人の性格が快活だったので、先輩たちからも受け入れられ、かわいがられた。

部活を終えると、淳也は自転車で男沢家に行く。なるべく仕事を早く終わらせて、自分も妻と淳也がいる食卓につく。一週間もすると、淳也はすっかりくつろいでテレビなんかを見ている。「奥さん、ハンバーグ、めっちゃジューシーでした」などと、生意気なことを言って、ソファーにふんぞり返っている。

妻も、まんざらでもなさそうに、「毎日来てもいいんだよ」と、微笑んでいた。必ず余ったおかずをタッパーで持たせてやる。

元教師の十和子は、子どもが好きだった。しかし、ついに自分たち夫婦のあいだに子どもはできなかった。だから、淳也のことを実の息子のようにかわいがりはじめたのだ。

「俺、走るよ、先生のために！」帰り際、必ずと言っていいほど、淳也はそう言って瞳を輝かせた。

「おいおい、俺のために、じゃないよ。お前のためなんだよ、全部」

タイムが縮むことよりも、約一ヵ月で淳也の顔にあったニキビが、すっかりきれいに治ったことのほうが、どちらかというとうれしかった。心なしか、血色も良くなってきたように見える。

淳也を鍛えて、どこまで全国区の記録に食いこませるか。それが、教師としての最後の楽しみになるんだろうなと、胸を躍らせた。このとき、五十七歳だった。


幸福な思い出を、木《こ》っ端《ぱ》微塵《みじん》に粉砕したのは、大橋の叫び声だった。

「男沢さん！　自転車！」

目の前の車を、誘導灯で停止させている最中だった。

その乗用車の右横を、ものすごいスピードでスポーツタイプの自転車が通過しようとしていた。淳也のことをずっと考えていて、完全に気が抜けていた。

こちら側の車を止めているのだから、当然、大橋側から来た車が狭い道を向かってくる。その音と気配を背後に感じる。このまま自転車を進ませたらまずい。

「ストッ……」

声を出す暇も、体を出して相手を制止する隙もなかった。

あの日の淳也のように、強烈な風をぶわっと巻き起こし、自転車はすぐ間近を一瞬のうちに駆け抜けていった。

真っ白になった頭を振り、とっさに背後を見やった。大橋の通した車が、ポンプ車の横を走っていた。けたたましいクラクションが鳴り響く。車と自転車がすれ違うには、ぎりぎりだ。あるいは、サイドミラーをこするかもしれない。

四角いサイコロみたいなリュックを背負った自転車の男が、さすがに急ブレーキをかけた。さいわい、徐行をしていた車も、寸前のところで停止した。

「危ねぇだろ！」窓を開け、身をのりだしたドライバーが叫ぶ。「下がれ！」

「急いでんだよ！」配達員らしい若い男も、負けじとやり返した。「ちょっと左に寄れば、すれ違えるだろ。なんで、真っ直ぐ向かってくるんだよ」

こちら側でずっと待たせている車も、しびれを切らして、クラクションを鳴らしはじめた。

作業員たちが何事かと集まってきた。大橋があわてて立ち往生している車を誘導し、少し左側に寄せ、自転車が通れる隙間をあけた。平身低頭、ドライバーにあやまっている。自転車の男は、謝罪の言葉を口にすることなく、さっさとペダルを漕いで立ち去っていった。

その様子を、呆《ほう》けて見つめていた。こんなミスは、二十一年ではじめてだった。あまりのショックに動くことすらままならなかった。

「こんな耄碌《もうろく》したじいさんを立たせてるなんて、おたくの警備会社はどうかしてんじゃないの？」ドライバーが、大橋に向かって捨てぜりふを吐いた。

現場監督も出てきて、かなりの騒動となった。作業員からは、「死んでくれよ、マジで」と、聞こえよがしにつぶやかれた。

「勘弁してくれよ、じいさん、作業ストップだよ」淳也も顔をしかめながら吐き捨てた。「明日から、来んなよ」

怒りと悔しさで、この身が引き裂かれそうだった。

ただただ、淳也の冷ややかな目から逃れるのに必死だった。顔を伏せ、ヘルメットを目深にかぶった。今日一日を無事にのりきる自信を一気に喪失して、もう死んでしまいたいと心の底から嘆いた。

十和子、早く連れてってくれ。こんなみじめな思いをするのは、もうたくさんだ。

「男沢さん、切り替えていきましょう。あれは、完全に自転車が悪いんですから」よほどひどい顔をしていたのか、大橋が心配そうにたずねてきた。「とりあえず、配置を入れ替えましょうか？　こっちのほうが、視界が広いので」

今までは、ミキサーとポンプ車のすぐ後ろに立っていた。対向車を確認するには、大きい車体の向こうをのぞきこまなければならない。となると、首を振って確認しなければならない範囲が大きく、思わぬ猛スピードの自転車の出現に対処しきれない。

一方、大橋が立っていたのは関係車両が停まっているのとは反対側だから、ただ左右を見渡すだけで安全確認が行える。視界は断然広い。

淳也との出会いを思い出していたのはたしかだが、反射神経、聴力、注意力が鈍っているのはあきらかだった。大橋くらいの歳なら、たとえ考え事をしていようが楽に自転車を制止できていただろう。

かつて、大橋には「自転車に気をつけろ」と、さんざん教えていた。バイクのようなエンジン音がないから、車に隠れているとなかなか接近に気がつかない、と。

警備員歴の浅い大橋との立場がいつの間にか逆転し、気づかわれる存在になってしまった自分がとことん情けなかった。今まで大きな事故が起きなかったのは、本当に幸運だったのだ。大橋の提案に素直に従い、立ち位置を変え、なんとか気持ちを奮い立たせた。

途方もなく長く感じられる勤務を終える頃には、くたくたに疲れ果てていた。まだ諦めたくない。その一心だった。

しかし、俺はいったい何を諦めたくないのだろう?

這々《ほうほう》の体《てい》で帰宅後、リビングで一人、ぽつんと腰を下ろした。食卓には、スーパーで買った弁当を置いていたが、食べる気にもなれない。となりの和室の仏壇をちらりと見て、菊の花を買ってくるのを忘れたと、今になって思い出した。

「ごめんな、十和子」ぼそっとつぶやいた。「こんなダサい俺、見たくないだろ」

妻が存命中は「おい」とか「なあ」と話しかけて、ろくに名前を呼ばなかった。死んでから、こうして名前を呼んでいる。本当に情けない男だと思った。花瓶の黄色い菊の花は、首を重そうに垂れて、しおれていた。

ふと和室の押し入れが目に入り、ゆっくりと立ち上がった。歴代の教え子たちの卒業アルバムをつめこんだ段ボールを引っ張り出す。淳也の年度は上のほうにあったので、見つけるのに苦労しなかった。

まず、クラスごとの個人写真を開いてみる。向島淳也は、最後から二番目だった。屈託のない笑みで、歯を見せている。

体育祭のページは、淳也の独壇場だった。クラス対抗リレーでは、ぶっちぎりでゴールテープを切る、躍動感あふれる姿が写真におさめられていた。

淳也には誰とでも仲良くなれる、天性の素質がそなわっていた。友人も多かったし、あいつがくわわると場が一気に明るくなった。いわゆるムードメーカーであり、なおかつイケメンで、淳也がグラウンドを颯爽と駆けると、誰もが思わず見とれてしまう。それこそ、アイドルやスターのような雰囲気をまとっていた。

卒業アルバムは、光と希望に満ちあふれていた。アルバムのタイトルは、そのものずばり「未来」だ。今が、その延長線上の「未来」にあることが、到底信じられなかった。

家でなら、誰にも邪魔されず、幸福な思い出にひたっていられる。今日見た淳也のことは忘れよう――そう思った矢先、家のチャイムが鳴った。

もう、すっかり夜だ。時計を見ると、八時をまわっていた。不審に思いながら玄関に向かった。

「せんせーい！」

扉がどんどんと叩かれている。

「来ちゃいましたよ、せんせーい！」

まぎれもなく、淳也の声だった。

耳を疑った。頭のなかの思い出から、勝手に妄想が立ち上がったのかと思った。

「先生。いるのはわかってるんですよ。完全に包囲してますよー！」

なんで家がわかった？　と、一瞬パニックになりかけたが、当たり前だ。中学時代、淳也は週三回この家に通っていたのだから。

「帰れ！」思わず怒鳴ってしまった。「お前には、失望した！」

「あやまりに来たんですー！」陽気で明るい口調に、日中の怒りが再燃した。

「お前、酔っ払ってるだろ？」

「あっ、わかっちゃいました？」

「ふざけるな！」

「そんなこと言わないで、いっしょに飲みましょうよー」

扉越しに大声を出し合っていたが、ついに根負けして鍵を開けた。となりの犬が吠えはじめたし、会話が近所に筒抜けだ。

「お邪魔します」我が物顔で靴を脱ぎ、リビングに上がりこんできた淳也はジャージ姿だった。

まばらに生えた無精ひげ、ぼさぼさに伸びた髪、つやのない、くすんだ肌で、ろくな生活を送っていないことはすぐにうかがえた。走りこみで流す汗すら輝いて見えた、中学時代の淳也と同一人物だとは到底思えなかった。見る影もないとは、このことだ。

「とりあえず、奥さんにお線香あげていいですか？」淳也が和室に足を踏み入れた。

「ふん、葬式すら来なかった薄情者が」と毒づきながらも、十和子を忘れないでいてくれたことだけは、素直にうれしく感じた。

線香に火をつけ、手を合わせ、一心に目をつむっていた淳也がつぶやいた。

「今まで顔を出さず、ごめんなさい、奥さん。本当にお世話になりました」

今のお前がいるのは、十和子のおかげだ。成長期のお前の体は、ほとんど十和子がつくったようなものだ。

そんな説教をのみこんで、淳也をリビングの椅子に座らせた。聞きたいことが山ほどある。

「で、いつから俺だって気づいてたんだ？」

「そんなの最初からに決まってますよ。顔見た瞬間、あっ、男沢先生じゃんってぴんと来ました」

「それなのに、じいさん、じいさんと、けなしてたのか！」反射的にテーブルを拳で思いきり叩いてしまった。「お前、朝いちばんで目が合ったとき、なんだ、ジジイと、すごんできただろ」

向かいの席についた淳也が、またしても悪びれもせずに後頭部をかきながら笑った。

「はは、すいません」

「何を笑ってるんだ！」このまま脳溢血《のういっけつ》で死ぬかと思うほど、頭に血がのぼって、視界にぱちぱちと火花が散った。

「俺、実はあのなかで、いちばん新入りなんです。周りのヤツらに調子を合わせないとやっていけないんすよ」

「いつから、お前は周りに流されるような、弱い人間になったんだ」

「もとから俺は弱いですよ。それに、四十のおっさんと、八十過ぎのじいさんの感動の対面って、気持ち悪くないですか？　だから、ちょっと照れくさくて、なんだ、ジジイって思わず言っちゃったんです」

頭を抱えた。たしかに、淳也はむかしから勉強だけはからっきしで、いい加減な人間だった。懐かしさと、怒りが、渾然《こんぜん》となって体中を駆けめぐり、ただただため息をつくことしかできなかった。

淳也が巨大なドラム型のバッグから、同じく巨大なペットボトルを取り出した。焼酎の業務用ボトルだ。「おとこざかり」という商品名が、筆で書いたような文字でプリントされている。

「先生が失望されるのも、わかりますよ。俺、中学の頃が、いちばん輝いてましたから。あそこがピークで、あとは下り坂。結婚して、子どもが生まれたときは、ちょっと盛り返しましたけど、一年半前に離婚してどん底です」

教師という仕事は、どんなに濃密な三年間を共有したとしても、生徒の人生のごく一部にしかかかわれない。ちょっと話を聞いてやってもいいかと思い、立ち上がって、コップを二つ取ってきた。

「で、お前はなんの罪を犯したんだ？」

「えっ、罪って？」きょとんとした表情を浮かべながら、淳也が焼酎をコップについだ。

「窃盗か？　まさか、変なクスリなんかやってないだろうな？　お前のことだから、どうせ食い逃げだろうな」

「何を言ってるんすか？　俺はただ、コロナで失職して、競馬とパチンコに走って、愛想つかされただけですよ」

「ん……、そうか」大橋が言っていた「前科」という言葉が引っかかり、最悪の想像をめぐらせていただけに、ギャンブルにはまったという告白がかわいいものに思えた。

子どもの写真を見せてもらっているあいだ、淳也は生《き》のままの焼酎を何杯も飲み干した。

「お前、こんな安い焼酎をがぶ飲みしてると、死ぬぞ」とつぶやきながら、ポットを持ってきて、お湯で割った。

「しかし、お前に子どもがいるとは信じられんなぁ」

なめるように、飲んでみる。まずい。舌がしびれるように、嫌な刺激が口中に広がった。すっかり酒に弱くなった。

「で、前の仕事は何だったんだ？」

「飲食店です」

「どうせ、つまみ食いでもしてクビになったんだろう」

「だから、コロナウイルスのせいだってさっき言ったでしょ。先生、ボケました？」

こうして、軽口を叩き合うのが久しぶりすぎて、まるで夢のようだった。このがらんどうの家に、ふたたび他人の声が響く日が来るとは思ってもみなかった。

「先生、それ食わないなら、くださいよ」淳也が食卓の上の、放置していた弁当を指さした。

「お前、夕飯食べてないのか？」

「食べました」

「じゃあ、俺が食うよ」

「全然、手をつけてないじゃないですか。まさか、今日の失敗がショックだったんですか？」

「そんなわけあるか」かろうじて否定した。あわてて話題をそらす。「しかし、食に対して卑しくて貪欲なのは、むかしから変わらんな」

「久しぶりに会った元生徒に、ひどい言いようですね」

「お前はふつうの食事のときも、誰かにおかずをかすめとられるんじゃないかって目を周りに向けながら、あわててかきこむように食ってたよな」

「だって、先生が横から俺のメンチカツを奪ってくるかもしれないじゃないですか」

「なんで、俺が生徒のメシを奪うんだよ……」

「食事のときはいつもガツガツしてるんで、前世は飢え死にだったんだろうって、よく妻に言われましたね。野武士みたいなヤツらに、米とか野菜とかぶんどられて、恨みながら、痩せ衰えて死んでいったんだろうって」

「今、はじめて前世の存在を心の底から信じたよ」

「先生、過去の思い出ばっかりにひたるのは、やめましょうよ。大事なのは、これからです」

「俺に来世以外の未来なんかありゃしないよ」

「そう言ったって、今生きてる以上、明日はいやおうなくやって来るんです」酔いがまわってきたのか、赤く火照った顔で淳也がたずねてきた。「ところで、先生、明日も来るんですか？やめたほうがよくないすか？」

「うん……」実に情けないところを見られたものだ。

会社に電話をかけて、明日、勤務先を替えてもらえるように頼もうかと、ずっと考えていたのだ。そんなわがままを今まで訴えたことはないからきっと融通をきかせてくれるだろう。とにかく、現場や同僚の警備員に迷惑をかけたくなかった。

しかし、考えは変わった。

「ちょっと迷っていたが、行くことにした」

「えっ、なんで？」

「日中、お前にバカにされて、けなされて、本当に絶望した。ふざけるな。お前にあれだけひどいことを言われつづけて、このまま引き下がれるか」

「だから、あれは言葉の綾なんですって」

「何が言葉の綾だ。使い方が間違ってる！　綾もクソもない！　あれは言葉の暴力というんだ！」

「先生、死んじゃうから！　落ち着いて！」

久しぶりに、ここまで熱くなった。お湯割りを飲んでいるからかもしれないが、体の芯がカッと火照って、内側から燃え上がりそうだった。

「明日来んなよって、冷たい口調で言ったのは、本当に先生が心配だったからなんです。マジで事故ったら、シャレになんないですから」

「それは……、たしかにそうだという自覚はある。本当に歳をとった」

「じゃあ、こうしませんか？　あのアパートが完成したら、引退」

「えっ？」

「警備の仕事、引退したら、ぱぁっとやりましょう。第二の定年祝いってことで、飲み明かしましょう」

むせかえるような、アルコールの湯気が立つ焼酎をじっと見つめていた。ここで会ったのも何かの縁だ。その提案に乗っかるのもありかもしれない。

「まあ……、考えてみるよ」

「じゃあ、決まりで。とりあえず、お風呂借りますね」

「なんで？」

「なんでって、今日、泊まらせてもらうからです。家の電気とガスが止まってるもんで、助かります」そう言って、もうジャージの上着を脱ぎにかかっている。「俺が入ってるあいだに、ちゃんとお弁当食べたほうがいいですよ。食わないと、働けませんよ」

「勝手にしろ」

猛烈に腹が立ったせいか、猛烈に腹が減ってきた。かきこむように弁当のご飯を頬張った。外見はすっかりおじさんになったものの、中身は子どものままだ。日中に感じたのとは別の意味で、淳也に対する俺の教育や献身は無駄だったのかと、嘆きたくもなる。

来客用の布団を、自分の万年床のとなりに敷きかけて、「気持ち悪っ」と思い、無理やりリビングのあいているスペースに引っ張った。となり同士で寝るのだけは勘弁願いたい。

浴室からは、のんきな淳也の鼻歌が響いていた。


朝は、いつもネガティブな気持ちに襲われる。布団のなかで、おそろしいほどの地球の重力に縛られながら、すぐに起き上がることもままならず、まだ生きながらえていることをひしひしと実感するからだ。

ようやく体を起こし、仏壇に目を向けた。菊の花はすっかり生気を失っていた。今日は絶対に忘れることなく買わなければと記憶に刻みこんでいると、となりのリビングから物音がした。いったい誰がいるのかと血の気が引いたが、昨夜訪れた淳也の存在を思い出した。

「あらためて言っとくが、俺は金を持っていないぞ。借りようたって、無駄だぞ」おはようという挨拶が照れくさく、そんな憎まれ口を叩いたものの、本気で心配になってきたのだ。孤独な老人の寂寥《せきりょう》につけこんで、口八丁で金を引き出す鬼のような所業を、今の淳也なら平気でしそうな気がする。

「朝いちばんの言葉がそれですか？」寝癖でぼさぼさの頭をかきながら、淳也が顔をしかめた。「べつに俺はお金をたかりにきたわけじゃありませんよ」

「電気だかガスを止められたと言ってただろ、昨日」

「両方です。競馬で給料をすっちゃいまして」

「そのせいで離婚したんだろうが。ちょっとは学習しろ！」

　朝からまともに相手をしていては、こちらの血圧が上昇し、寿命が縮まるばかりだ。生に執着しているつもりはなかったが、こんな男に殺されるのだけは御免こうむりたい。

「むしろ、逆なんですよ、逆」家から持ってきたのか、それとも新しくどこかで買ったものなのか、歯ブラシを口にくわえながら淳也が言った。

「逆って？」

「金を借りにきたわけじゃなく、むしろこっちが払いますよ。昨日の夜、ずっと考えてたんですけど、お金をいくらか入れますから、ここに住まわせてくれませんか？」

「はっ？」

「二階がまるまるあいてますよね？　もったいないですよ。赤の他人を下宿させるのは抵抗があると思いますが、俺なら平気でしょ」

「平気じゃない。まったく平気じゃない」
いつかは子どもができるかもしれないと思い、三十代で購入したマイホームも、妻が死んだ今は無駄に広いばかりだ。淳也の言う通り、国語教師だった十和子が買った本をおさめた書庫のような部屋と、かつての夫婦の寝室のある二階は、たまに掃除に上がるくらいでほとんど使っていない。今では、一日に何度も階段を往復するのが億劫で、一階の和室で寝起きをしているのだ。

「どうですか？　四万円で、光熱費や通信料もろもろ込みっていう条件で下宿させてくださいよ。そうしたら、先生も働く日数を落とせますし、俺のほうも今より家賃が半分くらい浮いて助かります」

　こちらの思考力を奪い取るかのように、一気にまくしたててくるのだが、歯を磨きながらのせいでところどころよく聞き取れなかった。

「もちろん、食事は別々。お互いに干渉しないという約束で。でも、家のことなんかは俺が積極的に手伝います。風呂掃除とか、先生の歳だと地味に大変でしょ」

　だいぶ魅力的に聞こえる提案だった。ちょっとうれしさすら感じている自分の心を、必死に否定した。昨夜は、久しぶりに他人とまともに会話をした。なんだかんだで、寂しさが心の奥底をむしばんでいたのかもしれない。

　洗面所に消えた淳也が口をゆすいで戻ってきた。寝癖はそのままだが、すでに作業着を着こんで、いつでも出られる格好をしている。

「というわけで、生活がカツカツで困ってるんです。考えておいてくださいね」

「ああ……」

「俺、牛丼屋とかで適当に朝ご飯食っていくんで、先出ますね。鍵、ください。今夜もお世話になります」

「おお……」

「そう言えば、外にある自転車使わないなら、貸してください」

「わかった……」

なんと表現していいかわからないが、淳也にはこちらの反論や説得を軽くいなし、自分の思い通りに事を進めてしまう謎のパワーがそなわっているように感じられる。何を言っても無駄だから、こちらとしても何かを言うことを諦め、「ああ」や「おお」と肯定の返事をしてしまう。「考えておいてください」という猶予の言葉を残しておきながら、契約は成立していると言わんばかりの態度で、淳也は鍵についたキーホルダーを指先でくるくるまわしながら家を出ていった。

昨日と同じように、公園で着替えを終え、大橋と挨拶を交わしていると、工務店のワゴンが到着した。

降りてきた作業員のなかに、淳也もいた。直接この現場まで来たほうが近かっただろうに、工務店の集合場所までいったん自転車で向かったと見える。

男たちは、こちらを一瞥するなり、昨日と同じような冷ややかな罵声を浴びせてきた。

「おいおい、また来たよ、じいさん」

「今日こそ、事故起こるぞ」

「うわー」淳也も眉をひそめ、周囲の若者に同調するように吐き捨てた。「昨日の騒動で懲りてねぇのかよ、くそジジイ」

冗談みたいな変わり身の速さに、もはや呆れるしかなかった。下宿を依頼している人間とは思えない言動だ。お前は二重人格か。ヘルメットを装着すると、ジジイを蔑《さげす》まなくては済まないような性格に変化するのか。それにしても、周囲に迎合しすぎだろう。

結局、無視をして、準備にかかった。

木材を運びこむ大型トラック、それをつり上げるクレーン車などが次々と現場の前に到着し、大橋とともにコーンとバーを設置した。

もう、絶対にヘマはしない。これ以上、淳也に好き勝手言われるのはご免だ。怒りを緊張感に変換し、仕事に専心した。

保育園の子どもたちが午前中の散歩で通りかかったときは、大橋にも声をかけ、車の通行を両側で一時ストップした。

現場前の道路は歩道がなく、白線の路側帯が引かれているだけだ。保育士たちに前後を挟まれながら、おぼつかない足取りで小さい子どもたちが歩いてくる。乳幼児たちは、大きなバギーに乗せられ、それを男性保育士が押している。

近づいてくる車を、誘導灯を横に倒し、停止させた。お辞儀をしながら、さらに向こうを透かし見て、自転車、バイクの接近がないことを確認する。

さらに注意すべきは、クレーンの動きだ。木材をつり上げたクレーンが、万が一にも、こちら側にせり出してくることのないように「歩行者、通ります！」と、大声で注意喚起する。

警備服を着た人間が物珍しいのか、子どもの一人がこちらに手を振ってきた。「気をつけてね」と、優しく声をかけ、手を振り返しながらも、昨日のような無謀な自転車の出現を警戒しつづける。

無事に子どもたちが通り抜けたことを確認後、こちら側から車を通した。誘導灯を回転させながら、もう一度深くお辞儀をする。その後、大橋側から来る車にも通行をうながしながら、一礼した。

喉がからからだ。しかし、久しぶりに充足感が心の内側を満たしていた。なんだか体まで軽い気がする。

ちらっと建設現場のほうをうかがうと、淳也が基礎部分に長い木材を横たえ、枡形に組んでいくのが見えた。ときどき、作業着の長袖で汗をぬぐいながら、木材の接続部分に金具を打ちこんでいる。ドリルの音が絶えず響いていた。

ギャンブル依存はともかくとして、どうやら真面目に働いているらしい。中学時代の淳也しか知らないから、こうして仕事をしている様子を見るのが新鮮に感じられた。

あまり認めたくはないが、淳也の存在が張り合いになっているのはたしかだった。家に帰れば、嫌でもあいつと顔をあわせることになる。「お前、今日もジジイと言いやがったな」と、思いきり怒鳴りつけることができる。

しばらくは、孤独ではない。話す相手がいる。たったそれだけのことが、ここまで救いになるとは思ってもみなかった。

「足元気をつけてくださいね」カートを押したおばあさんが通りかかったので、車が来ないことを確認して通行をうながした。

「あんたもね」と、老婆が冗談っぽく答える。「ご苦労様」

考えてみれば当たり前だが、このおばあさんと自分はそう歳が変わらないはずなのに、ともすればみずからの年齢を忘れてしまいそうになる。

ときどき、八十五年生きているという事実に愕然とするけれど、まだまだ足腰が丈夫で歩くには困難を感じない。ローンを払いきった持ち家があり、雨風をしのげる。年金ももらえる。それだけで、とても幸せなことなのだ。そう考えることにしようじゃないか。

このアパートが完成するまで——。

それまで、気を抜くことなく、安全を守りきろうと心に誓った。


十二時になり、昼の休憩に入った。大橋とともに、近くの公園のベンチで昼食をとっていると、一人のスーツ姿の男が近づいてきた。

「どうも、お疲れ様です。こちらで休憩でしたか」

ついこの前本社に呼び出されたときに対応した、人事部の若い男だった。あの面接のあと社長と飲みに行って、彼が実の弟だという話を聞かされた。社長の光輝が社員を「お前」呼ばわりしたこと、二人が険悪な仲を隠そうとしなかったことにも合点がいった。たしか、弟の名前は基輝だったか。

「昨日、アクシデントがあったって聞きまして、大丈夫かなぁっと思って」

仕事をやめさせる材料が一つ増えて、人事部としては嬉々としているかと思いきや、基輝は心配そうな顔でコンビニのビニール袋から、缶コーヒーを二つ取り出した。

「これ、よかったら、差し入れです。本当に大丈夫ですか？」

「ああ、ありがとう」素直に礼を述べ、大橋とともに缶コーヒーを受け取った。「昨日の件は、面目なかったよ。大橋君にも迷惑をかけたけど、あれから集中して仕事ができているから問題ないよ」

飲みの席で、社長の光輝は「弟が甘ちゃんで大変だ」と愚痴をこぼしていた。たしかに、甘ちゃんかもしれないが、良い人間ではあるらしい。面接のときは、いきなり退社をうながされ、頭ごなしに相手の話を否定してしまったものの、基輝が本当にこちらの身の上を心配してくれているのはじゅうぶんすぎるほど伝わってきた。

しかし、まだまだ先代の社長には遠く及ばないようだ。

光輝と基輝の父も、生前はみずから建設現場まで差し入れをよく持ってきてくれた。夏はスポーツ飲料、冬はコーンポタージュのようなスープ類を、警備員たちはありがたく頂戴した。こうして思い起こしてみると、先代の社長は決してコーヒーやお茶の類いは差し入れしなかった。

それは、屋外で働く2号警備員に配慮していたからだろう。

ほとんどの場合、休憩は十二時から一時までの一時間。昼が終われば、五時の上がりまではトイレすら行けないときもある。突発的な尿意にはなすすべがない。目の前を通る車は、待ってはくれないのだ。

こうして、近くに公園やコンビニがあれば、すぐにトイレに行ける。また、ある程度大きな建設現場なら作業員用の仮設トイレが用意されている場合もある。

　では、近くに公共のトイレがなかったら？　現場に配置された人員が足りず、なかなか休憩がまわってこなかったら？　社名が入った警備服を着た身で、まさか立ち小便をするわけにいかない。ただでさえ、高齢者が多い現場だ。真冬の戸外に立ちつづけるつらさを知っていたからこそ、先代の社長はコーヒーを持ちこむことはなかった。

「仕事が終わってからいただくことにするよ」コーヒーをベンチの脇に置いた。大橋も「そうします」と、うなずく。基輝は怪訝《けげん》な表情をしていた。

光輝は、基輝に向かって「お前は現場に出たことがない」と言っていた。

真夏にヘルメットを装着し、フライパンみたいに熱せられたアスファルトの上で、延々誘導灯をまわしつづけたこともなければ、真冬の深夜、膀胱に圧迫される下腹部にひたすら耐えながら、体の芯から震え上がる寒さのなか、いつのぼってくるともしれない朝日を待ったこともない。

　作業員に罵声を浴びせられたこともなければ、ドライバーや近隣住民に蔑みの目を向けられ、「邪魔だ」「うるせぇ」などと、怒鳴られたこともない。そういう体験をしたから偉いというわけではないが、光輝の言う通り、現場の苦労は現場を経験した人間にしかわからない部分がある。

「ところで、ここの工務店の作業員が、男沢さんに心ない言葉を言ってくるって聞いたんですが……」

基輝にそう問われ、思わず大橋を見た。大橋はこちらの視線から逃れるように、気まずそうにうつむいた。大橋が会社に伝え、それが基輝の耳にも入ったのだろう。

「僕、これから現場監督に挨拶に行こうと思ってるんですが、その件もはっきり伝えておきましょうか？」

あの現場監督は、仕事の指示は的確に出しているようだが、作業員の素行に関してはほとんどノータッチだった。もしかしたら、監督も奔放な彼らの手綱を握りかねているのかもしれない。

だからこそ、中間の年齢にある淳也がしっかりしなければならんのじゃないかと思うのだが、あのちゃらんぽらんな様子を見ると、望みは薄いと言わざるをえない。

「悪いが、それは余計なお世話だよ」思わず突っぱねるような言葉を口にしてしまった。

「いや、でも……」と、たまりかねた様子で大橋が口を挟んできた。「あれで、集中力が削がれてしまう部分もあったんじゃないかと」

「そりゃ、ぱっと見、こんな老いぼれが来たら不安にも思うよ。しかも、事故一歩手前までいったんだから、なおさらね」

ベンチに座ったまま、目の前に立った基輝を見上げた。木漏れ日が、その顔をまだらに照らしている。

「集中力を保てなかったのは、私のほうだからね。これから、しっかり仕事をして、信頼を得られるように頑張ってみるよ」まさか、五十以上も年下の上司にかばわれ、心配される日が来るとは夢にも思わなかった。

先ほど道を通りかかった、背の曲がった老婆を思い出した。おそらく他人の目には、あのおばあさんと自分の姿が、そう変わらず映るのかもしれない。俺は、もう、守られるべき存在なのだ。

その事実を、あらためて目の前に突きつけられた気がした。守るべき立場の人間が、守ってあげなければと周囲から思われてしまっては、まったく本末転倒じゃないか。

「実は、近々やめることも考えているんだ」

大橋が「えっ」と、声をあげた。

「会社としても、こっちからやめるって言ってくれて、助かったって思ってるんだろうね」老害と呼ばれるような人間にはなりたくないと思っていたのに、つい憎まれ口を叩いてしまう。時間の流れに懸命に抗おうとして、しかし結局抗いきれず、その敗北感を周囲の人間にぶつけていては世話はない。

「やめてくれて助かっただなんて、これっぽっちも思いませんよ」

基輝は強く首を横に振った。

「たしかに、僕は現場のことはわからないかもしれないけれど、男沢さんの目を見ればわかりますよ。よく日に焼けた顔や手を見れば、わかりますよ。教師、警備員と、長年多くの人たちを守ってきた立派な人となりが」

ざわざわと木々が風にあおられ、基輝の顔に落ちている木漏れ日も揺れた。

「作業員の無礼については、僕からは何も言わないことにします。では、午後も頑張ってください。失礼します」大きく頭を下げて、基輝は去っていった。

たしかに、光輝とは水と油の相容れない性格かもしれない。しかし、兄弟がいつか力を合わせれば、この先もサクラ警備保障は安泰だと素直に思えた。

二人の息子の活躍を、きっと先代は心から楽しみにしていただろう。それだけに、無念はひとしおだ。かく言う自分も、もう間もなく会社にはいられなくなる。

自分がやめたあとも会社がつづき、死んだあともこの世界がつづいていくという当たり前すぎる事実が、なんだか信じられないような、うらやましいような、そんな寂しさにしばらく心を締めつけられていた。

一日の仕事を無事に終え、玄関で鍵を取り出していると、換気扇のまわる音が聞こえてきた。ダシのいいにおいもふんわりとただよってくる。

不審に思い、首をひねった。淳也は帰りも工務店のワゴンに乗っていった。どこで降ろされるのかはわからないが、確実にこちらよりも帰宅はおそくなるはずだ。おそらく一旦家に帰って、着替えなど必要な物をあの巨大なドラムバッグにつめてくるのだろう。

「十和子……」思わずつぶやいてしまった。「十和子か？」

教師をしていたときも、警備員をはじめたときも、こうして仕事終わりには必ず、ご飯のいいにおいが温かく迎え入れてくれた。日中、どんなにつらい思いをしても、ここに帰ってくれば、緊張をとくことができた。

あわてて鍵をまわして、家に飛びこむ。すると、思ってもみない人物がキッチンに立っていた。

「可奈《かな》……」

名前を呼ばれた女性が、ゆっくりと振り返る。

「可奈じゃないか？」

彼女の足元に、三歳くらいの女の子がまとわりついていて、こちらの姿をみとめると、ふたたび母親の太ももに隠れた。

「なんで……」この目、この耳が信じられなかった。

「あっ、先生。ごめん、勝手にキッチン借りてる。もうすぐご飯、できるからね」

いったい、何年振りだろう。可奈は妻の葬式に来てくれたはずだから、最後に会ったのは十年前だ。しかし、子どもができたとはまったく知らなかった。

「先生、久しぶり。すっかり、歳とっちゃったね」可奈が娘の頭に手をおきながら、悲しそうに眉を下げた。「まったく顔出さずにごめんね」

「いや……、それはいいんだが、なんで？」

「えっ、淳也に何も聞いていないの？」

「聞いてない……」

「あいつ……」と、可奈は顔をしかめた。「いい加減な性格、マジでむかしから変わらないわ」

子どもの頃、ことあるごとに淳也と可奈は衝突し、くだらないケンカを繰り返していた。それでいて、仲が悪いというわけでもなさそうだったから、この二人がいつか結婚し、自分たち夫婦が仲人《なこうど》をする未来をひそかに思い描いていたものだ。

すべてのはじまりは、教師が一生徒を個人宅に招き、定期的に食事を振る舞っている優遇措置が、ついに学校で問題になったことだった。たしか、保護者から学校にクレームが入ったのだ。

そこまで一人の生徒を厚遇し、目をかけることは許されない、今すぐやめるようにと、校長に宣告された。

その日、肩を落として帰宅し、校長の言葉を伝えると、いまだかつて聞いたことがないほど、十和子は声を荒らげた。

「困ってる生徒を助けるのが、なんでいけないことなの！」

そして、十和子はこちらが想像もしていなかった提案を即座にしてきた。

「淳也一人じゃなければいいんでしょ？　大勢いればいいってことね」

トンチみたいな発想だったが、理屈としてはたしかに合っている。

「じゃあ、私は食堂を開きます。片親や共働き家庭で、夕食に困っている子、貧しい子、栄養がかたよっている子を集めて、淳也といっしょに養います！」

「え……」唖然とした。返す言葉が見つからなかった。

今でこそ、ある程度社会に浸透している子ども食堂ではあるが、その当時、そんな活動をしているグループはめずらしかったかもしれない。しかし、十和子はこうと決めたら譲らない頑固なところもあり、一気に実現に向けて突っ走った。まず保健所に確認をとり、無料で食事を振る舞うのなら問題ないという了解をとった。

家ではさすがに手狭ということで、商店街のつぶれた飲食店を居抜きで借りることになった。なかなか借り手がつかなかった物件ということもあり、活動趣旨を説明することで賃料の値下げに成功したものの、食器などの購入もふくめて出費は大きかった。

淳也が住んでいた団地にビラを配った甲斐もあり、口コミも手伝って、初回から十人くらい子どもがやって来た。たとえ週三回の活動でも、食べ盛りの子どもを満腹にさせるには、びっくりするほどの食材を必要とした。途中から、活動に賛同してくれた地域の商店が、格安で野菜や肉を譲ってくれるようになったが、それでも金は飛ぶように出ていった。

しかし、十和子の活動をやめさせようとは、まったく思わなかった。どんなにひどい家庭環境の子も、食堂に来れば笑顔になった。そこには、いつも明るい声が満ちあふれていた。大人たちが、彼らからパワーと元気をもらっていた。

となりの学区から十歳の可奈が来たのは、食堂をはじめてから一ヵ月くらい経った頃だろうか。野良猫みたいな女の子というのが彼女の第一印象だった。つんとすまして周囲となじもうとしないくせに、どこか人恋しそうで、本当は温もりを求めている。

十和子の話では、虐待まではいかないが、継父が精神的につらくあたってくるのだという。ご飯のあと、可奈は一人で漫画を読み、はっきりと拒絶のオーラを放っていたのだが、淳也だけは執拗に可奈とかかわりを持とうとした。

「おい、可奈、その漫画の先の展開、教えてやろうか？」

「そいつ一度助かったと見せかけて、次の巻で死ぬぞ。あっさり死ぬぞ」

「それでね、主人公が怒って覚醒するんだよ。で、どうなったと思う？　予想してみ。えっ、わかんない？　お前、案外アホだなぁ。敵の四天王がな……」

淳也のからみ方はあまりにしつこかった。どんなに可奈に無視されても、その後のあらすじを、ときにはクイズ形式で、ときにはスポーツの実況のようにしゃべりまくった。

「なんで全部言っちゃうんだよ！」と、ついに可奈が爆発し、淳也に殴りかかった。「おっ、やるか！」と淳也も応じ、狭い食堂内を逃げまわる。

今まで懸命にせきとめていた、感情のダムがそのとき一気に壊れたのだろう。可奈は淳也に対して徐々に、喜怒哀楽を表現するようになった。

可奈が周囲の子どもたちの輪にとけこむのに、そこからあまり時間はかからなかったと記憶している。すっかりうちとけて、ご飯もたくさん食べるようになった。

それでも、可奈はなかなか家に帰ろうとしなかった。いちばんおそくまで残って、十和子の片づけを手伝ってくれた。

そんなときは、必ず淳也が「ちょっと歩こうぜ」と、可奈の手を引いて誘ってくれた。可奈もそのときばかりは、素直に従った。「あんまりおそくなるなよ。家までちゃんと送ってけよ」と、淳也に声をかけて二人を見送り、十和子と笑みを交わしたことを、今でもよく覚えている。

年長の淳也は、食堂のリーダー的な存在で、心から頼もしく思っていた。たぶん、可奈は淳也のことが好きだったんじゃ……。

「何言ってるの、先生！」

すっかり母親らしくなった可奈が、右手を顔の前で勢いよく振った。娘の愛梨《あいり》ちゃんが、可奈の足元にまとわりつきながら、不思議そうにお母さんを見上げている。

「私が？　淳也を？　ないない！　ありえない！」

「本当か？」

「たしかに優しかったし、運動神経すごくて最初はカッコいいって思ったけど、めちゃくちゃ馬鹿なんだもん。小学生の私が、中学生のあいつを馬鹿だって思うんだから、そうとうの馬鹿でしょ？」可奈はやたらと「馬鹿」を連発した。それは、まったくその通りなので、黙ってうなずいておいた。

　新しく買ってきた菊の花を持って和室に入ると、仏壇にはすでにあふれんばかりに和花が飾られていた。

「この花、可奈か？」キッチンに大声で呼びかける。

「そうだよ」

「ありがとな」互いに顔が見えないからこそ、ずっと気になっていたことを聞いてみた。「あれから、おうちは大丈夫だったか？　大変な思い、しなかったか？」

　可奈は中学卒業まで、定期的に食堂に通ってきた。高校生になると、たまに顔を見せてくれたものの、やはり部活や友人との遊びが楽しくなるらしく、しだいに足は遠のいていった。

　寂しくはあったが、子どもたちがいずれ食堂に来なくなるのは正しいことでもあった。食堂以外の居場所ができたなら、子どもにとってこれ以上望ましいことはないからだ。たくさんの写真や思い出を夫婦で大事に共有し、また新しく困っている子を迎え入れるために活動をつづけた。

「あのね……」と、姿の見えない可奈が口を開いたときだった。「ただいまー」と、淳也ののんきな声が玄関から響いた。

　まったく間の悪いヤツだと呆れながら、立ち上がった。

「おう、可奈、久しぶり。すっかりおばさんだな」鍵を開けておいた扉から、まるで我が家のようにずかずかと淳也が上がりこんでくる。「おうおう、おちびちゃん、名前は？　ってか、可奈にそっくりだな、おい」

　怯《おび》える愛梨ちゃんにかまわず、手荒に頭をなで、こねくりまわしている。その肩をつかみ、

「おい、これはいったいどういうことだ？」と、問いつめた。

「サプライズです。いきなり家に可奈がいたら驚くかなって思って、昨日のうちに誘ったんです」

「そりゃもう驚いたさ。心臓がとまるかと思ったくらいだ」今日も現場で「ジジイ」と呼ばれたことなど、もはやどうでもよくなっていた。「鍵はどうした？　お前に渡した鍵は？」

「家を出る前に、外の植木鉢の裏に仕込んでおいて、それを可奈に伝えました。勝手に入っていいよーって」

「物騒だろうが！」

　怒鳴り声をあげると、愛梨ちゃんがさらに怯えた様子で、母親にしがみついた。あわてて
「ごめん、ごめん」と、優しい声音であやまった。

　そうこうしているうちに、食卓に可奈が作った料理がそろった。メインはチキンカツのようだ。

「せっかくだから、温かいうちに食べましょうよ、先生」汚れた作業着の袖を腕まくりしなが

ら、淳也が席についた。

「お前が仕切るな。家主は俺だ。作ったのは可奈だ。先に着替えろ。手を洗え。うがいしろ」

可奈が急に笑い出した。「先生と淳也のかけ合い、めっちゃ久しぶりに聞いた」と、涙を指の先で拭きながら笑っている。

こんなにもにぎやかで温かい食卓は、十和子が死んで以来はじめてだった。思い出話に花を咲かせ、笑って、泣いて、淳也に怒って、腹だけでなく、凍えきっていた心が満たされていく。あいている椅子に、きっと十和子も座っていて、笑顔で俺たちの会話を聞いているだろう。そう思うと、俺たちの人生は間違っていなかったと、胸を張って言えそうだった。

時間が経つのはあっという間だった。帰り際、可奈は食堂に通っていた十歳当時のように、顔をゆがめて言った。

「ねぇ、先生、水くさいよ。私、十和子さんが亡くなったとき、言ったよね？　一人で困ってることがあったら、言ってよって」

たしかに、そんな言葉を、いろんな人からかけられた覚えがある。しかし、手料理や人の温もりに飢えているから遊びに来てくれなんて、まさかこちらから頼めるわけがなかった。

いつしか、一人でいることが当たり前になって、他人に頼ることは恥だと思いこみ、卑屈な気持ちにみずから拍車をかけていた。食堂の子どもたちには、「困ったときに、人に頼り、守ってもらうのは、何も恥ずかしいことじゃないんだぞ」と、さんざん教えてきたにもかかわらず。

可奈にはとくに、その言葉を何度も何度も伝えた。すっかり大人になった可奈は、名残《なごり》惜しそうに玄関先に立ったまま、自分の子どもを抱きかかえ、「いつでも頼ってね」と、連絡先を渡してくれた。

「今の私があるのは、先生と十和子さんのおかげなんだよ。今度は私がお返しする番」

　俺のおかげもあるだろ、なあ、そうだろと、しつこく話しかける淳也を無視し、可奈がつづける。

「先生と十和子さんに救われた子たちが、たくさんいる。そんな先生が、寂しく過ごしてるなんて、私、耐えられないよ」

「ありがとな」

　その言葉を聞けただけで死んでもかまわないと思えた。感謝の気持ちを、次の世代の子どもたちに還元していってくれればこれほどのよろこびはない。

「でもな、俺には子どももいないし、頼れるような身内ももういないし、九十も近くなったら、この家を売って、老人ホームにでも入ることになるんだろう」

　ローンを払いきって、せっかく自分のものになったと思ったら、今度は売却。むなしいかぎりだが、あとを継ぐ者がいない以上、しかたのない話だ。

「だからな、俺から受けた恩は、自分の子どもたちに返せ。俺のことは気にせずに……」

「何を言ってるんですか、先生！」淳也が怒鳴り声をあげた。「俺ら、実の親よりも、先生と奥さんによくしてもらってきたんですよ」

　可奈が涙目でうなずきながら、淳也のあとを受けて話をつづけた。

「ホームに入っても、先生のことは見捨てないよ。絶対、定期的に顔を出すから。もちろん、この家にだって、ときどき様子見に来るからね」

「そうですよ」得意顔で淳也が請けあう。「あの頃の仲間、たくさん引き連れて行きますからね。男沢さんって人、身内もいないのに、なぜか訪問者数はナンバーワンだって、施設内で伝説と言われるほどの入居者にしてやりますよ」

「お前ら……」たった一人で死んでいくのだと思っていた。十和子に会えることだけが唯一の楽しみだった。

それが、どうだ。今じゃこんなにもお節介で愉快な仲間たちが寄りそってくれる。

淳也とともに、母子を見送った。靴をはいて、一歩扉に近づいた可奈が突然振り返った。

「ねぇ、先生が今も働いてるのって、私たちのせい？」

「お前、それは愚問だよ」いつになく真面目な顔で淳也がさえぎった。「聞くんじゃないよ」

「でも……」可奈が唇を嚙む。

「いや、違うよ」きっぱりと首を振った。「違う。働いていないと、落ち着かなかっただけだ。生きている気がしなかっただけだ」

それは、食堂で接してきた子どもたちについた、唯一で、最後の嘘かもしれない。

退職金は、この家と土地のローンを完済して、ほとんど消えた。老後のための貯金は、子ども食堂の活動でますます減っていった。寄付をしてくれる人や、大量の食材を無料で差し入れしてくれる奇特な人も現れたものの、出費はかさみつづけた。

これが夫婦の果たすべき、社会的な最後の使命だと覚悟していた。しかし、さすがにこのままでは金銭的にまずいと、六十四歳で警備の仕事をはじめた。

六十間近ではじめた食堂の活動期間は、約十年間だ。十和子にガンが見つかったことでなくなく閉めざるをえなかった。それから約五年の闘病生活がつづき、治療費や入院費で預貯金もほとんど底をついた。今でこそ、子ども食堂には自治体から様々な補助金が出るらしいが、十和子の「子どもたちを守りたい」という思いは、時代をだいぶ先取りしていたようだ。

それでも、後悔はまったくない。十和子の葬儀には、可奈をはじめ、たくさんの子どもたちや、活動を支えてくれたボランティアの主婦たちが見送りに来てくれた。

可奈が帰ったあと、話があると、淳也を食卓に座らせた。やはり少し照れくさく、自分は斜め向かいに腰かける。

「下宿してくれて、いいぞ。早く今住んでるところを引き払えよ。もったいないから」

「マジすか！　ありがとうございます！」

「なあ、頼りにしてもいいんだよな、お前のこと」

「もちろんですよ」

「歳をとって、守られる存在になっても、それは恥ずかしいことじゃないんだよな？」

「それも、当たり前です」

知らず知らずのうちに背負いこんでいたくびきから解放されて、心も体も楽になれた気がした。

「可奈も言ってたみたいに、これからは俺らの番ですよ。俺が先生を守りますから」

「そろそろ、肩の荷を下ろすか……」

淳也がはす向かいに座っていることも忘れて、思わずつぶやいてしまった。

「なぁ、いいだろ、十和子」

淳也が二階に越してきた。荷物はほとんどなく、レンタカーのワゴン一台で事足りた。冷蔵庫は売り払ったが、洗濯機はコインランドリーを使っていたので、もともとなかったという。

さっそく休みの日、淳也は荒れ放題だった庭に手をつけてくれた。

縁側などという気の利いたものはないが、和室の大きな掃き出し窓を開け放ち、手はじめに雑草を抜きはじめた淳也の作業を見守った。すっかり隠居した老人の気分だった。

小さい庭なので、ものの二時間ほどで見違えるほどきれいになった。その夜は、淳也の引越し祝いということで、可奈と、もう二人、食堂でいっしょだった子たちが遊びに来てくれた。「子たち」といっても、みんなアラフォーで、それぞれの家族の話を聞いて盛り上がった。

今では、あのアパートも足場が組まれ、本格的な建設作業に入っていた。失われた信頼をなるべく取り戻せるよう、よりいっそうの集中力と、丁寧な誘導を心がけて仕事にのぞむ日々がつづいた。

近隣の住民たちにも顔見知りが増え、徐々に挨拶を交わすようになっていた。このあたりは古い住宅街で、とくに高齢の人たちが多い。散歩や買い物の際には、こちらから「おはようございます」「お気をつけて」と積極的に声をかけるようにしていた。直接のクライアントは工務店なのだが、その作業員たちが気持ちよく仕事にのぞめるように、通行車両や通行人もお客様であるという意識を持つのが肝要だ。

ある日、下校中の小学生たちに「お帰りなさい」と、声をかけていたところ、首の後ろにびっしりと入れ墨が彫られている作業員がいきなり話しかけてきた。

「無視されても、挨拶しつづけるんだな」入れ墨の男は、信じられないという表情を浮かべていた。

たしかに、「ただいま」や「こんにちは」と、こたえてくれる小学生もいるが、ただ素通りしていく子も多い。

「でもね、子どもとお年寄りは、わりと挨拶してくれるほうだよ。大人はほとんど返してくれないからね。よくて、会釈くらい」

「ふーん」興味なさそうに、タオルで汗を拭っている。

「こういう声かけは、地域の見守りにもなるんだよ。たとえば、子どもたちがこの近くで襲われたり、何かこわい目に遭ったりしたとき、あの挨拶してくれる警備員なら助けてくれるって考えて、逃げてくることもあるかもしれない。こちらの存在が頭の片隅にでも残っていれば、万が一のときに役に立つ可能性もある」

「でも、じいさん警備員じゃ、いざというとき助けられねぇだろ」

「そこは、あんたらの出番じゃないか」と、笑って答えた。「君はとくに腕っぷしが強そうだからね。そこらの不審者なら、持ってるバールで瞬殺だろ」

入れ墨の男も、「瞬殺って……」と、笑いを嚙み殺していた。

この男に前科があるのかどうかはわからないが、少なくとも仕事は真面目に取り組んでいることを知っていた。

考えてみれば、最初に「じいさん」とさんざんののしってきた若い作業員たちも、今では何も言わなくなっていた。それどころか、朝の挨拶さえしてくれるようになった。とはいえ、「ちぃす」と口先だけでつぶやいて、首を前に突き出す、鳩みたいな挨拶ではあるのだが……。

　そういうときは、こちらもあえて「うぃす」と返して、同じように首を突き出す。入れ墨の男は、そうするといつもにやっと微笑んでくれた。

　最初のアクシデントからなんとか気持ちを切らさず、この現場の交通保全に力を注いできた。少しは信頼関係を築けただろうか。

　たしかに、警備員としての仕事の成果は、目には見えない。立派な家やビルを建てられるわけでも、電線や、地中に埋まったガス、水道管を工事し、インフラを守れるわけでもない。

　しかし、汗水垂らして働く作業員を見守り、徐々に完成に近づいていく建物を眺める達成感は、どこか教師のやり甲斐にも似ていた。入学当初の幼かった生徒たちが日々、心身ともにめざましい成長をとげていく——そんな姿を間近で見守る教師の成果は、ときに寂しさをともなう。

　いつか生徒たちが卒業していくように、アパートが完成すれば、作業員や警備員はまた別の現場へとおもむくことになる。

　そして、自分には本当の「卒業」が間近に迫っている……。


　帰りのバスを待っていると、同じく仕事を終えた淳也がドラムバッグを担ぎながら、自分の後ろにならんだ。「お疲れ」と、声をかけ合う。今では淳也も引越しを工務店に伝え、直接我が家から現場に通うようになっていた。

バスが到着し、一人がけの席に、前後で腰をかける。

「今日、あの入れ墨の作業員とちょっと話したよ」身をのりだし、前に座る淳也に話しかけた。

「あいつは、たしか殺人の前科があるんですよ」

「嘘だろ！」

「はい、嘘です。そんなわけないでしょ」

後ろから思いきり淳也の頭を叩いた。

「今ので寿命が五分縮んだ。どうしてくれるんだ」

「えへへ」と、頭をさすりながら、淳也がバスの窓外を見やった。街路樹が燃え上がるように、夕焼けのオレンジ色に染まっていた。

バスが大きく揺れた。この道路でも工事が行われているようで、バスが反対車線に進路を変更したのだ。きびきびと誘導灯を振り、バスの通行をうながす他社の2号警備員がすれ違いざまに視界に映った。その警備員も、ドライバーたちに律儀に頭を下げていた。

最寄りのバス停に到着し、家路につくと、門の前に一人の少年が立っているのが見えた。コンクリートのブロック塀に背中をあずけ、心細そうに左右を見まわしている。すると、淳也の姿を認めるなり、はじかれたように走り出した。

「パパ！」

見たところ、小学一年生といったところだろうか。淳也のスマホの待ち受けに設定されていた写真よりも、だいぶ大きくなっているようだ。

「りく！」淳也が大きく両手を広げて叫んだ。

「睦」と書いて、「りく」と読むのだという。「男沢睦夫」の「睦」から頂きましたと、いつぞや淳也は話していた。「むつまじい、親しいっていう意味があるんです。先生と奥さんの食堂に通っていた俺の息子にぴったりの名前じゃないすか？」と、あいつ、酔っ払って話していたっけ。

睦が淳也の胸に飛びこんだ。淳也はそのまま睦を抱き上げ、ぐるぐるとその場で回転した。

「睦、お前、どうやってここがわかったんだ？」

「ママがここの住所をメモしてたから、それを見て、こっそり来たんだ」

「おいおい、ママが心配するだろ！」

淳也がスマホを取り出し、電話をかけはじめた。おそらく、元奥さんに知らせるつもりなのだろう。

「睦君、とりあえず入りなさい。さあ、淳也も」鍵を開けながら、親子を招き入れた。「しかし、よく一人で来られたね。迷わなかった？」

「うん、大丈夫だよ。グーグルで調べたから」

まったく、最近の子は……と呆れたものの、食卓の座席にちょこんと腰をかけた睦は、年齢のわりにかなり大人びて見えた。淳也と違って賢そうだ。おそらく母親に似たのだろう。それだけは、良かった。

この家に、ジュースなどという気の利いた飲み物はないので、麦茶を出した。よほど喉がかわいていたのか、それを一気に飲み干した睦が、決意のこもった表情で叫んだ。

「ねぇ、パパ、お願いだから、おうちに帰ってきて！」

向かいに座った淳也は、何も答えずうつむいたままだ。

「ねぇ、パパ！　ママも戻ってきてくれていいって」

「ママがそう言ったのか？」

「うん、大丈夫だよ」

淳也はテーブルに両肘をつき、頭を抱えた。しばらく黙りこんでいたのだが、ぽつりとつぶやいた。

「実は、俺、離婚してないんです」

「えっ？」

「職を失って、ギャンブルと酒にはまってっていう話まではしましたよね？」

「ああ、聞いた」

「仕事をしてる妻の収入に頼って、酒浸りで、本当に自堕落な生活をしてました。口論も絶えなくて、睦にも悪影響だし、自分から家を出ました」

妻から離れ、独り暮らしをし、強制的に働かざるをえない状況をつくれば、すさんだ生活も立て直せるだろうと判断したのだという。夫婦のクールダウンの期間も必要だった。

「けど、まだまだギャンブル癖が抜けなくって。電気代が払えないくらいでしたから」

「お前、ここに来て一ヵ月半くらいだが、パチンコも競馬もやってないんじゃないか？」

「そう言えば……」と、淳也が顔を上げた。「なんででしょう？　先生に怒られることを想像すると、不思議と自制の気持ちが働くといいますか」

「お前な……」あらゆる説教の言葉をのみこんで、ただ一言答えた。「もう、戻れ」

「でも、俺は誓ったんですよ。先生を支えるって。守るって。これから恩返しをするんだって」

「何を言ってるんだ」

淳也の気持ちはうれしかったが、ぐっと涙をこらえる。冷静な声音を心がけて、淳也に訴えかけた。

「まず、妻と子を守らんと、話にならないだろう。お前は父親なんだぞ」

「この子は、とっても強いんですよ。俺と違って、頭が良くて、勇敢で、きっと母親を守ってくれます」

しばらく、淳也と見つめ合った。みるみるうちに、淳也の目に涙があふれていく。

「先生」

絞り出すような声が、喉の奥から響いた。

「先生は、また俺を見捨てるんですか？」

「何を言ってるんだ……？」

淳也の言葉が信じられなかった。見捨てただなんて、まったく身に覚えがない。

「やっぱり、自覚がないんですね。中学最後の陸上の大会で、先生、なんて言いました？　覚えてますか？」

「最後の……、大会？」

淳也が中三のとき。

陸上の、最後の、大会……。

必死に記憶をたぐり寄せる。

たしか、淳也は百メートル走で地区予選を突破し、都大会に進出した。しかし、東京都のレベルになると、淳也の記録では途端に埋もれてしまった。

その日の中学三年生のトップは、なんと十秒台後半だった。決勝最下位の選手でも十一秒台前半だ。十二秒フラット近辺がベストタイムの淳也は、都大会の予選であっさりと敗退した。

中三で、百メートルが十二秒。五十メートルなら、六秒ちょうどくらい。めちゃくちゃ速い。学校でも相変わらずスター扱いだ。が、そのレベルでは到底全国になど進めない。

「先生」

その日、子ども食堂に顔を出した淳也は、いつになく真面目な表情で言った。

「俺、オリンピックに出て、先生たち夫婦を恩師だって紹介するのが夢なんです」

たしか、その場に十和子もいた。楽しみだねと、顔をほころばせたのだが、淳也の口調は厳しいままだった。

「このまま陸上つづけて、俺、芽が出ますか？　もしかして、俺って平凡な人間ですか？」

迷った。

お前なら、やれる。そんな言葉が喉元まで出かかった。しかし、寸前で思いとどまった。淳也のタイムは、十二秒あたりでぴたりと伸び悩んでいたからだ。

走るというのは、どこまでも単純な運動であるだけに、どこまでもシンプルに才能が物を言う世界だ。十秒台で走る怪物中学生をついさっき競技場で目の当たりにして、安易に「やれる」とは言えなかった。

教え子には、正直でありたかった。嘘をつきたくなかった。誠意を持って、対等な人間として接したかった。

それでも、言葉は濁した。

「お前の走力と運動神経なら、これからサッカーとか、バスケとか……」

「高校から球技をはじめる気にはなれませんよ。俺は先生から走るよろこびを教えてもらったんです。これ以上、走っても意味がないのなら、俺はきっぱりと走ることをあきらめます」

「なにも良い記録を出すだけが、部活の意義じゃない。トレーニングをつづけて、己を鍛え、精神的にも……」

「そんな当たり前のお説教なんて、いらないんですよ！」

十和子が悲しそうにぎゅっと目をつむり、両手で顔をおおった。

「ダメなんですね？　俺は、平凡なんですよね？」

「平凡じゃない。お前はかけがえのない、俺の教え子だ」

「だから、そういう意味のない、言葉だけの慰めはいらないんですって！」

「じゃあ、はっきり言ってやるよ！」売り言葉に買い言葉で、つい大声を出してしまった。

「お前は選手としては平凡だ！　お前の年齢で十二秒台じゃ話にならん」

短距離の世界は、怪我や転倒のアクシデントでもないかぎり、球技の試合のような奇跡の勝利などありえない。自己ベストをほんの少し更新することはできても、周囲の有力選手との記録を比べれば、自分の力量と位置は試合にのぞむ前からおのずとあきらかだ。もしかしたら、淳也はずっと前からこの決意を胸に秘めていたのかもしれない。

「お前は、何をそこまで思いつめてるんだ？　まだまだ、これからじゃないか。お前の未来はこれからなんだぞ」

「俺は……」

　下唇を嚙みしめたものの、ふたたび淳也が口を開いた。

「先生たちが食堂を開いたとき、絶対に中学でいちばんになって、先生たちの活動を支えたいって思いました。取材が来て、いろんな人たちに食堂の話をして、それで支援する人がいっぱい現れれば、きっと先生たちも楽になる。それで、高校でも、大学でもいちばんになって、いずれはオリンピックに出て、そうすれば先生たちも報われる。だから、トップにならなきゃ意味がないんです」

　中二の秋あたりから、淳也はずっと思いつめたように己を追いこみ、トレーニングに励んできた。それは、食堂を開いた頃とちょうど重なる。

「それなのに、俺は全然先生たちの役に立ててない！」

「馬鹿野郎！」思わず淳也の胸ぐらをつかんでしまった。「俺たちは、お前に守ってもらうほど、老いぼれちゃいない！」

　胸ぐらをつかんだ手を激しく揺さぶる。

「オリンピックに出れば、俺たちが報われるだって？　ふざけるのも大概にしろ。大成しなきゃ、恩返しにならないのか？　そんなわけがあるか。みんな、ごくふつうに、まっとうに育ってくれれば、それだけで俺たちは満足なんだ」

されるがまま、淳也がぐすっと鼻をならした。

「子どもは、自分のことだけ考えてればいいんだ。いつもいつも言ってるだろ。自分のために走れと。なんでそれがわからないんだ！」

十和子が「やめて！」と叫んだ。我に返り、淳也の胸ぐらをつかんでいた手を離した。

「お前は優しすぎるんだよ」すべての力が抜け落ちて、どっと背もたれに寄りかかった。「なんで、自分のことをいちばんに考えてやれないんだ」

「そうです。俺は優しいんです。自分のために、他人を負かそうとは思わないんです。闘争心がないんです。だから、先生たちや可奈たちのために走ろうと思ったんです」

淳也は、憑《つ》き物《もの》が落ちたように微笑んでつぶやいた。

「俺、学校でちやほやされて、天狗になって、自分が特別な人間なんだって思いこんでました。でも、本当はそんなことはなかったんですね。めちゃくちゃ平凡なんですね」

微笑んでいるくせに、その顔は涙と鼻水でぐしゃぐしゃに濡れていた。

「俺は高校に入ったら、バイトをして金を稼ぎます。部活をしている暇はありません」

テーブルに両手をつき、深く頭を下げてくる。

「陸上でお二人に恩返しができなくてすみません」

「そんな……」十和子が声を震わせた。

「本当にありがとうございました」


あれから、約二十五年が経った。

卒業以来、とうとう淳也とは会わずじまいだった。淳也は食堂にもいっさい顔を出さなかった。それどころか、あれだけ世話になった十和子が入院したときにも見舞いにすら訪れなかった。

「俺はお前を見捨てたわけじゃない」

優しくさとすように、淳也に声をかける。

「俺と十和子が、お前を見捨てるわけがないだろうが。俺たちは、ただお前が顔を見せてくれるだけで良かったんだ。幸せだったんだ」

淳也はとうとうテーブルに突っ伏して、嗚咽《おえつ》を漏らした。父親のこんな姿をはじめて見たのか、となりに座る睦はおろおろとうろたえるばかりだった。早くこの子のところに父親を帰してあげなければならない。

「お前も今ならわかるだろ？　なっ？」

ひくひくと痙攣《けいれん》したように肩を震わせる淳也の体に手をそっとかけた。

「守るべき奥さんと子どもができて……。すっかり老いぼれた俺を見て、守りたいと思ってくれて、あの当時の俺の気持ちがわかったはずだ」

テーブルに突っ伏し、顔を隠したまま、淳也は何度もうなずいた。

「はい……。ようやく、わかりました。妻と睦には、自分の人生を楽しく生きてほしい。先生には、今度こそ老後を自分のために生きてほしいと思ったんです」

「お前の言う通り、今度はお前が守る番だ。ただし、奥さんと睦君が最優先だ」

震える淳也のかたわらに、十和子も立っていて、優しく手を差し伸べている――そんな気がした。俺は一人じゃない。

「俺のことは、たまにでいい。たまに顔を出してくれればそれでいい」

「はい……」ようやく淳也が顔を上げた。その顔は、あの当時のように、涙と鼻水に濡れていた。

「パパ」睦が淳也の背後からおおいかぶさるように抱きついた。「また、競馬場いっしょに行こうね！」

「わざと誘惑してる？　それがバレたら今度こそ離婚だぞ」涙を作業着の袖口で荒々しく拭いた淳也が、大きく歯を見せて笑った。

　淳也の下宿生活は、約一ヵ月半で終わりを告げた。しかし、まったく寂しさは感じなかった。

　この前、本社での面接で基輝に守りたいものを問われ、「最低限の生活」と答えた。

　それは、金銭面での余裕ももちろんなのだが、精神的に、何かを守り、誰かに頼られる存在でいなければ、人間として生きている意味がないと思いこんでいたからだ。たった一人、何をするでもなく、ぽつねんと生活するなど、自分には耐えられないと考えていた。

　けれど、もう一人ではない。たくさんの人たちが周りにいて、守ってくれる。

　いつだったか、サクラ警備の先代の社長が言っていた。

　人は必ず大事な何かを守って生きている。家族であれ、金や財産であれ、地位や名誉であれ、守ることそのものが生きる意味となっている。

　弱者になってしまったからといって、嘆く必要はない。守られるということは、守る人間にとっての生きる意味となるからだ。

だから、せいぜい長生きをしてみようじゃないか。それは、決してみっともないことじゃない。守ってくれる人がたくさんいるのは、自分にはもったいないほど幸福なことだからだ。

よく晴れた日。

いつものように、公園で着替えを終えてアパートの建設現場に出勤した。同僚の大橋も、工務店のワゴンも到着していなかった。

「ちょっと早かったか」腕時計を見て、つぶやいた。

淳也はかつてのように、また工務店のワゴンに乗って現れるようになった。もともと住んでいたマンションに戻り、奥さんや睦とも睦まじく生活しているらしい。今のところ、ギャンブルにも手を出していないそうだ。

季節は晩秋にさしかかっていたが、日向はまだぽかぽかと暖かかった。

「小春日和だなぁ」手のひらで目の上にひさしをつくり、独り言をつぶやいた。

あなた、小春日和は春に使う言葉じゃないんですよ。

十和子はもともと国語の教師だった。新婚当初、桜の季節に「小春日和だね」とつぶやいたら、即座に訂正された。

小春日和は十一月や十二月のうららかな陽気の日に使うのが正しいんです。生徒たちの手前、正しい日本語を使わなきゃね。

十和子の、そんな声がよみがえってくる。天を見上げ、空気を目いっぱい吸いこんだ。

アパートは来年完成を迎える。それまで、求められるかぎりは現場の安全と安心を守っていきたい。

「あと、少し。もう少し」

十和子に祈る。

「それまで、もうちょっとだけ力を貸してくれよ」

見慣れた工務店のワゴンが、速度をゆるめながら近づいてきた。男沢睦夫はヘルメットをかぶり、誘導灯を高く振りながら、バックしてくるワゴンに「オーライ!」と、大きく声をあげた。

# 第3章　4号警備「それは、もちろん正義です」

めずらしくスリーピースのスーツを着こんだ兄の光輝が、よそ行きの笑みと物腰のやわらかさで、記者からの質問に答えている。

「彼女たちは、元警察官、元自衛官であり、日頃から逮捕術、警棒術など、ハードな訓練を重ねています。全員が、何らかの武道の有段者や、格闘技のエキスパートです」

場所は本社会議室。大手全国紙の取材依頼にこたえ、こうして記者を迎え入れたのだ。メモを取りながら、記者がさらに質問を発する。

「ナイフなどを所持した男性の暴漢と相対したときに、本当に女性だけで太刀打ちできますか？」

「ドラマや映画でも、民間のボディーガードが描かれ、激しい格闘になるシーンがありますが、あれはもちろんフィクションですよ」

よどみなくしゃべる光輝の様子を、何度も立ち位置を変えながら、様々なアングルでカメラマンが写真撮影している。注目の若手社長を特集する夕刊の記事に掲載されるらしい。

「戦い、相手を制圧するのは、それしか道がなくなった場合の最終手段です。まずは通報を行い、迅速に警察に来てもらう——その時間稼ぎをすることが肝要です。そのために、特殊警棒や催涙スプレーなどで安全な距離を保つことを目指します。また、身辺警護のボディーガードは、GPSつきの緊急通報装置を必ず持っています。ハンズフリーで本社と電話がつながり、それを受けた本社の人間が、必要に応じて一一〇番を行います」

サクラ警備の4号、身辺警護部は三年前に新設された部署だ。塩浜顧問の斡旋と紹介で、警視庁警備部警護課の元SPを招き、身辺警護部の部長に就いてもらった。

「しかし、現場の社員が女性のみ、クライアントも女性に限っているボディーガードというのは、業界でも異色ですよね？」

記者の問いかけに、光輝は「よくぞ、聞いてくれました」と言わんばかりの笑みで応じた。

女性による、女性のための身辺警護——。

それが、サクラ警備保障株式会社、身辺警護部のキャッチコピーだ。サクラ警備に所属するボディーガードは、梶原《かじわら》部長以外、現場で従事する全員が女性である。そして、記者の言う通り、クライアントも女性に限定している。その明確なコンセプトのもと、「ウィメンズ・エスコート・サービス」通称WES《ウエス》と名づけられた身辺警護部は、こうして全国紙の取材対象になるほどの成長を遂げていた。

「女性が脅威にさらされるような事件が、近年、多発しております」光輝はカメラを意識してか、口元の笑みを絶やさないまま答えた。「WESの目標は、一般女性が民間のボディーガードへ依頼をかけるという、高いハードルを下げることにあります。迷ったときは、どうか気軽に弊社に相談していただきたいと思います」

「たしかに、要人でないかぎり、ボディーガードを雇うという発想にはなかなか至らないですよね」

「ストーカー、ＤＶ、痴漢等々、卑劣な犯罪行為はあとを絶ちません。警察ではカバーしきれない、それらの被害に苦しむ女性たちを事件が起こる前に救い、守るには、ある程度の身体接触はさけられないし、プライベート空間にまで踏みこむ必要があります。自宅、外出先のトイレや更衣室などの安全確保を行うには女性のボディーガードがもっとも適しています」

　基輝はインタビューの様子を、会議室の後方で見守っていた。塩浜顧問と、元ＳＰの梶原身辺警護部長も、手近な椅子に座り、光輝の受け答えを満足そうに見つめている。

　インタビューが問題なく終了し、記者たちが引きあげると、梶原が「佐久良次長」と、話しかけてきた。

　長身の梶原部長が近くに立つだけで、ものすごい圧を感じる。五十代の元ＳＰは、今もトレーニングを欠かしていないらしく、スーツ越しでもその下の筋肉の分厚さがよくわかる。まるで熊や、大木のような印象を与える男で、たとえ武器を持って襲いかかったとしても、万に一つも勝ち目はないだろうと感じさせる威圧的なオーラを放っている。

「新しくＷＥＳに一名、人員を補充するという件ですが……」

「ああ……、はい」必ずその話題になるだろうと、基輝はあらかじめ履歴書を入れたファイルを持ってきていた。「ウチの会社で四年間、万引き保安員をしている東《ひがし》さんという女性で、二十六歳。もともとはアルバイトだったんですが、保安員として優秀だということで、一昨年、契約社員に、そして去年、正社員に登用しました。ところが、先月に誤認逮捕をしてしまいまして、クライアントのお店とトラブルになったんです」

万引き保安員は、客が商品を盗んだ瞬間を現認し、相手が店を出たところで現行犯逮捕を行う。

東は先月、とある中年女性の万引き行為を認め、店の外で呼びとめた。事務所まで来てもらったが、その女性は盗品を一つも持っていなかった。女性は激昂し、店側が何度も謝罪に赴かなければならないほどのトラブルとなった。

店から契約は打ち切られ、責任を感じた東は退職願を出した。現在は、それを引きとめて、4号のＷＥＳに異動しないかという話を持ちかけているところだ。

東菜生《なお》は、大学まで柔道をしていた。四十八キロ級と軽量だが、全国でベストフォーに入るほどの選手だったという。

「本人はまだ迷っているそうです」基輝は梶原部長に履歴書を渡した。「そもそも、元警察官でも、自衛官でもないですし、ちょっと荷が重くはないですか？」

「直接会ってみないことにはなんとも言えませんが、大学の柔道で全国トップレベルの実力を有していたのなら、鍛え方次第でなんとでもなりますよ」履歴書を受け取った梶原部長が答えた。「ＷＥＳの風通しを良くするために、いずれは警察、自衛隊以外からも、人員を入れたいと考えていました。その最初の人材としてはうってつけだと思います」

「わかりました。では、部長も面接に同席していただけたらと思います」と、うなずいたものの、不安はぬぐいきれなかった。

万引き保安員なら、たとえ失敗をおかしたとしても、現場を一つ失う程度の損害で済む。もちろん、痛いことは痛いが、営業努力でいくらでも挽回できる。しかし、ボディーガードは失敗が人命にかかわる場合もある。

東にその覚悟があるのかどうか。そして、何より他人の命を優先してもなお、自分の命を守れる物理的な強さがあるのかどうか。ＷＥＳのボディーガードは一般男性よりもフィジカルや格闘技術が優れていなければ、到底務まらない重責を背負うことになる。

面接当日、東菜生はパンツスーツ姿で現れた。

身長は百六十センチちょうどくらいだろうか。一見、そこまで体格が良い印象はないのだが、さすがに肩幅はがっしりしている。緊張しているのか、「失礼します」と、消え入りそうな声で会議室に入ってきた。

面接官は、基輝と梶原部長の二人だった。東は勧められた椅子に座る前に「本当に申し訳ありませんでした」と、頭を下げてきた。この場は東の失敗をとがめる席ではない。基輝は「もう、じゅうぶんですから」と、ふたたび着席をうながした。

「東さん、電話でもお伝えしましたが、ＷＥＳに一名、人員を補充する必要がありまして、今日はその件でお呼びしました。こちらは、身辺警護部の梶原部長です」

基輝が紹介すると、梶原が挨拶もなしに、いきなり立ち上がった。机をまわりこんで、東の前に立つ。そのあまりの迫力に気圧《けお》されたのか、東はぴんと伸ばしていた上半身を背もたれのほうにのけぞらせた。

「東さん、立ってください。今は、何かスポーツはなさってますか？」

「えっと……」と、戸惑いの表情を浮かべたまま、東がのそのそと立ち上がった。「今はジョギング程度です。あとは、家でできる筋トレくらいですかね」

「なるほど」梶原がおもむろに両手を上げた。「では、柔道の組み手を私としてみてください」

「はい……？」東は及び腰であとずさった。

しかし、梶原はそれを許さなかった。やにわに東のスーツの襟首をつかみ、ぐっと引き寄せる。左手は袖の下をがっちりとキープして離さない。

基輝は思わず椅子から腰を浮かせた。今にも梶原が東を投げ飛ばしそうだったからだ。

「いきなり技はかけませんから、安心なさい。ただ、組むだけです。さあ、どうぞ」

「えぇっ？　ちょっと……！」腰が引けたまま、東は戸惑いを隠せない様子で梶原を見上げた。

「さぁ、早く！　本当に投げますよ！」

梶原の剣幕に押され、「失礼します！」と、東も相手のスーツの襟をつかんだ。身長差は二十五センチくらいある。まるで大人と子どものつかみ合いに見えた。

しかも、梶原は隙あらば足技を繰り出しそうなほど、組んだ手を左右に揺さぶる。東のほうはと言えば、荒波に揉まれ、転覆に耐える小舟のように、ぐっと腕に力をこめて、その場に踏ん張りつづけていた。いくら大学でトップクラスの実力を有していたとはいえ、百六十センチ、五十キロ弱の女性と、百八十オーバーの男性が組み合えば、いいように翻弄されるのは当然だった。

　基輝は呆気にとられて、二人の組み合いを見つめていた。達人になると、組んだだけで相手の力量がわかるというが、梶原はこうして東の筋力や瞬発力をおしはかっているのかもしれない。

　一分ほどが、基輝には途方もなく長く感じられた。まるで自分がつかみかかられているかのように、息をつめて二人の攻防を見守った。左右に激しく振られながらも、東はなんとか軸を大きくぶらすことなく、パンプスを履いた足で耐えきった。

「よろしい」と、ようやく梶原が力をゆるめた。

　ただつかみ合っていただけなのに、東の息は激しく上がっていた。一方、席についた梶原はまったく呼吸を乱していなかった。

「スーツにしわを寄せてしまい、すみませんでした。万引き保安員は私服だったでしょうが、ボディーガードはスーツを着る機会も多いですので、クリーニングをかけておいてください。では、何か質問はありますか？」

「えっ？」と、東は大声をあげた。「もう、決定なんですか？」

「はい、合格です。これから、４号の業務別の新任教育に入ります」

「あの……、退職を引きとめていただいてありがたいんですが、本当に私なんかに務まるんでしょうか？」

　東は大きい瞳を、困惑げにさまよわせながらうつむいた。激しく動いたせいか、ショートカットからのぞいた耳が赤くなっている。

「では、こちらから一つお聞きしますが」梶原が東を鋭く見すえた。「先月の誤認逮捕は、本当にあなたのミスだったんですか？」

「それは……、そうだと思います。ただ、盗んだ瞬間の現認は確実に行いました。その後も対象者を注意深く見守ってました。それなのに、どこかで相手に感づかれたんだと思います。一瞬、死角に入ったところで、盗品を棚に戻されました。けれど、それを見落とした私のミスであることはたしかです」

「相手のほうが一枚上手だったわけですね」

「本当に悔しいです。あの女の人は、確実に常習です。悪いことをしている人間が、さも潔白であるかのような顔をして、お店の人たちにクレームをつけて」

東は膝の上においた拳を握りしめた。唇をわななかせて、言葉を絞り出す。

「ああいう人は、きっとまたどこかで堂々と万引きをして、なんの罪もないお店を苦しめるんです。本当に胸が痛みます」

その悔恨の気持ちはじゅうぶん理解できたが、基輝は東の感じやすそうな性格にあらためて不安を抱いた。

今まで顔をあわせてきたＷＥＳのメンバーは、みな堂々と振る舞い、つねに冷静沈着で、ほんのわずかな感情もおもてに出そうとはしなかった。もちろん勤務中ということはあっただろうが、東のようにくよくよしている暇があったら、体を鍛えて、弱い自分を克服する道を選びそうな女性ばかりだった。

「少しよろしいですか？」基輝は横から口を挟んだ。梶原がうなずくのを待って、言葉をつづけた。「東さんは万引き保安員の業務に就くことで、いったい何をいちばん大事に守りたいと考えていましたか？」

たしかめておきたかった。男沢睦夫の面接の際は、同じ質問をして後悔に駆られたわけだが、東がボディーガードになる上で、ぶれない心の軸のようなものがあれば、それが彼女の意志を貫く支えになると思われた。

先ほど、梶原が東の体幹の強さをたしかめたように、基輝は彼女の精神的な幹となる部分や考え方を確認しておきたかった。そして、それをあらためて東自身にも認識し直してほしかったのだ。

「お店の商品と、売上げを守ることはもちろんなんですが、東さん自身が抱いていたモチベーションと言いますか、万引き保安員を数年間つづけることで、守りたかったご自身の大事な何かがあれば教えてほしいんですが」

「それは、もちろん正義です」

このときばかりは、東はきっぱりと顔を上げて即答した。

「悪いことをしたら、捕まり、裁かれる――私はそんな当たり前の正義を守りたいです。万引き保安員のときもそうでした。もし、ボディーガードになったら、困っている女性を救えるような存在になりたいです」

眉間に力をこめ、意志のこもった瞳でじっとこちらを見つめてくる。

「それを聞いて、安心しました」基輝はつめていた息を、そっと吐き出した。「どうか、その答えを忘れずに4号業務に励んでください」

はい、と東が返事をした。きっと梶原も満足しただろうと、ちらっととなりの席をうかがうと、当の部長はあからさまに不機嫌そうな表情で、どっと背もたれに上半身を倒した。

いったい、今の答えの何が不満だったのだろう……？　彼女の揺るぎない決意と正義感ははっきりと伝わってきたはずだ。

「本当に安心しましたか、佐久良次長」梶原がこちらを一瞥した。「私は今の東さんの答えを聞いて、逆に不安になりましたよ、正直なところ」

「えっ……」基輝と東は、ほとんど同時に、戸惑いの声をあげた。

不穏な空気が、会議室にたれこめた。梶原が上半身を起こし、両肘を机の上についた。指を祈るように組み合わせ、そこに長い顎をのせ、東を見すえる。

「ところで、東さん、守護って言葉はわかりますね？」

「はあ……」東が曖昧にうなずいた。「わかります」

「じゃあ、『守』と『護』の違いはわかりますか？」

「同じく、まもる、という意味じゃないんですか？」

「違います」梶原は組んだ手の上で、軽く首を振った。「警備業において、1、2、3号業務は、『守』の側面が強いと言えます。秩序を守る。平和を守る。万引き保安員で言うなら、店の商品を守り、損失を防ぎ、ひいては世の中の正義やモラル、法律を守る。あなたの言う通り、そういうお仕事です」

「4号は違うんですか？」

「違います。ボディーガードは『護』です。『護』とは盾となることです。そこに正義は必要ありません」

「えっ……？　でもＷＥＳは、卑劣な男性から、苦しんでいる女性を救いますよね？」

「そうともかぎりません。では、もっとも極端な例を出しましょう。たとえば、結婚詐欺をした女性がいるとします。複数の男性から多額の金を騙し取りましたが、証拠不十分で不起訴となりました。司法の手からは逃れましたが、被害者男性から命の危険を感じるほど恨まれることとなりました。探偵によって、居場所を特定されたのです」

　話の行方が見えてきたのか、東は唇を引き結んで、かたくうなずいた。

「そこで、その女性はＷＥＳに依頼をしました。東さん、今日からあなたが、担当です。なんとしても、その女性の命を護ってください――そう言い渡されました。その瞬間から、あなたは男たちをさんざん騙してきた卑劣な女性の盾とならなければなりません。依頼金を会社が受け取り、契約が成立している以上、拒否はできません。もし、被害男性が銃を突きつけ、『そこを、どけ。その女を殺すんだ』と脅してもクライアントの前から引くことは許されません。あなたが女性をかばって、代わりに撃たれてください」

　基輝は、ごくりと音が出そうなほど、唾をのみこんだ。

「それが『護』であり、盾となるという意味です。正義など関係ありません。人命を扱うという点ももちろんですが、それこそが警備業において、４号のみ特殊と言われる所以《ゆえん》です」

　元ＳＰであるだけに、説得力が違った。テレビや新聞で報道される政治家の不正や汚職はあとを絶たない。しかし、どんな人間であろうとも、要職に就いているかぎり、ＳＰは命を賭して対象者を護らなければならない。

「もちろん、これは極端な例です。大半の場合は、困っている女性を救い、正義を守ることになるでしょう。しかし、それは結果として、という話です。何度も言いますが、結果として正義を守ることになっても、もともとボディーガードの業務に正義感は無用です。むしろ、瞬時の判断を鈍らせる邪魔な足かせと言ってもいい」

冷ややかな口調で、梶原がつづけた。

「こわくなったのなら、辞退してください。もしかしたら、あなたは万引き保安員のほうが向いているのかもしれない」

「私は……」

東が頬にかかったショートカットの髪を耳にかけた。

「そういうシチュエーションで、もし本当に銃を突きつけられたのなら、やっぱり正義を守りたいと思います」

「じゃあ、あなたは警護対象者の女性の前から退いて、どうぞ殺してくださいと言うんですか？」

「いえ、違います。私はどきません。盾になります。そして、男性を説得します」

「説得？」

「こんな女性、殺す価値もないと説得します」

基輝は目を見開いて、東を見つめた。東は迷いない様子でつづけた。

「お金は取り戻せる可能性があるけれど、刑務所に入っているあいだの時間は取り戻せません。殺す価値がない人間を殺して、これ以上、あなたの品位をみずからおとしめる必要はないと、言葉をつくして説得します。もし、私の話を聞き入れて、男性が銃を下ろしてくれたのなら、『護』という意味で女性の命を救い、『守』という意味で被害男性を救うことができると思います」

東は話を終えると、唇をぎゅっと内側に巻きこんで梶原を見つめた。

基輝は、おそるおそるとなりに座る梶原をうかがった。東に言い返され、機嫌を損ねてしまったかと思いきや、基輝の予想に反して、部長は笑っていた。

「わかりました」よほど東の答えに満足したのか、片頬をつり上げて梶原がうなずいた。「今度こそ、合格です。しかし、実際にそんなシチュエーションを前にして、同じことが言えるかどうか。単なる虚勢か、それともあなたの胆力は本物か——。これから、じっくり見極めさせてもらいます」

「それじゃあ……」緊張のためか、無意識のうちにもてあそんでいたボールペンのノック音が、基輝の手のなかでカチリと思った以上に大きく響いた。

「はい、東菜生さん。ようこそ、ＷＥＳへ」

＊

私はボディーガード。プロのボディーガード——菜生は自分に何度もそう言い聞かせた。あの面接から三ヵ月、研修と訓練の日々を乗り越えて、今日、ＷＥＳのボディーガードとして、はじめての勤務を迎える。

「いい？　嘘でも、堂々とすること。菜生がびくびくしてると、田中《たなか》さんも不安になるからね」ペアを組む先輩の村岡由佳《むらおかゆか》が念を押してきた。

「はい」と、菜生はかたくうなずいた。万引き保安員の初日も、もちろん緊張していたけれど、今はその比ではないほど体がこわばっている。

「全然、わかってないよ」いきなり、先輩がこちらの顔を両手で挟んできた。頬の肉がぐっと盛り上がり、唇が前に突き出る。「無理に笑顔をつくる必要はないけど、かと言ってこわい顔もダメ。いちばんは、クライアントの安全と、安心。今の菜生の顔じゃ、まったく安心できない。警護対象者は一般女性なんだってことを忘れずにね」

「ふぁい」鳥のくちばしみたいな状態のまま、もう一度返事をした。

依頼者は田中麻美子《まみこ》さん、二十四歳。

今年に入ってから、マンションの隣人のストーカー行為に悩まされている。最初は家を出るタイミングがあまりに重なり、不審に思ったという。挨拶を交わし、その場の流れで雑談をすることもあった。勤め先などを執拗に聞き出そうとしてくるので、だんだんこわくなり「急いでいるので」と、足早に立ち去るのが常となった。時間を早朝にずらさないかぎり、顔をあわせる頻度がますます増えていくので、となりの部屋でこちらの扉が開く音をじっと待っているに違いないと確信するようになる。

土日は、ときどきその男がやって来る。居留守を使っても、何時間かおきにしつこくチャイムが鳴らされるので、しかたなくチェーンをしたまま出る。すると、おすそ分けや、旅のお土産と称して、食べ物などを押しつけてくる。

いちばん気持ち悪いのは手料理で、中身はどうしても手をつける気になれず捨てるのだが、容器や食器は返さなければならないので気が重い。タッパーを返しにいくと、部屋に上がっていかないかと必ず誘われるのだ。自然と、用もないのに外出することが多くなった。

極めつきは、友人と飲んで帰りが十二時過ぎになったとき、部屋の前の廊下で、男が待ち構えていたという。「おそいじゃないですか、危ないですよ」と、まるでとがめるような口調で近づいてきたので、あわてて自室に逃げこんだ。

それ以来、隣室の気配がこわくてしかたがない。家を出るのも、ベランダに洗濯物を干すのもこわい。

田中さんは、いよいよ引越しを決意した。しかし、男に新居の住所を知られてしまうのがおそろしい。引越しの最中に、何か実力行使に出るかもしれない。そこで無事に転居が済むよう、引越し当日の警護をＷＥＳに依頼したというわけだ。

引越し業者が来る一時間半前、先輩とともに、マンションの構造から確認をはじめた。エントランスは一箇所。裏口はなし。オートロックもなし。

「男、いるっぽいね」駐輪場の外壁に、電気メーターがならんでいた。先輩が数字の部分を指し示す。「在宅してるって断言はできないけど」

クライアントの田中さんは五〇一、ストーカーの男は五〇二だ。平日の朝で、田中さんは引越しのために有給を取ったが、男の仕事はまったくうかがい知れないという。

メーター確認後は、エレベーターで五階まで上がり、共用廊下を歩いて、田中さんと男の部屋の前を通過。今度は非常階段で一階まで下りる。階段を使う際に、障害物や扉など、通行の妨げとなるものはなし。

まだ時間が早いので、会社から乗って来た車に一旦戻った。五階の廊下が見渡せる位置に駐車できたので、男の部屋の出入りを見張る。

男の名前は古宮《こみや》。年代は三十代半ば。髪は肩くらいまでと長く、ときどき一つにくっていることもあるという。メガネ、あり。身長は約百七十センチ、中肉中背。資料を確認しながら、男の部屋の動向を見守ったがとくに動きはなかった。

「もしかしたら、古宮はもう引越しに感づいてる可能性もある。どんな事態になっても、臨機応変に対処できるようにね」

先輩は元警察官で、二十九歳だ。百七十五センチと背が高く、スタイルがいい。ペアを組むことが決まり、ともに訓練をする機会が増えたが、手の先から、足の先まで神経が行き届いているような、スマートな身のこなしが特徴的だった。殴るとか、投げるとか、そういった攻撃力はあまり高くないようだが、相手をいなし、かわし、特殊警棒で威嚇しながら適切な距離をとる能力はＷＥＳ随一だった。

「強いですよね、先輩」と言ったら、「ただの元交通課だよ」と笑われた。剣道は有段だが、本格的に道場に通っていたのは高校までだという。警棒術は剣道に近く、リーチもほかの女性よりは長いので、自分に向いているだけだと、いつも謙遜している。

いずれにせよ、ＷＥＳの初期メンバーである先輩は頼もしいパートナーで、尊敬できるボディーガードだ。

その後は、車内で今日の動きの最終確認を行った。

まず、田中さんの荷物にあらかじめ盗聴器などがしかけられていないかチェックする。何もなければ、先輩と田中さんは、部屋を出てこの車にすみやかに移動し、待機。引越し業者の、荷物の運び出し終了を待つ。

「菜生のほうは、その場にとどまって、となりの部屋の動向をチェックね」先輩の言葉に菜生はうなずいた。

積みこみが完了し、業者のトラックが出発する際、先輩へ連絡。先輩は、そのままトラックの後ろについて、田中さんとともに会社の車で新居へ移動する。私は部屋に残り、昼の十二時に予定されている、不動産会社との退去確認に代理として立ち会う。田中さんから預かった鍵を返却し、何事もなければ、電車で帰社する――菜生は、何度も心のなかで段取りを確認した。

「ペアが別々に行動するのは、本来さけるべきなんだけど、今回は引越しっていうレアケースだからしかたなく、ね」

先輩が無線のチャンネルを確認しながら言った。イヤホンをつけた菜生の耳に、先輩の声が二重になって聞こえてきた。

「引越しが終わったら、田中さんをこのマンションに二度と近づけるわけにいかないから、代理で立ち会いを済ませるしかないの」

「それは、わかるんですけど……」疑問に思っていたことをたずねてみた。「だったら、先輩と田中さんは、引越しのトラックを待たずに早く新居に向かっちゃったほうが、危険が少なくないですか？　トラックといっしょに移動する必要性ってどこらへんにあるんですか？」

「トラックをフリーで行かせるのは危険だって、梶原部長の判断だよ。引越しのトラックって、すごく目立つでしょ？　もし、古宮が車を持っていたら――あるいはタクシーでも使って、尾行しようと思ったら、簡単につけられちゃう。だったら、引越し業者の後ろに私がついて、あやしい車がついてこないか、常に確認して移動するべきだって」

「そこまで考えなくちゃいけないんですね……」

「あと、危険なのはトラックにＧＰＳを仕込まれることだね。業者さんは部屋とトラックを往復してるから、どうしても荷台をオープンにしたまま無人になる時間が多い。やっぱり、我々のうち一人はトラックの見える位置で不審者が近づかないか見張っておく必要がある。菜生のほうは、共用廊下の荷物の放置に気をつけてね」

　ボディーガードは、常に最悪の事態を想定して動かなければならない。もし、古宮が田中さんの引越し準備に気がついているとしたら、ＧＰＳなどを準備する時間はじゅうぶんあったはずだ。

　引越し開始の約四十五分前に、いよいよ田中さんの部屋のチャイムを押した。

ちらっととなりの部屋の扉をうかがってしまう。もしかしたら、古宮は今もあの扉のすぐ内側で、こちらの動向を、息を殺してうかがっているのかもしれない。鳥肌が立ちかけて、あわてて腕をさすった。ウィンドブレーカーが、かさかさと音をたてた。今日は引越しを手伝う友人という設定なので、私服勤務だ。

　部屋のなかは、すっかり荷造りが済み、あとは運び出すのを待つだけという状態だった。クライアントと挨拶を済ませた先輩が、カバンからトランシーバーのような機械を取り出した。

「まずは、盗聴器やＧＰＳがもともとまぎれこんでないか、検索をかけます。新居にそういった機器を運びこんでしまっては、元も子もないですから」

田中さんは、青ざめた顔でうなずいた。最近は、この家で食欲がわかず、また、なかなか寝つくこともできず、痩せる一方だという。たしかに、よくないやつれ方をしているように見えた。

「東は田中さんといっしょに、スマホを確認しといて」

先輩の指示に従い、田中さんがロックをといたスマホを調べてみる。万が一、このなかに盗聴、盗撮、あるいは位置を特定するアプリが仕込まれていると、やはり引越しする意味がなくなってしまう。

「スマホ、異常なしです」

「了解。田中さん、荷物も異常なしです。盗聴器、盗撮カメラ、ＧＰＳも見つかりませんでした」

報告を受けた田中さんが、ひとまず安堵した様子で「よかったです」と、つぶやいた。あとは、無事に引越しを済ませ、田中さんをこの地獄から逃がすだけだ。業者が到着するとあわただしくなるので、先輩と田中さんは、一足先にエントランスに下りて、車のなかで待機することになった。もう、二度とこの部屋には戻らない。

菜生は先に部屋を出て、廊下が無人であることを確認した。静かだ。異常はなし。男の部屋とは反対の方向へ歩いて、エレベーターを呼ぶ。到着すると、ボタンを押して扉を開けた状態にしたまま、無線で室内の先輩を呼ぶ。田中さんをともなって部屋を出た先輩が、すみやかにエレベーターに乗りこむ。

扉が閉まる瞬間、菜生は先輩と視線を交わし、うなずき合った。無線が通じる距離にいるとはいえ、ここからは完全に別行動だ。

部屋に戻った。間もなく引越し業者が来て、荷物の運び出しが開始される。

田中さんが、あらかじめストーカーの件を説明しておいてくれたらしく、業者の男性二人は、静かに、そしてきびきびと立ち働いた。廊下などの共用部に荷物を放置することもなかった。

菜生はときどき廊下に出て、となりの五〇二をうかがった。やはり、人が出てくる気配はない。十分おきに、車内にいる先輩と無線で「異常なし」の報告を交わす。独り暮らしということもあり、一時間半ほどで荷物はすっかり運び出され、部屋はがらんどうになった。

「では、出発します」という業者さんの言葉を受け、先輩にも無線で連絡を入れる。

《了解。ここからは、何かあったら電話で》と、先輩が応答した。

あとは、不動産会社を待つだけだ。勤務初日は、どうやら無事に済んだらしい。

ベランダに通じる窓を開け、新鮮な空気を吸いこんだ。このマンションへ出発する前、本社で梶原部長からかけられた言葉を思い出す。

きっと、さぞかし思いつめた顔をしていたのだろう。早朝に出社し、装備品の点検をしていると、後ろから「ワッ！」と、両肩をつかまれた。

あまりの不意打ちで、菜生は叫び声をあげた。振り返ると、梶原部長が立っていた。いかつい風貌や日頃の冷たい言動に似合わず、部長にはお茶目な一面があった。

「いよいよ、デビューですね」部長が笑みを見せた。「あなたの言う『正義』を貫いてきてください。ただし、冷静に、ですよ」

さんざん訓練で泣かされてきただけに、その優しい言葉は心にしみいった。

五階のベランダから、よく晴れた冬の空を見上げる。とにかく、田中さんを無事に逃がすことができて何よりだ。このまま、ここに住みつづけていたら、きっと男の行為はよりエスカレートしていただろう。命の危険もあったかもしれない。

窓を閉めると、折良くチャイムが鳴った。返却する部屋の鍵を準備して、「はーい」と返事をし、扉を開けた。

その瞬間、体が凍りついた。

髪の長い男が、すぐ目の前に立っていた。

嘘……、でしょ？

「あれー？　やっぱ、麻美子さん引っ越しちゃったんだー。なんだよ、一言、声かけてくれればよかったのに」室内を執拗にのぞきこもうとしてくる。

なんで、不動産屋さんだと思いこんでた？　なんで、ドアスコープで確認しなかった？　なんで、せめてチェーンをした状態で出なかった……？

悔やんでも、あとの祭りだった。古宮が一歩、こちらに近づく。ドアが閉まらないように、片足でおさえてくる。

「今、窓が開く音がしたから、まだ麻美子さん、いると思ったんだけど……」

なぜか、古宮の髪は濡れていた。シャワーを浴びた直後のように濡れて光っていた。

「あなた誰？　麻美子さんとはどういう関係なの？」

一瞬、体を引いて、室内に逃げこみそうになった。ようやくの思いで踏みとどまる。古宮が鍵を閉めてしまえば、密室で二人きりだ。逃げ場がない。

「私は、たな……、麻美子ちゃんの友だちで、それで……、立ち会いをするように、たの、まれて」

情けない。声が震える。しどろもどろになる。これじゃあ、相手を警戒しているのがバレバレだ。

「ふーん、そうなんだー。僕もとなりに住んでて、友だちになったの。でもさー、麻美子さんから、引越しのこと、全然聞いてなくて。あっ、そうだ。彼女の新しい住所、教えてくれるかな？」

「いや……、さすがに、それは……」

古宮の手元を確認した。何も持っていない。持ってはいないが、ポケットや服の内側に武器を所持していないともかぎらない。

「あのね、僕、麻美子さんからマンガを借りてるの。それを返さなきゃいけないからさ、送り先を聞きたいんだよ」

なめるような視線で、こちらの反応をたしかめてくる。絶対に、今とっさに考えた嘘だろう。こんな男と物の貸し借りなんてするわけがない。

「じゃあ、今、私が受け取っておきますから。だから……」

「ダメ！」突然、古宮が鋭く叫んだ。「ダメなの！　二十巻くらいあるから、重たいよ。宅配で送るし、お礼も同封したいからさ、もしあなたが詳しい住所知らないなら、麻美子さんに聞いてよ。サプライズにしたいから、僕のことは言わないでね」

　きっぱり断るべきだろうか？　けれど、男の反応が読めないのがこわい。少なくとも、素直に引き下がってくれるわけがない。

　どうする、どうする、先輩ならどう行動する……？　いや、先輩だったら、そもそも相手が誰かしっかり確認しただろう。こわい、逃げたい、叫びたい。いろんな感情と、思考がごっちゃになって頭のなかをぐるぐると渦巻いている。

「ねぇ、早く！」古宮がドアを拳で叩いた。「早く、麻美子さんに住所を聞いてよ！」

　子どもみたいに、握りしめた拳を激しく上下させる。もういっそのこと、この男を投げ飛ばし、絞めて、落としてしまったほうが手っ取り早いかもしれないとまで覚悟したとき、「どうされました？」と、のんきな声が廊下のほうから聞こえてきた。

「センチュリーリビングの鈴木《すずき》と申します。退去の立ち会いにうかがいました」

　曲がりなりにもボディーガードともあろう者が、ただの不動産会社の男性に、危うく「助けて！」と叫びそうになった。幸いなことに、古宮はちっと舌を鳴らして立ち去っていった。

　女性であるというだけで、完全にナメられていたようだ。大声を出して脅せば、言う通りに動くと思われていたのだろう。それが、どうしても悔しく、そして、自分の無力さが何より情けなかった。

　自分のミスを黙っておくこともちらっと頭をかすめたものの、田中さんにも危害が及ぶ恐れがあるので、会社に帰ると、先ほどの出来事を正直に報告した。

「バカ……」先輩は、絶句していた。

「今までの訓練はいったい、何だったんですか」と、梶原部長も呆れ顔だ。

二人から、三十分くらい説教された。

「扉を開けた瞬間というのは、とても無防備な体勢になるものだと、私、何度も言いましたよね？　ドアの向こうの相手が誰かもたしかめず出るなんて、愚の骨頂ですよ」

「本当だよ、菜生。開けたときに、ぶすっといかれなかっただけでもラッキーだったよ」

「すみません」という謝罪の言葉を、この日、五十回くらいは発していただろうと思う。

ノブをつかんで、押し開けるという動作は、自然と片手がふさがるし、体の前面ががら空きになる。しかも、あのときは片足をスニーカーにつっかけて身をのりだすという、かなり不安定な体勢をしていた。ボディーガード失格どころの騒ぎではない。

「どうせ、私たちが出発して、何も起こらなかったから、気を抜いてたんでしょ」

五十一回目の「すみません」は、「とにかく！」という、部長の怒鳴り声にかき消された。

「とにかく、次からはよりいっそう気を引き締めてください」部長は怒ると長い顎がどんどん前にせり出していく。「私がこの会社に移ってＷＥＳを立ち上げたときは、元同僚から『ボディーガードごっこ』だとさんざんこき下ろされたものです。関係ない人間には言わせておけばいいですが、クライアントにまで『ごっこ』だと思われたら、信頼を簡単に失いますよ」

信頼を築くのは大変だが、なくすのは一瞬。それは、万引き保安員のときに身をもって痛感した。

「もう、怒らないから、飲みにいこう。せっかくのデビューの日なんだし、明日は現場に出る予定がないし」

よほどひどい顔をしていたのだろう。先輩からの誘いは本当にありがたかった。先輩はアルコールが飲めないのだ。頼りない新人のために気をつかってくれたのだと思うと、申し訳なさと、うれしさがごっちゃになって押し寄せてくる。

梶原部長が、一万円札をそっと先輩に握らせ、それを先輩が断ろうとする。「もらっちゃいましょうよ、先輩」と言ったら、「お前が言うな」と、二人から同時に怒鳴られた。

報告書を作成したあと、先輩と連れだって、会社近くの焼き鳥屋に入った。ビールとウーロン茶で乾杯すると、先輩は大量の串を注文しはじめた。

「先輩、スリムだから、そんなに食べると思わなかったです」

「お酒は飲めないけど、お酒に合いそうな料理は大好きなんだよね」

「へー、意外。キヌアとかばっかり食べてそうなのに」

「それ、どういうイメージよ」

しばらく飲んで、食べ、雑談を交わした。話題は万引き保安員の仕事についてだった。

「慣れてくると、万引きしそうな人は、歩いてるのを見るだけでわかりますよ」菜生は先輩の質問に答え、説明した。「あきらかに挙動が周囲の客から浮いてますから」

「じゃあ、職質とおんなじだね。あれも、何かやましいことがある人は、すれ違うだけでだいたいわかるから」串から直接肉をかじりとった先輩が、ウーロン茶を一口飲んでからたずねてきた。「そもそも、なんで菜生は万引き保安員になろうと思ったの？」

「テレビでやってるのを見て、やり甲斐がありそうだなって思ったからなんですけど……」

　歯ごたえのあるハツを、菜生はぐっと噛みしめた。飲みこんで、言葉をつづける。

「地元の長野で叔父が本屋をやってたんです。個人経営の小さなお店だったんですけど、万引きが絶えなくて、私が大学生の頃につぶれちゃったんです」

「一冊盗まれるだけでも、売上げにそうとう影響があるって言うもんね……」

「そうなんです。でも、いざ廃業するって決まると、地域の人から、やめないでくれ、近くの本屋がなくなって困る、もっと買うようにするから、どうか思いとどまってくれっていう声がたくさんあがって」

　最後まで、叔父は店をつづけるかどうか悩んでいた。しかし、当初の予定通り閉店を決意した。そうして、地域の商店街にまた一つシャッターを閉ざした店舗が増えてしまった。

「万引きってお店を苦しめるだけじゃなくて、そこを使う人にも迷惑がかかるんですよ。やる人はたかが一冊、たかが数百円って思ってるかもしれないですけど」

　万引きＧメンをテレビで見たのは、その頃だった。大学四年から、サクラ警備で保安員のアルバイトをはじめ、卒業後もそのままつづけた。

「でも、万引きが許せないからって、ふつう万引きＧメンになる？」

「だって、許せないじゃないですか！」つい大きい声を出してしまった。「私が捕まえることで、少しでもお店を救えるなら、これほどやり甲斐のある仕事はないですよ」

　べつに「正義感」などとたいそうな言葉で呼ばれるほどの感情じゃない。ただ、不正や犯罪は許せない。それだけのことなのだ。

「先輩だって、悪い人間を捕まえたいから警察に入ったんですよね？」

先輩が途端に黙りこんだ。カウンターの下で、そっと足を組み替えている。

あれ、私、地雷踏んじゃった？　食べ終わった串を、串入れにさしながら、カウンターのとなりに座る先輩の表情を、菜生はそれとなくうかがった。

その視線に気がついたのか、先輩が不自然な笑みを浮かべて答えた。

「私はただ父親が警察官だったってだけ。特別な思いとか、正義感なんてないよ」

長い足を持て余すように、先輩はさっきからせわしなく足を組み替えている。こんなに落ち着きのない先輩を見るのははじめてだった。

「これだけは言っておくけど、私がＷＥＳに入ったのは、ボディーガードの仕事に、正義感なんていう余計な私情なんか必要ないって梶原部長に言われたから。それが心地良いって思ったから、入社を決めた」

「えっ……？」私とまるっきり正反対じゃないかと、菜生は戸惑った。

串を焼く大将が「らっしゃい」と、大声を出した。新しい来客があり、引き戸が開く。入り口近くのカウンターだったので、足元に冷気がなだれこんできた。

「先輩は……、ドライなんですね」頭のなかで言葉を選びに選んだ末に、そんな感想を口にした。

「言っとくけど、私はちゃんとした人間だよ」映画観て、泣くこともあるんだよと、先輩は苦笑した。「ただ、仕事中はドライでいたいってだけ。じゃないと、冷静に動けない。クライアントを護れない」

まだ短いつきあいだが、その言葉は素直に信じられた。仕事で失敗した私を、こうして飲みに誘ってくれた。ボディーガードとして勤務している以外の時間はじゅうぶんウェットで、優しいと菜生は感じている。

「正義ってね、力をともなわないと、正しく発動できないんだよ。権力って意味ももちろんだし、文字通りの腕力がないと貫けないこともある。万引き保安員だって、そうでしょ？　警備会社に入って、クライアントから委託を受け、施設管理権という大義名分を得たからこそ、悪い人間を捕まえることができるわけだし」

言われてみれば、そうかもしれない。いくら声高に正義を叫ぼうが、それを行使できる力がなければ意味がない。

「でも、正義と力ががっちりセットになると、ときにそれが暴走することがある。警察官時代、私はそれを嫌というほど見てきた。それが耐えられなくて、警察をやめた……、というか、ほとんどやめさせられたようなもんだけど」

驚いたふりをするべきかどうか迷った。しかし、結局やめた。先輩とペアを組むことが決まり、梶原部長にはあらかじめ釘をさされていたのだ。

村岡由佳は、警察で問題を起こし、依頼退職しています。ちょうど、ＷＥＳを立ち上げるタイミングだったので、第三者の仲介を得て、私が入社の誘いをしました。デリケートな話ですので、その件を詮索するのはひかえてくださいね。

誰にでも聞かれたくない過去はある。菜生は部長の忠告を肝に銘じた。やっぱり、警察の話題をちょっとでも出したのは、間違いだったみたいだ。

「だからね、もう正義はこりごりなの。そんな余計なもの必要ないと思った。ボディーガードになれば、私はクライアントの盾になればいい。ただ、それだけ」

「それで無意味に命を落としても、先輩はかまわないんですか？」

「死ぬのに、意味なんてある？　正義を貫いたから、意味のある死だったなんて、遺された人が勝手に思ってるだけだよ」

　返答につまって、黙りこんだ。いったい、何がここまで先輩の心を凍りつかせてしまったのだろう。まだペアを組んで初日の菜生には見当がつかなかった。

　少し気まずくなった空気を、やはり無理に笑顔をつくった先輩が打ち消した。

「でも、私は菜生の気持ちの強さ、中二病っぽくてけっこう好きだよ」こちらの膝頭に、ぽんと手のひらをおいてくる。「弱きを助けて、正義を守りたいんなら、もっと強くなりなさい。今の菜生はＷＥＳで最弱」

「はは、ですよね」思わず笑ってしまった。「ってか、中二病ってバカにしてますよね」

　逮捕術や警棒術の訓練では、いつも梶原部長にしごかれてきた。模擬ナイフを持った部長に、やはりゴム製の模擬警棒を持って、相対する。初日には「あなた、三分間で二十回死んでますよ」と、冷たい目で言われた。

　だって、私は柔道経験者なので、近接して組み合わないと、強さを発揮できません――そう言い訳したら、「ナイフやスタンガンを持った人間にも、丸腰で組み合ってもらうよう頼みこんだらどうですか？　お願いしますぅ、柔道対決してくださぁい、って」と、嫌味を言われた。本物の警棒で、その長い顎、砕いたろかと思ったが、「すみません、もう一回、お願いします」と、素直に頭を下げた。

「菜生が持っている、その正義感の強さに釣り合うような力をつけなさい」先輩が組んでいた足をといて、背筋を伸ばした。「もし、あなたが暴走しそうになったら、私がとめてあげるから」

警察で何があったかは知らないが、先輩は自分自身の抱える矛盾に、自分で気がついているんじゃないかと菜生は感じていた。その葛藤に引き裂かれるような思いに日々耐えて、ＷＥＳのボディーガードとして活動している。

先輩だって、本当は「守る」と「護る」を、両立したいに決まっている。菜生はジョッキに残っていたビールを飲み干した。

とにかく、強くならなければ。中二病と言われてもいい。もっと、熱く。もっと、煮えたぎるような感情で、先輩の心をとかしてあげたい。


翌日、新しい依頼の打ち合わせに出席した。

クライアントは、女子高生だった。両親をともなって本社にやってきた三戸樹里亜《みとじゅりあ》は、学校帰りなのか、制服姿だった。極端に短いスカートと、モデルのように細長い足が印象的だ。

私立高校への通学中、特定の男からここ一ヵ月にわたって駅で待ち伏せを受け、痴漢をされているという相談は父親からすでに受けている。通学に使っているのは、女性専用車両が設定されていないＪＲの路線だ。今日はどのような方針で警護を行うか、本人の希望を聞きながらすり合わせをしていく予定だった。

菜生はお茶を用意してから、小会議室に入った。

「本日はご足労いただき、ありがとうございます」梶原部長が立ち上がり、頭を下げる。「こちらは、お嬢さんの警護を担当します、村岡と東です」

先輩とともに名刺を差し出した。本来なら、警護対象者の樹里亜に渡すべきなのだろうが、そこはさすがに父親が慣れた様子で名刺を受け取った。

樹里亜は、緊張しているのか、どこか他人事のような表情でそっぽを向いていた。先輩がすかさず声をかける。

「樹里亜さん、よろしくお願いします。不安なことや質問があったら、何でも聞いてくださいね」

「ねえ」背もたれにふんぞり返っている樹里亜が口を開いた。「お姉さんたち、本当に強いの？」

こら、失礼じゃない、と母親がたしなめた。樹里亜は無反応で、毛先をいじりはじめる。

勝気で、高飛車な、いわゆるお姫様キャラというのが、樹里亜の第一印象だった。校則に触れない程度に化粧をほどこし、長い黒髪は軽く毛先を巻いているようだ。制服もだらしなく着崩している。男子にちやほやされる姿がありありと想像できるような、目を引く容姿だった。

「樹里亜さん、安心してください。普段、あまりひけらかすようなことはしないんですが、村岡は剣道三段で、「元警察官です」部長が穏やかな笑みで紹介をはじめた。「東は、柔道五段。大学生のときには、全国四位の成績をあげています。二人ともそこらの男性には負けません」

ちょっと耳が痛かった。「ＷＥＳで最弱」という、昨日の先輩の言葉がよみがえってきたが、表情に出さないように気をつけた。

「へー、すごいじゃん」樹里亜が、感情のこもっていない声で相づちを打った。「でも、絶対友だちになれなそうなタイプ」

菜生は苦笑を浮かべた。親や教師はさぞかし手を焼いているだろう。

「本当にすみません。生意気で」父親が申し訳なさそうに頭を下げた。「とはいえ、少し前、鉄道警察隊に相談して、この子もちょっと嫌な目にあったもので……」

「お電話でもうかがいましたが、もう少し詳しく話していただいてもいいですか？」部長が説明をうながした。

こうしてＷＥＳに相談する前に、両親は最寄りの鉄道警察隊に被害を訴えた。鉄警は一般乗客のふりをして、樹里亜のあとにつき、男の痴漢行為を現認後に現行犯逮捕を行うと約束してくれた。

しかし、相手の男の警戒心は、おそろしいほど高かった。

最初のうちは、樹里亜に体を密着させ、痴漢しそうなそぶりを見せたものの、男の両手はつり革から動かなかった。降車後、男が消えてから樹里亜は「体を不自然にくっつけられた」と訴えたが、すぐ近くでその様子を見ていたはずの鉄警隊員は「押しつけの痴漢と断定するには微妙だった」と、首を横に振ったという。

男は鉄警の存在に気がついたのか、翌日からは樹里亜に近づくこともしなくなった。姿を見せない日もあったという。

「混雑した車内で体を押しつけてくる程度では、あまりにあからさまでないかぎり厳重注意しかできない。それで、今後の痴漢行為の抑止になるのなら我々も男に警察手帳を出しますが、と、説明されました」父親が苦々しい顔で言った。「でも、娘は逮捕にこだわりました。さんざん触られて、傷つけられたのに、なんで泣き寝入りしなきゃならないのかって」

　結局、一週間成果が上がらず、鉄警は「また何かあったら遠慮なくおっしゃってください」と、捜査を引きあげた。もちろん、男の顔は覚えたので、こちらも警戒をつづけるから、と。

「時間があるときは、私も学校まで車で送ってはいるんですが、仕事があるので毎日は無理です。樹里亜も早朝に起きて、通学時間を大幅にずらすこともしました。しばらくすると、男がその早い時間にも待ち伏せするようになったんです」

「本当に気持ち悪いです」母親が眉をひそめながら、父親のあとを受けて話しだした。「朝が早いから、座れるほど電車はすいているんですよ。樹里亜が座席につくと、ほかにいくらでも空席があって、じゅうぶん間隔がとれるのに、わざわざすぐとなりに座ってきたっていうんです」

「無駄だよって。そいつ、言った……」樹里亜の声がはじめて震えた。「耳元で。ささやき声で。時間をずらしても無駄だよ。いつも見てるからって」

　菜生は息をのんだ。怒りは、当然感じている。しかし、気になることはいくつかあった。

　これだけ物怖じしない子なら、自分で痴漢を周囲に訴えられるんじゃないだろうか？　男の腕をつかむのは難しいにしても、周りに助けを求めるくらいのことはできそうだ。

　しかし、震える声を懸命に低くおさえ、声を絞り出す樹里亜を見て、そんな考えはあらたまった。両親を心配させまいと、この子は日頃から過剰に強気に振る舞っているのかもしれない。なんでもないようなふりをつづけて、弱い部分を見せまいとしている。

この場にいる六人の憤りが、小会議室に充満し、渦巻いているような気がして息がつまった。その緊張をやわらげるためか、「よろしければ、温かいうちに飲んでください」と、部長が誰も手をつけていなかったお茶をすすめた。両親が一口飲んだのを見届けてから、部長はつとめてゆっくりとした口調で、警護方針を話しだした。

「今回の警護ですが、大まかに二つのプランが考えられます」

梶原部長が、向かいに座る樹里亜と両親の反応をうかがう。

「あまりなじみのない言葉かもしれませんが、見せる警備と、見せない警備という考え方があります。たとえば、スーパーでの万引きの抑止として、制服の警備員を巡回させる――これが見せる警備です。一方で、私服の保安員を配置して、万引き犯を直接捕まえるのが、見せない警備です」

両親がうなずくのを待って、部長がつづけた。

「今回のケースにあてはめますと、まず見せる警備は、スーツ姿のボディーガード二名が樹里亜さんにしっかりと付き添っているという状態を、痴漢の男に見せつけます。駅から樹里亜さんの両脇をかため、満員電車でも男とのあいだに入り、近づかせる余地をそもそも与えません。何か直接、樹里亜さんに危害を及ぼすようでしたらすぐに排除します。触ることすらさせません」

しかし、これにはデメリットがあると、部長は言った。

第一に、いつまで警護をつづけるのか、その期間と費用の問題だ。たとえば、一ヵ月ボディーガードを雇ったとする。そのあいだ何事もなかったとしても、樹里亜が一人で登校する日はまた訪れる。

「卒業まで契約できればいいんでしょうが、まだ二年生ですし、とてもそこまでは……」父親が顔を曇らせた。

「もちろん、そうだと思います。第二のデメリットとして、警護が終了してから男の行為がエスカレートしかねないという点が挙げられます。ボディーガードをあからさまにつけることで、男の神経を逆なでしてしまう可能性があります」

　父親と母親が、そろって眉をひそめた。本当に身勝手で、理不尽だが、痴漢やストーカーなどをする男の行動や思考回路はまったく理解できない。

「そこで、見せない警備です。鉄警と同じく、この二人に一般乗客をよそおってもらいます。ある程度、樹里亜さんと距離をとり、監視を行い、痴漢行為が認められたところで現行犯逮捕します」

　菜生は机の下で、拳を握りしめた。やらなければいけない。もう失敗は許されない。

「無事に逮捕ができれば、痴漢に怯える日々に終止符を打てる可能性が高いです」

「あの……、可能性が高い……、と言われると、不安になるんですが」母親が頬に手をあててつぶやいた。

「仮にその男が初犯ですと、禁固刑にはならないですからね。同時にストーカー行為も訴えて、接近の禁止命令を出してもらう必要があるでしょう。もし、一定期間警護を行って、我々の監視中、男が行為に及ばなかったり、現行犯逮捕に失敗した場合も、やはりストーカーの被害届を出すことをお勧めします」

「私、絶対、捕まえたい」樹里亜がうつむきながら言った。「できますか？」

部長が、ストレートに問い返した。

「耐えられますか？　また、男に体を触れられる。その行為に、もう一度耐えられますか？」

大人たちの視線が、樹里亜に集まる。

「私、大丈夫」

きっぱりと、樹里亜が言った。

「耐えられるよ」

母親が、樹里亜の背に手をかけ、さすった。薄くリップを塗った樹里亜の唇がぎゅっと引き結ばれる。

「その覚悟を無駄にしないよう、村岡と東がしっかりと仕事をします」

明日の朝から、樹里亜を「守護」する戦いがはじまる。菜生は、かたくうなずいて樹里亜を見つめた。


翌日の朝を迎えた。

まったく同じ建売りの一軒家がならんだ住宅街の一角で、「三戸」という表札を探した。いちばん奥に位置した樹里亜の家のチャイムを押す。こわばった顔の樹里亜が、両親に押し出されるようにして、姿をあらわした。

短いスカートは相変わらずだった。自分がこうと決めた信念やスタイルは、簡単に曲げるべきじゃないと菜生は思う。いずれにせよ今のうちにしたい格好をしておいたほうがいい。法を犯してちょっかいを出してくる男のほうが、百パーセント悪いのだから。

「おはようございます、樹里亜さん」先輩が腰の高さの門扉を押し開けながら、両親とも挨拶を交わした。「よく眠れましたか？」

　樹里亜が黙ったまま、首を振った。さすがに、顔に生気が感じられない。

　時刻は七時半。ゴミを狙うカラスが、電線の上でしきりに鳴き交わしている。低くたれこめた一面の白い雲が、頭上に居並ぶカラスの黒い体とコントラストをなしていた。

「では、先に歩いてください。私たちは、不自然でないかたちで、あとを追いますので」先輩が樹里亜をうながした。

　警護は、家から学校までという契約だ。男の電車内での痴漢行為をとめるため関係のない第三者をよそおうが、万が一、男が路上に出現して何らかの実力行使に出る可能性もないとは言いきれない。その場合、すぐ割って入れるように、樹里亜の数メートル後ろをついていく。

　通学や通勤で駅に向かう人々が、しだいに多くなっていった。角を曲がり、家が見えなくなってから、樹里亜が突然振り返った。

「ねー、カバン持ってよ。重たい」

　スクールバッグを、こちらに向かって突き出してくる。

「エスコート・サービスなんでしょ？　持ってよ」

　先輩は周囲を見まわしてから、肩をすくめ、やや低いトーンで言った。

「私たちは、ボディーガードです。カバン持ちじゃありません」

「パパがお金払ってるんでしょ？」

「手がふさがると、いざというとき、樹里亜さんを守れません」

「えー、でも、あいつが現れるのは、いつも乗り換え駅だよ。まだ全然、大丈夫だし」

これから、樹里亜は最寄りの私鉄に乗る。数駅で降り、そこからＪＲに乗り換えるのだが、その連絡通路の手前のベンチで、いつも男は待ち伏せしているという。

「男が樹里亜さんの家をすでに特定していて、今、ここに来る可能性は、決してゼロではないんですよ」

先輩の言葉に、樹里亜が「えー、けちー」と、口をとがらせた。やわらかそうな黒髪が揺れた。

不安な気持ちの裏返しで、こうしてわがままを言う樹里亜の精神状態もわからないではなかった。これから、行動の予測がつかない犯罪者に立ち向かわなければならないのだ。しかも、混雑し、密閉された空間のなか、体がくっつくほどの至近距離で相対する。

「わかりました。駅までですよ」菜生はしかたなく手を差し伸べた。

「ちょっと！」クライアントの前にいるということを忘れたのか、先輩が気色《けしき》ばんだ様子でとがめた。「ダメだよ」

「まあ、ちょっとくらい……」と、言い訳を口にした途端、樹里亜がスクールバッグを押しつけてきた。

重心を崩しそうになるほど重かった。もうすぐテストで、教科書やノートがつまっているという。案外、学業の面では真面目な生徒なのかもしれない。

「そっちのお姉さん、元警官なんでしょ？」手ぶらになった樹里亜が、勝ち誇ったような表情で両手をブレザーのポケットに入れた。「融通きかなすぎ。このくらい、いいじゃんね、東さん」

水を向けられた菜生は、曖昧に微笑んだ。先輩からの視線が痛い。

けれど、精神的にも樹里亜はまだまだ子どもだ。少しでもコミュニケーションをとって、彼女の緊張をやわらげてあげるのも仕事のうちだと思った。

樹里亜の家から駅までは、徒歩で十五分ほどだった。かなりマイペースな樹里亜の歩みに合わせて、後ろからついていく。駅へ急ぐ人たちが、迷いのない足どりで、すぐ横を追いこしていった。

踏切の警報器の音が響く。電車の通過する轟音が近づいてきて、先を行く樹里亜を呼びとめた。

「よし、ここからは、他人同士ね」菜生は樹里亜にカバンを返した。「気合い入れていきますよ」

「オッケー、わかった」樹里亜は素直にカバンを受け取り、うなずいた。

その様子を、先輩がため息まじりに見守っている。互いに別れて、改札を通過し、菜生は樹里亜の一つとなりの乗降口にならんだ。

私鉄は、すでにかなり混雑していた。すみやかに降りられるように、ドア近くのつり革につかまる。そこから三駅で、乗り換えのために降車した。

ホームに降り立ち、樹里亜を目で探した。幸いなことに、彼女の後ろ姿はよく目立つ。一メートルをおいて、後ろにつく。

《私は一旦、距離とるよ》樹里亜と同じドアから私鉄に乗っていた先輩が、無線を飛ばしてきた。どこから男が樹里亜を見ているかわからない。二人が常に樹里亜のそばにいすぎると男に警戒されてしまう。交代で、つかず離れずを繰り返す。

了解の代わりに、無線のトークボタンを二回押した。先輩の耳には、トントンという音が聞こえているはずで、これがイエスの合図。ノーは、長押しを一回だけ。無駄な通信はなるべくさけたいところだ。無線のイヤホンは片耳につけるのだが、今日は両耳につけて、音楽を聴いている乗客をよそおった。

やがて、ＪＲへの乗り換え通路が近づいてくる。それとなく、横目でホーム上のベンチを確認すると、一人の若い男がすっと立ち上がるのが見えた。

樹里亜が、手に持っていたスクールバッグを、左の肩にかけ、合図を送ってくる。それは、昨日の打ち合わせでいくつか取り決めたサインの一つだった。男の出現で、バッグを肩にかける。そして、電車のなかで、今まさに男から触られているという合図は、それとなく顎のあたりに手を持ち上げる、というものだ。

樹里亜のすぐ背後に、男がぴたりとついた。

あらかじめ聞いていた特徴と照らし合わせる。身長は百七十五センチくらい。いわゆるツーブロックと呼ばれる髪型。いつも背負っている青いリュックの、スポーツブランドの大きなロゴ。すべてが合致する。

男が一度、こちらを振り返ってきた。菜生は瞬時に男から視線を外し、進行方向へ漠然と焦点を合わせた。こういうときに腕時計を見たり、わざとらしくあさってのほうを向いたりすると、すぐにバレる。

万引き保安員で慣れている視線の応酬だった。男が前に向き直ると、その顔を記憶に刻みこんだ。自然な速度で、男との距離をつめていく。

樹里亜、男の順番で、エスカレーターにさしかかる。乗り口の左側は、長蛇の列。樹里亜は、その列の最後尾についた。菜生は間をおかず、男の後ろにならんだ。

上りのエスカレーターは、横並びで二基設置されていた。先輩はとなりのレーンにならんだようだ。

一段ずつあけて、ステップに乗りこんでいく乗客たち。その右側を、歩いてのぼる人波が追いこしていく。

ようやくエスカレーターにさしかかったところで、異変を感じた。

《そいつ、盗撮してない？》先輩の声が、イヤホンから聞こえてくる。となりのエスカレーターからでも、男の不自然な体勢が見えるのだろう。

男は、樹里亜の一段下のステップに片足をのせている。その膝の上に、右手を不自然にそえている。

手には裏返したスマホ。画面は見えないものの、そのレンズはあきらかに樹里亜のスカートのなかに差しこまれている。

《まだステイだよ。画面は見える？》

押し殺した先輩の声が、両耳につけたイヤホンに聞こえてくる。「ノー」の代わりに長押しでトークボタンを押す。ステイ、ステイ。菜生ははやる気持ちをおさえた。

男の体ごしに、樹里亜が垣間見えた。肩にかけたカバンを持つ手に、かなり力が入っているのが見てとれる。

好き勝手やりやがって。ふざけるな。こうしてられるのも、今のうちだ。

押し寄せ、砕け散る荒波のような怒りを懸命にしずめる。冷静に、落ち着いて、正義を貫く。深呼吸を繰り返し、先輩の声を聞いた。

《画面が見えないなら、ダメだね。確証がない》

改札階まで上がったらしい先輩が、無線でストップをかけてくる。

警察なら、今のあやしい行動で男を呼びとめ、スマホのなかを調べられるのかもしれない。

しかし、警備員はあくまで私人だ。一民間人に与えられている権利は、現行犯逮捕のみ。痴漢なら触っているまさにその瞬間――盗撮ならあきらかにスカートのなかを写した画面が現認できないと動くことはできない。取り調べのような真似はできないのだ。

もし、男が写真や動画を撮影していなかったら、すべてが水の泡だ。万引き保安員の誤認逮捕で嫌というほどその悔しさを味わっている。

《痴漢で捕まえれば、あとあとスマホも調べてもらえる》姿の見えない先輩が励ますように言った。《今度は私が後ろにつく。菜生は、あいだをおいて》

了解のトークボタン二回。乗り換え専用の改札を通過し、ＪＲの構内に入る。

山手線のホームは、喧噪に包まれていた。絶え間なく響く、電車到着を告げる駅員の案内。雑踏の足音。他人に興味のなさそうな、たくさんの顔が行き過ぎる。

樹里亜が、閉まった状態のホームドアの先頭につく。間を置かず、男がその次に立つ。先輩がスムーズに三番目におさまった。菜生は同じホームドアの、樹里亜と男とは反対側にならんだ。

間もなく、三番線に……。アナウンスが屋外のホームに響く。

頬にかかった髪を、耳にかけた。レールが震えはじめる。出走をひかえた競走馬の気分だと言ったら、場違いだろうか。電車の扉とホームドアが開き、降車する乗客が絶えた瞬間、ヨーイドンでベストポジションを確保できなければ、そもそも勝負にならないのだ。

昨日、あいているＷＥＳのメンバーの協力を得て、満員電車を想定した訓練を何度も繰り返し行った。樹里亜役、男役、そしてその他の乗客役に分かれてもらい、かぎられたスペースのなか、男の手元が見える位置を確保する演習をしたのだ。

金属的な轟音を響かせて、緑の電車がすべりこんでくる。

ほとんどすべてのドアの窓に、へばりつくようにして乗っている乗客。流れていく速度が、やがてゆるやかになって、停止――。

いよいよだ。

扉が開いて、乗客が吐き出される。ドア付近をあけるために、一旦降りた人も入り乱れ、ごった返す。

じりじりと、前に進む。今は男の後頭部しか見ない。やがて、とまっていた人波が動き出し、車内になだれこんでいく。

樹里亜は、向かい側のドアの前の、あいているスペースについた。当たり前のように、男が密着の構えを見せる。菜生は男の手元が確認できる立ち位置をなんとか確保することができた。先輩もすぐとなりにいる。

後ろから乗客が乗りこみ、混雑と圧迫の度合いが増す。ようやく扉が閉まり、電車はゆっくりと動きだした。

なんだか、目のやり場に困る。いつも電車に乗ってるときって、どこを見てたっけ……？

スマホを見るのにも苦労するような混雑だ。ドアの上にあるモニターに、ニュースや天気予報、企業のＣＭが流れるのをぼんやりと眺めながら、それとなく樹里亜と男の様子をうかがう。

男は落ち着きがない。体を樹里亜にくっつけながら、絶えず周囲に視線を配っている。迂闊に男の手元まで視線を下げることはできない。

電車の走行音と車内アナウンスだけが響く。これだけ人が乗っているのに、話し声一つないのが、あらためて考えると不気味だった。

汗ばんだ手で、つり革をつかんだ。とてつもない緊張感に押しつぶされそうになる。車体が大きく揺れて、つり革を持つ手に力をこめた。

すぐに車体は安定した。と思ったのも束の間、樹里亜の手がゆっくりと上がっていくのが見えた。

軽く握りしめられた拳が、口のあたりにあてられる。

目を疑った。それはまぎれもなく「触られている」という樹里亜のＳＯＳサインだったが、下をのぞきこむまでもない。男の両の手はしっかりとつり革にあった。

しかし、その体はあきらかに前傾して、樹里亜に覆いかぶさっている。つり革にぶらさがりながら、極端に上半身を倒しているせいで、まるで襲いかかる寸前の熊のようにも見える。やはり耐えられなくなったのだ。助けを求めているのだ。樹里亜の横顔は、吐き気をこらえるように、苦悶にゆがんでいる。

どうする……？　割って入るべき？　それとも、様子見？　相反する思考が脳内で交錯する。

先輩は？　ちらっと見やると、まったく動じた様子もなく、頭上のモニターを眺めていた。あくまで、静観。下半身や手を押しつけているならまだしも、男は上体を近づけているだけ。触れてすらいない。微妙だ。

車両には、防犯カメラのレンズも見えた。なんとしても、言い逃れできない状況で捕まえる。そう主張したのは、樹里亜自身だ。互いに意思疎通ができない以上、事前のクライアントの意向に従うべきだが、樹里亜の心情も、男の圧迫感も、揺れる車内で流動的に変化する。

樹里亜の合図を優先するべきか。それとも、男の手が動くまで待つか。迷う。ここまでの重圧は、万引き保安員のときにも感じたことはなかった。車内の暖房と、人いきれで、服の下を汗がつたう。

横顔しか見えないが、樹里亜の額にもうっすらと汗が浮かんでいる。もう、見ているこっちが耐えられない。菜生は手を伸ばしかけた。

すぐとなりで、突然大きな音がした。破裂音のような……。

誰かのわざとらしい咳払いだと気がつくまで、時間がかかった。

最初は、先輩がこちらの手の動きを見とがめたのかと思った。でも、違った。すぐ近くにいた五十代くらいのサラリーマンが、もう一度大きく咳を発して、男の肩に自分の肩で軽く触れるような素振りを見せた。

おそらく、善意の第三者だろう。警察ではない。男に覆いかぶさられ、逃げ場のない女子高生を、見るに見かねたのかもしれない。

対象の男は、両手のつり革を支えにして、のろのろと体を真っ直ぐに起こした。

「間もなく……」録音された女性の車内アナウンスが、駅が近づいていることを告げる。スピードが落ちていく。窓外の景色の流れが、徐々にゆっくりになり、駅のホームが視界に映った。

扉が開くと、男はそそくさと電車を降りていった。男の姿がそのままホームの雑踏に消えると、どっと力が抜けた。樹里亜も肩にかけていた重いカバンを力なく床に下ろした。扉が閉まり、ふたたび電車が動き出すと、菜生は樹里亜の背中におそるおそる手をかけた。

「大丈夫？」

男が去った以上、もう他人のふりをする必要はない。先輩も「つらかったね」と、かがみこみながら樹里亜の顔をのぞきこむ。

「ごめん……、なさい……」樹里亜が消え入りそうな声でつぶやいた。「やっぱ、無理だった」

「あやまる必要ないよ」先輩が樹里亜の背中をさすった。「もう、明日からは、がっちり警護する方向に切り替えよう」

最初から、そうするべきだったのかもしれない。自分たちは、あくまでボディーガードなのだ。男を返り討ちにしたいという感情よりも、樹里亜の身の上をいちばんに考えるべきだったのだ。

学校の最寄り駅に着き、電車を降りた。改札を出ると、先輩が樹里亜を呼びとめた。

「いちおう、警護は学校までという契約なので、校門までおともします」

「えー、うざいんですけど」

生意気な調子で樹里亜が言ったが、顔は青ざめていた。強がっているのはあきらかだ。

「友達と行くから、後ろからついてくるだけでいいよ」

そう告げるなり、ぷいっとそっぽを向いて歩き出す。

歯医者の広告が掲げられた柱に、同じ制服の女の子が立っていた。樹里亜は、その子に近づくなり、いきなり平手で相手の頭をひっぱたいた。

「じろじろ見てんじゃねーよ」

目を疑った。ふざけて叩いたようには到底見えなかった。相手のメガネの女の子は「ごめん……」と、か細い声であやまりながら、ずれ落ちたメガネを人差し指で押し上げた。

「ジュリちゃんが、知らない人たちと話してたから、どうしたのかなって思って」

「お前に関係ないじゃん」

樹里亜が冷たい声で突き放す。こうして待ち合わせをして、いっしょに登校するような友人にはどうしても見えない。

思わず先輩をうかがった。先輩は黙ったまま、首を横に振った。介入不要と、その顔が語っていた。

「これ、持ってよ」当然のように、樹里亜がスクールバッグを押しつける。

「うん……」メガネの子は、従順な態度で樹里亜のカバンを受け取った。

同じ学校の女子生徒が、二人の横を通り抜けていく。たまに「ジュリ、おはよー」と声をかける者もいるが、二つのカバンを持つメガネの子にはノータッチでさっさと駅を出ていってしまう。

樹里亜とメガネの子も、登校の流れに乗った。その後ろから、距離をあけてついていく。事前に調べたところ、学校までは徒歩約十分の距離だった。

「なんだか、対等な関係には見えなくないですか？」菜生は無線のイヤホンを耳から外しながら、小声で先輩に話しかけた。

「うん」と、先輩もうなずく。「まるで、痴漢されてるストレスを、まるごとあの子にぶつけてるみたい」

一人で樹里亜がしゃべり、メガネの子がしきりに相づちを打っている。会話の内容までは聞こえないが、相手の子は無理に笑っているようにも見える。ときどき、メガネの子はこちらを振り返ってくる。

そのたびに、樹里亜が肩を小突いて前を向かせる。友達に痴漢のことを話しているのか、いないのか……。樹里亜のことだから、弱みを見せまいと打ち明けていない可能性もある。

「わかってるよね？」先輩が念押しした。「護るのはあくまで、樹里亜の身の安全。それ以上、あの子の私生活に踏みこむことは許されないよ。親でも先生でもないんだから、考える必要すらない」

「わかってますよ」歩きながら、先を行く二人の少女の背中を見つめる。「けど、なんだか……」

その先の言葉が出てこなかった。

メガネの子は、樹里亜とくらべて、だいぶ地味に見える。中学生に見えなくもない幼い容姿のメガネの女の子と、モデルみたいな体型の樹里亜の組み合わせは、かなりアンバランスに映った。

やがて、校門に到着し、二人は多くの生徒の波にのみこまれていった。その後ろ姿を、菜生は釈然としない気持ちを抱えたまま見送った。

契約は朝の通学だけだ。部活や塾などで、帰宅時間がばらばらになるせいか、夕方や夜に男が現れたことはないという。帰社をして、さっそく梶原部長に警護方針の変更を打診した。部長もそれを了承し、両親に報告と相談を行うという。

退社後、軽く汗を流そうと、ジムに立ち寄った。なんだか心のなかがもやもやしているような気がして、それをきれいに洗い流してから、明日を迎えたかった。

もちろん、迷いはない。樹里亜を護りきり、なんとしても接近禁止命令を警察に出してもらう。

樹里亜のストレスが一掃されれば、あの友だちへの接し方も変わってくるかもしれないと、レッグプレスのマシーンで腿の筋肉を鍛えながら考える。

自分はこうして汗を流すことで、日頃の鬱憤を解消することができる。しかし、樹里亜がより弱い存在にストレスをぶつけるしか己を守る道がないとしたら、あまりに悲しすぎる。友人へつらくあたる行為は、心の防御反応のあらわれなのかもしれない。

樹里亜を警護することで、樹里亜とメガネの女の子の心も、救ってあげたい。イジメのような行為が日常的に行われていた場合、樹里亜も停学や退学になりかねないのだ。

差し出がましいということは、じゅうぶんわかっている。けれど、クライアントの身体を護るだけではなく、生活の安寧や、周囲の人たちとの調和も守っていきたい。みんなが犯罪に怯えず、安心して、笑顔で暮らせること。それが、私の目指す正義のありようなのかもしれないと、菜生は足にかかる負荷に顔をゆがませながら思った。

筋トレを終えて、マシーンの手すりや座面を消毒していると、突然背後から声をかけられた。

「大丈夫ですか？　かなり思いつめた顔をしてますけど……」

振り返ると、面接のときに同席していた、人事部の佐久良次長が立っていた。べつにあやまる必要もないのに、「あっ、すみません！」と、とっさに謝罪の言葉を口にしてしまう。会社近くのジムだから、ＷＥＳの同僚たちともたまに顔をあわせる場所だ。あまり気を抜きすぎるのもよくない。

「お声をかけるかどうか迷ったんですが、勤務が大変なのかなと、少し心配になりまして」

ちょっと頼りないと思うほど、童顔で、ひょろひょろの体つきの男だった。ジムには通いはじめたばかりなのかもしれない。

「いえ、何も問題ありません。ただ……、やっぱり私、うじうじと考えすぎるところがあるみたいで」

「面接のときに感じたんですが、東さんは、どうやら白黒はっきりつけないと気が済まない性格みたいですね。だから、答えの出にくい問題に対して、いろいろと考えこんでしまうんじゃないですか？」

そう言って、佐久良次長は微笑んだ。私ってそんなにわかりやすい性格なのだろうかと、菜生は恥ずかしさで頰が熱くなるのを感じた。手を体の前で組んでうつむく。

佐久良次長は、穏やかな口調でつづけた。

「とはいえ、世の中、完全な真っ白や真っ黒はほとんどないと思うんですよ。この世界の大部分は、グレーのグラデーションでできてるんです。しかも、そのときおかれた状況や、目の前にいる相手によって、そのグラデーションは刻々と変化する」

樹里亜の態度は、不安な気持ちに押しつぶされて、ころころと移り変わる。こちらは命を賭けて警護しているのだから、警護対象者は善良な市民であってほしい——そう願うのは、たしかにボディーガードの身勝手な感情だ。

「僕も、面接のときの梶原部長の言葉に驚きましたし、東さんと同じようにちょっと反感をおぼえたのもたしかです。ボディーガードだって、正義感を支えに活動してもいいじゃないかって」

菜生は顔を上げた。佐久良次長が真っ直ぐに見つめてくる。

「でも、極限の状況下で、今お話ししたグレーのグラデーションの変化にいちいち気をとられていたら、やはり瞬発力は鈍りますよね。まさに部長の言うように、足かせです」

近くの壁は、一面鏡張りになっていた。菜生は相手から目をそらし、鏡に映る自分の姿を見つめた。余計な思考や感情を捨て去る。簡単なことではない。

「いやー、でも、汗を流すって本当に気持ちいいですね」佐久良次長が、突然くだけた口調で体を伸ばした。「最近、運動不足を感じてまして、思いきって入会したんです」

「そうなんですか」

「筋肉量が増える仕組みって、超回復って言うんですよね。筋トレは筋肉を壊す行為なんですが、トレーニング後にタンパク質や糖質を摂取することで、以前よりも筋肉は増強されて回復するわけです」

　そんなの知ってますという言葉を、菜生はあわててのみこんだ。佐久良次長が、少し照れくさそうに話をつづけた。

「それって、頭や思考にも言えることだと思うんです」

「えっ……?」

「考えれば、考えるほど、考える筋肉は増強します。失敗や経験を栄養にして。だから、考えて損っていうことはないと思うんです。うじうじしてても、いいんです」

　こちらをなごませ、緊張をとくためか、佐久良次長が持ち上げた腕を曲げ、力こぶをつくる仕草をした。

「そして、まったく無心で行動しなければならないシチュエーションに直面したとしても、日頃から考える筋肉を鍛えている脳みそなら、とっさに適切な判断と行動ができると思うんです。大事なのは、考えるときと、無心になるときの切り替えです。東さんなら、柔道でそれを経験済みなんじゃないですか？」

　菜生は目の前が突然明るくなったような気がした。言われてみればその通りじゃないか。練習のときは、体の使い方や、相手の戦術を徹底的に考え抜いた。実戦の畳の上に出れば、無心で相手に挑んだ。監督の指示や、こうしたら勝てるかもしれないという思惑はあるけれど、それは意識的に頭の片隅に追いやる。そうしなければ、相手の動きに体が瞬時に反応できない。

「ありがとうございます！」菜生は勢いよく頭を下げた。

　仕事に入る前にあらゆる想定を行い、いざ現場に出たときには、それらを頭に叩きこんだうえで、あえて頭を空っぽにし、臨機応変に対処する。その心構えは武道やスポーツと何も変わらない。ただ単に肉体的に強いというだけでなく、日頃からそういう訓練ができているからこそ、武道経験者はボディーガードに適しているのかもしれない。

「なんだか、目の前が晴れわたりました！」

「大げさですね……」佐久良次長は、少し呆気にとられている様子だったが、それでも優しげな笑みを浮かべた。

　ＷＥＳ加入後、一、二件目の依頼で、たてつづけに異性の嫌な面を目の当たりにしたせいか、男性に対してちょっと身構えてしまうようになっていた。でも、それってとてももったいない。「最悪」の想定をもちこむのは、仕事のときだけでじゅうぶんだ。

　菜生は思いきってたずねてみた。

「あの……、また何かあったら相談してもいいですか？」

「もちろん」少し驚いた表情を見せたものの、佐久良次長がうなずいた。

「ジム、三日坊主でやめないでくださいね」

「それは……、あまり自信がないですね。ちょっと鍛えただけでふらふらです」

「じゃあ……」

なんで私、こんなに大胆なの？　あわててブレーキを踏みそうになる自分の思考を意識的に脳の隅に追いやり、菜生はおずおずと相手を見上げた。

「次、ここに来る日や曜日を約束しませんか？　誰かといっしょなら三日坊主になりにくいですよ」

「いいですね！」佐久良次長がうれしそうに両手を叩いた。「すごくありがたいです」

着替えたあと、連絡先を交換する約束を交わす。不思議と心が躍る反面、これでますます仕事で失敗できなくなったと、菜生はあらためて気を引き締めた。

第一は樹里亜の身の安全を護ること。けれど、そのかわりに私が重傷を負ったり、万が一死んでしまったりしたら、人の良さそうなこの佐久良次長は、ＷＥＳに自分を引き入れたことを心底悔やむだろう。


翌朝、菜生はまったく新しい気持ちで、樹里亜の家のチャイムを押した。

「なんか、スーツだと印象違うね」こちらの服装を見て、樹里亜が笑みを浮かべた。その顔は、いくぶん血色が良く、余裕も感じられる。

昨日よりも、三十分早い時間帯だった。なるべく駅や車内がすいている状態で警護したほうが安全だということで、両親と相談の上、少し出発を早めてもらった。男がいないならいないで、それに越したことはない。

両親に挨拶をして、駅への道をたどった。ゴミを出す曜日ではないからか、昨日と変わってカラスの姿がなく、静かな朝だった。

角を曲がり、見送る両親の姿が見えなくなってから、菜生は樹里亜にたずねた。

「カバン、持ちましょうか？」

樹里亜は、少し迷った様子を見せたものの、首を軽く横に振った。

「いや、やめとく」樹里亜はスクールバッグを、自分の肩にかけた。たしかな足取りで、住宅街の歩道を進んでいく。「自分で持ちたい気分」

となりを歩く先輩と目を見合わせた。そして、かすかにうなずき合う。

ちょっとしたことだが、いい兆候かもしれない。昨日のだるそうな歩調とは違って、今日は背筋を伸ばし、テンポ良く商店街の歩道を歩いて行く。しっかりと警護してもらえるという安心感が、樹里亜に心の安定をもたらしているとしたら、荒っぽく、投げやりな言動も、少しは改善されるかもしれない。

樹里亜は、本当は明るくて、快活な、優しい子なんだ。その樹里亜の心の日向の部分に、突然得体の知れない男が覆いかぶさり、暗い影を落とした。

「今日も、あの子と待ち合わせしてるんですか？」菜生はそれとなく、探りを入れた。

「私のほうがだいぶ早いから、今日は別々」

「そうですか。じゃあ、学校まで私たちがっちり両側をかためていきますよ」冗談めかして言ってみた。

「えー、超、恥ずかしいんですけど。誰かに見られたら、なんて説明すんの？」

「この人たち、私のボディーガードなんだって、自慢してやりましょう」

「超ＶＩＰみたいに思われるじゃん」と、樹里亜も笑っている。

緊張がほぐれたところで、メガネの子をどう思っているか、もう少し掘り下げてみたかったが、これ以上はあきらかに踏みこみすぎだろう。

大事なのは、切り替えだ。菜生は昨日の佐久良次長の言葉を思い出した。あらゆる想定と対策を先輩や部長と行ってきた。ここからは余計なことを考えない。何が起こっても無心で樹里亜の安全を護りきるだけだ。

チェーンの喫茶店が、開店準備をしている横を通り過ぎると、最寄りの駅が見えてくる。三十分早いとはいえ、それなりの数の人たちが、あわただしく改札口に吸いこまれていく。

まずは、私鉄に乗り、ＪＲへの乗り換え駅を目指した。

樹里亜のスマホが短く鳴った。「あ、カホだ」と友人の名前をつぶやいた樹里亜が、画面をタップする。

菜生は樹里亜の横にほんのわずかの間隔をあけて立っていた。女子高生にぴたりと寄り添い、脇をかためるスーツの女二人。奇異な組み合わせに映るのか、ちらちらと視線を投げかけてくる人もいたが、すぐにスマホや新聞――座っている人は居眠りなど、それぞれの狭いプライベート空間の殻にこもっていく。

住宅が建ちならぶ窓外の風景に、徐々に高い建物が混じるようになってきた。乗り換え駅が近づいてくる。菜生は一度、スーツのジャケットの上から、ホルダーにしまった特殊警棒の柄を触った。

これを取り出すような事態になりませんように……。祈りながら、樹里亜とともに電車を降りた。

乗り換えへの連絡通路は一箇所。その手前に位置するベンチが、多くの乗降客の向こうに見えた。

男がいた。

樹里亜の身体がこわばる。その気配が、すぐとなりからはっきり伝わってくる。打ち合わせ通り、先輩が樹里亜の盾となるように、少し前を歩きはじめた。菜生は樹里亜の横を離れない。

もし、男が樹里亜の背後につくようなら、今度は自分が下がる。樹里亜の背中側をかためるつもりだ。とにかく、何がなんでも接近を許さない。

樹里亜の姿を認めたのか、男がゆっくりと立ち上がる。すぐに日頃とは違う状況を察知したらしく、その表情に不審の影がさす。

樹里亜が突然立ち止まった。そのせいで、ホームを歩く人たちが、樹里亜の左右に分かれ、通り過ぎていく。

「大丈夫」菜生は樹里亜の背中にそっと手をかけた。「行きましょう」

樹里亜は、男にひるんだのだと、てっきり思いこんでいた。

しかし、違った。菜生はすぐに異変を感知した。

「先輩、ストップです！」先行する先輩を、とっさに呼びとめる。

樹里亜と同じ制服を着た少女が、ホームの壁際から、こちらにゆっくりと近づいてきた。走り去っていった電車の風圧で、スカートのプリーツが揺れている。

「カホ……」樹里亜が眉をひそめ、つぶやいた。「なんで、ここに……？」

昨日のメガネの少女だった。思いつめた表情で、樹里亜の前に立つ。細いフレームのメガネが、朝日を反射して光った。樹里亜の反応からして、カホは前触れもなく、突然、この乗り換え駅に現れたようだ。

嫌な予感が、走る。

「ジュリちゃん、あのベンチの前にいる男の人で間違いない？」カホと呼ばれた少女が、肩にかけたスクールバッグの持ち手を、ぐっと強く握りしめた。唇が青い。

「何が……？」依然として、樹里亜は事態をのみこめていない様子だった。「ってか、なんでここにいんの？」

「だから、なんでカホがいるんだって！」

「ジュリちゃんをずっと苦しめてたの、あの人だよね？　間違いないよね？」

カホと樹里亜の会話は、嚙み合うことなくすれ違っていく。

「私、ジュリちゃんを傷つけた人、絶対に許せないから。だから……」

あらゆる想定外を想定したつもりでも、さらに予想を超えた想定外は起こる。菜生はとっさに身構えた。

でも、混乱はない。心は不思議と凪《な》いでいる。佐久良次長のおかげだ。この瞬間にも、菜生はすべての状況に目を走らせ、体の力を適度に抜き、すぐに動ける体勢を堅持した。

「私も、やるときはやれるんだよ。ジュリちゃん、見ててね」カホの手が動く。スクールバッグのなかに、その手が吸いこまれていく。

カホが動くよりも先に、菜生の足がホームの床を蹴った。

カホがバッグのなかから鈍く光るナイフを抜き、体を反転させ、男のほうを向きかける。菜生は、瞬時にカホの体の前面にまわりこんだ。

「それはダメだよ」

カホの両肩をつかみ、ぎりぎりまで抱き寄せる。ナイフの切っ先が、ぴたりと菜生の腹部にあたっている。防刃ベストなど着ていない。それでも、恐怖はなかった。ホーム上の衆目からナイフの存在を隠しきる――そのことで頭はいっぱいだった。

「それだけは、ダメ。どんな理由があろうと人を傷つけてはダメ」

顔を近づけ、カホにだけ聞こえる声でささやく。

「あなたは樹里亜ちゃんのことを必死で守ろうと思ったんだね。えらいね」

すん、とカホが鼻をならす。少女の嗚咽が一気に漏れた。

「でも、方法が間違ってるよ。あの男を傷つけても、何も解決しないよ」

カホの手元をのぞきこんだ樹里亜が、小さい悲鳴をあげた。先輩が樹里亜のもとにあわてた様子で戻り、その肩を抱く。背中をさする。

「さあ、それをしまおう」菜生は優しく声をかけつづけた。「私はね、樹里亜ちゃんのボディーガードなの。樹里亜ちゃんは私たちが守るから。約束する。それでね、樹里亜ちゃんにとって大事な友達であるあなたのことも絶対に守るから」

カホの肩から手を離し、ゆっくりとした動作を心がけてナイフに手を伸ばした。

「だから、カホちゃんは、自分の身を守ることだけをいちばんに考えて。ここで、道を踏み外しちゃ絶対にダメだよ」

小刻みに、カホがうなずく。涙がぽろぽろとこぼれ落ちる。メガネのレンズも濡れた。菜生はそっとカホの両手を握り、肩にかけたスクールバッグにナイフを戻すよううながした。

カホは素直にしたがってくれた。

菜生は周囲を見まわした。何事かとこちらに目を向ける乗降客はいるものの、幸いナイフは見られていない。

「先輩！」

ナイフにショックを受けたのか、カホと同じく涙を浮かべる樹里亜を、先輩は介抱していた。菜生は無線のイヤホンを耳からむしり取ってつづけた。

「言っておきますが、私は今、とても冷静です」

「は……？　何を言っているの？」樹里亜を抱き寄せたまま、先輩が目を丸くしてこちらを見つめる。

「私は冷静に怒っています。だから、ちょっと行ってきます。カホさんのことも頼みます」

ホームの先に立つ男に目を向ける。か弱い女子高生二人をここまで追いつめた男がどうしても許せなかったし、万が一にもカホのナイフを目撃されていないか探りを入れておく必要がある。もし見られていたら、非常に面倒な事態になるかもしれない。

「ちょっと……！」先輩が叫ぶ。「暴走しないで！」

「暴走じゃありません」べつに男を投げ飛ばし、絞め殺すわけじゃない。「対話を試みるだけです」

菜生は、相手を刺激しないように、ゆっくりと男のもとに歩み寄った。呆けている男の進路をふさぎ、立ちはだかる。

「ちょっと、お話しできますか?」

えっ、と、及び腰の男が戸惑いの声をあげた。

「お話を、しましょう」

え、あ、はいと、曖昧な返事。その瞳は、何かの助けを求めているのか、せわしなく左右にさまよっている。事態がいまだに把握できていないのだろう。

男を真っ直ぐに見つめた。相手は人間だ。人間なら、対話ができるはずだ。

「あなた、スマホ持ってます?」

「ス、スマホ……?」

「私、昨日もあなたのことずっと見てましたよ。スマホのなかに見られちゃいけない写真か動画、たくさん入ってますよね?」

鎌をかけるが、十中八九、盗撮はしているはずだ。男はあきらかに動揺した様子で、ツーブロックの髪をかきむしった。

「いっしょに警察に来てくれますか?　鉄道警察の事務所に着くまで、スマホには絶対に触らないでくださいね」

「は……?　訳わかんねぇし」

「訳わからないのは、彼女のほうです。突然、見ず知らずの男につきまとわれて、触られて、どれだけこわかったと思いますか？　あなたに少しでも想像力が残っているのなら、女の子の立場になって考えてみてください」

　やましい気持ちがあるのか、男がとっさに逃げようとする。逃亡を防いだのは、先輩だった。二人がかりで、男を囲いこむ。

「いったい、何なんですか！　警察、呼びますよ！」男が弱々しい悲鳴をあげた。

「そうですか。じゃあ、呼びましょうか。こちらとしても、手間が省けて助かります」

　男が悔しそうにぐっと黙りこんだ。ナイフのことは口に出さないから、見られていないとみて間違いないだろう。

　ちらっと背後を振り返ると、冷静さを取り戻したらしい樹里亜が、泣きじゃくるカホを手近なベンチに座らせているのが見えた。菜生は今一度、男に向き直った。

「あなたに、選択の余地を与えましょう。先輩、あれをお願いします」

　ジャケットの内ポケットから、先輩が三つ折りにされた一枚の紙を取り出した。

「誓約書です。一読してください」

　それは、つきまとい行為を今後一切しないという文言をつづった誓約書だった。男と直接対峙する場面も想定し、あらかじめ作成していた書類を昨日から携行していた。

　警察に連れて行くと宣言し、それから心理的なハードルを一気に下げる。男はきっと「助かった」と感じるだろう。スマホの中身を警察に見られ、逮捕されるくらいなら、誓約書にサインするほうを選ぶはずだ。

「あなたが、ずっとあの子につきまとっていたのは事実ですよね？　認めますよね？　鉄道警察もあなたの顔を覚えてマークしていますよ」

先輩が問いつめると、男は渋々という様子でうなずいた。もし誓約を破って樹里亜の前にふたたび現れた場合、ストーカー行為を通報する旨を、男とともに確認する。

「サインをするか、今すぐ警察に行くか、どちらかです」

男は震える手で、書類とボールペンを受け取り、署名欄に住所と名前を書きこんだ。本当は、警備員にそこまでの権限はないのだが、免許証を出させ、記載事項に偽りがないことを確認した。

「いいですね？　ふたたび彼女の前に現れた場合、すぐに警察に連絡します。この誓約書をもとに、ストーカーの被害届を提出します。すでに鉄道警察には相談済みですから、問題なく受理されるでしょう」

強引に警察に連れて行く線も、ぎりぎりまで考えた。けれど、もし万が一、盗撮画像がスマホになかった場合、こちらが圧倒的に不利になり、相手を増長させかねない。画像をパソコンやクラウドに保存していて、スマホ本体には残していない可能性はじゅうぶんある。

悔しい。逮捕したいという樹里亜の願いは、達成できなかった。けれど、こうして段階的に警告のレベルを引き上げていくことも、男の神経を逆なでしないために悪くない選択だったのではないだろうか。強引に警察に連れて行って、男の逆恨みが樹里亜に向かってしまったら――もうどうなってもかまわないというところまで男を追いつめてしまったら、樹里亜の命が一気に危険にさらされてしまう。警察の接近禁止命令も、自暴自棄になった人間の前では、所詮何の効力も持たない。

　去っていく男を見送り、菜生は樹里亜のもとに戻った。先輩とともに、ベンチに座る女子高生二人のもとにしゃがみこむ。

「ごめんなさい。なんとか誓約書にはサインさせましたが、当初の目的である男の逮捕には至りませんでした」

「ううん。大丈夫」樹里亜が、カホの肩を横から抱き、なだめながら、首を横に振った。「それよりも、カホのことをとめてくれて、本当にありがとう」

　カホも「ごめんなさい」と、か細い声でつぶやいた。まだ、その目にはうっすらと涙の膜が張っている。

「カホさんは、とっても友達思いなんですね」先輩が、カホの足にそっと手をかけた。

「ジュリちゃんは、すごく優しいんです。中等部のとき、私、いじめられてて」カホはうつむきながら、もじもじと制服のブレザーの袖口をいじっていた。「でも、ジュリちゃんが助けてくれたんです。それから、ずっと仲良くしてくれて」

　大人しそうな子だという印象だったが、樹里亜のことになると感情が抑えられないようだ。

「でも、だからって、カホが何かして捕まったら、ダメじゃんか！」樹里亜が、涙声で訴える。「そんなの、絶対ダメだよ！」

「だって、こうでもしないと、ジュリちゃんが壊れちゃうって思って」

「私は大丈夫だよ。もう大丈夫だから……」

　肩を寄せ合った二人が、また泣きじゃくりはじめた。昨日は、かなりいびつな関係に見えたが、やはり樹里亜のストレスが原因だったのかもしれない。よく見ると、それぞれのスクールバッグには、小さい熊のぬいぐるみが、おそろいでくくりつけられていた。

「ずっと、つらくあたって、ごめんね」樹里亜はカホにあやまった。「余裕がなくて、いらいらしてて、カホにあたっても意味ないってわかってたはずなのに」

「私も、余計なことをして、本当にごめん」カホも少し恥ずかしそうに、視線を落とした。

「いいよ、もう。うれしかったし」

二人とも泣きすぎて、目が真っ赤だ。

「カホさんは、今日はおうちに帰りましょうか。危険な物を持ったまま、学校に行くわけにはいかないし」菜生の言葉に、カホが素直にうなずいた。

カホの銃刀法違反には、目をつむる。男を物理的に傷つけようとしたその行為を、なかったことにする。それは、果たして私の目指す正義なのだろうか？

自問する。わからない。答えは出ない。でも、私は三戸樹里亜のボディーガードだ。クライアントの身体を護り、心も、笑顔も守る。菜生の気持ちはぶれなかった。

とはいえ、樹里亜を無事に学校まで送りとどけたあと、先輩にどうしてもたずねずにはいられなかった。

「本当に、これでよかったんでしょうか？　私、冷静だって言いながら、かなり突っ走ってしまいました」校門の前の並木道で振り返り、こちらに大きく手を振ってくる樹里亜にこたえながら、菜生は言った。「それに、カホさんのナイフの件も……。今、考えると、けっこうな大ごとですよね」

寒風が吹き抜けた。いざというときに動きやすいように、コートを着ていなかった。ずっと興奮して寒さのことなど忘れていたのだが、今さら身震いが襲ってきた。

先輩もジャケットの前をかき合わせた。そして、ぽつりとつぶやいた。

「私にもわからない」

力なく首を横に振る。

「わからないし、なんだか、ちょっと思い出しちゃったよ。むかしのこと」

「むかしのことって……」警察での出来事だと、菜生は直感した。

校門から、ふたたび駅を目指して歩き出す。いつもせっかちなほど動作の速い先輩が、足元ばかり見つめながら、のろのろと歩を進める。菜生もそのスピードに合わせた。無理に話をうながすことはしなかった。

「ある日、スピード違反の取り締まりをしててね、一般道で五十キロ超過の車を捕まえたの。一発免停ね」

歩行者用信号で、二人そろって立ち止まる。目の前の車道を、あわただしく自動車やバイクが行き交っていく。

「そのドライバーが、同じ警察署の同僚だったの。刑事課のエースで、階級は警部。プライベートの運転だったけど、相手はもみ消しを迫ってきた」

「えっ……?」

「俺は、お前らが想像もつかないような、大きい事件を追ってるんだ。いいから見逃せって。それが、正義のためになるんだからって。私とペアを組んでいた上司は、巡査部長。私は巡査長。上司はなんとか断ろうとしたんだけど、結局、押し切られちゃって」

　ひときわスピードを出した車が、猛烈な風を巻き起こしながら目の前の道を通り過ぎていった。先輩は、その動きを目だけで追いかけたようだった。

「私、ちょっと考えちゃったんだ。私たちが、スピード違反を取り締まっても、誰も笑顔になんかならない。でも、この警部が凶悪な犯人を捕まえたら、きっとよろこんでくれる人が大勢いる。社会のためになる意義のある仕事なんだって」

「だからって、スピード違反と、刑事課の仕事はまったく別物です」

「だよね」先輩が薄く笑った。「私の感覚が麻痺してたのかも。もみ消しをして、それが後々露見して、ニュースになるほどの問題になって」

「それで、依願退職を？」

「私は訓告処分で済んだんだ。でも、そのとき婚約してた警察官の彼氏に別れを告げられて、なんだかこの組織が嫌になっちゃって。自分から退職したの」

　つらすぎる話だった。先輩は何も悪くない。痛む胸を押し隠して、菜生はうつむいた。

「何が正義なのか、私にはよくわからなくなった。もし、もみ消しがバレなかったら、私はそれからも警察官として、堂々と生きていけたのかって、今でもよく考える。でも、答えは出ない。これ以上考えたら、頭がおかしくなりそうだった。人生、めちゃくちゃになった。だから、私は自分を守るために、余計なことを何も考えなくて済む盾になろうと思った」

　剣や槍、向かってくる矢を、無言ではじきつづける盾。いっさいの感情を殺し、クライアントを護るボディーガードの姿は、凛々しくもあるが、なぜか同時に悲哀も感じる。そんな感情をおぼえるのは、私だけだろうか？　菜生は歩行者用信号が青になっても、その場に立ち尽くしていた。

「でもね、菜生とペアを組むことになって、心がかき乱された。真っ直ぐに前を向いて、進んでいく菜生がまぶしくてしかたがなかった」

　菜生は苦笑した。さぞかし面倒な新人が入ってきたと思ったことだろう。

「部長が菜生を入れることで、ＷＥＳの風通しを良くしたいって考えた理由がよくわかったよ。元警察官、元自衛官って、みんながみんなじゃないけど、落伍した負い目を抱えてる。組織になじめなかったり、ついていけなかったり、男性社会に屈したり。菜生じゃなかったら、樹里亜の精神的な部分まで守れなかったかもしれない」

　歩行者用信号が点滅をはじめ、二人はあわてて横断歩道を渡りはじめた。

「私も正直、カホさんのナイフを見なかったことにするのは正しい判断だったのか、自信がありません」小走りで信号を渡りきり、ふたたび立ち止まった。

「でも、だからってあそこで、あの子をとめないわけにはいかなかったし、ナイフを周囲に見られたら、騒ぎが大きくなってただけだし」

「ですよね」伏し目がちの先輩の、長いまつげを見つめながら同調した。「けど、まず梶原部長にどう説明するか、それが問題かと」

「あ……」先輩が顔を上げた。「絶対に小言を言われるね」

　おそらく先輩も、怒りでどんどん前にせり出していく、梶原部長の長い顎を想像してしまったに違いない。

「頭が痛いですよ、本当に」案の定、梶原部長の顎は独自の意思を持っているかのようにうごめいた。「樹里亜さんのご両親に、いったい何をどこまで説明するのか」

「樹里亜さんは、カホさんのことを話す必要はないって言ってたんで、両親には適当にごまかしてください」

「そういうわけにいかないでしょうが！　全部報告しますよ！」部長が拳を机に叩きつけた。

「東さん、あなたって人は、どこまで脳天気なんですか。まったく、もう」

　最初はこわいと思った部長も、今ではだいぶ慣れて、小言を聞き流せるほどになっている。怒ったときの口調がちょっとかわいいとすら感じはじめている。

「もし、痴漢の男にそのカホっていう子のナイフを見られていたら——のちのちの交渉材料になるかもしれないと、男が今はその事実を黙っているとしたら面倒なことになるんですよ。ホームの防犯カメラにナイフが映っていたら、より厄介です」

「じゃあ、部長だったら、その場でどういう判断を下してましたか？」先輩がたずねた。

「うーん……」と、部長も腕組みをして、考えこんでしまった。

「ほら」菜生は両手を腰にあてて、椅子に座る部長を見下ろした。

「えっ？　なんで、あなたが勝ち誇ってるんですか？」いったん引っこんだ顎が、また前に出た。「だいたいね、男と対話を試みるっていう時点で無謀なんです。同じ日本人でも話が通じない暴力的な人間というのは、確実に存在します。畑を荒らす野生動物に、どうかやめてくださいと説得する人がいますか？　いませんよね？　噛まれたり、引っかかれたりするのがオチですよ」

部長の小言は永遠と思われるほどつづいた。余計なことを言うなと、先輩が視線を送ってくる。口を挟むことなく素直にうなだれていると、ようやく部長が説教を締めくくった。

「とにかく、これがあなたたちの導き出した、現場での答えということでいいですね？」

「答えの見つからない答え、とでも申しましょうか」菜生は答えた。

「禅問答じゃないんですから」

部長がようやく笑みを見せた。ネクタイをゆるめながら、言葉をつづける。

「東さん、あなたが軽々しく口にする正義というのは、カメレオンみたいに、立場や状況によって、ころころ色も性質も変化するものです。だから、ボディーガードに余計な正義感など必要ないと私は話しました」

「はい、今回のことで、それは痛感しました」それは佐久良次長も言っていたことだ。人の心はグレーのグラデーションでできていて、刻々とその色合いは白に近づいたり、黒が強くなったりする。

「それでもあなたの考えは変わりませんか？　二つの『まもる』を両立したいと今でも考えていますか？」

守る、と、護る。

菜生は、思わず、となりに立つ先輩を見た。先輩は、励ますように、笑顔でうなずいてくれた。

「はい。私は警備会社の警備員です。警備はサービス業です。市民の安心、安全、笑顔を守る。そして、４号警備員としてクライアントも護る。樹里亜さんと、カホさんの笑顔を見て、その気持ちはよりいっそう強くなりました」

「あなたがＷＥＳに新しい風を入れてくれるかもしれないという期待半分、ああ、やっぱり別の人にしておけばよかったなという後悔半分……」

部長は、ため息をつきながらも、最後には苦笑ではない、正真正銘の笑みを浮かべた。

「いずれにせよ、より精神的にも肉体的にも鍛えないと話にならないですね。これからも、びしばしいきますよ」

やっぱり、最終的にはそういう結論になるのだなと、菜生は日々の筋肉痛から逃れられない運命をさとった。

一ヵ月間、事前の契約にしたがって樹里亜を学校まで送りとどけたが、男が現れることはなかった。

そして、契約終了後、樹里亜からお礼の手紙が来た。

男は依然として姿を見せず、無事に通学できていること。果穂《かほ》とは良好な関係を築き直せたことなどが、意外にも丁寧な文章で綴られていた。

「なんだよ、敬語、しっかり使えるじゃん」と、菜生は手紙を読みながら苦笑した。

両親には部長から、すべてを報告していた。果穂の未来のためにも、両親は現場での判断を尊重してくれた。誓約書を得て、男を遠ざけることができたのが何よりだと感謝もしてくれた。家での樹里亜の態度も、かなり柔らかく、素直になったとのことである。

樹里亜からの手紙は、こう締めくくられていた。

〈私も村岡さんと、東さんのような、人から頼られる、強い大人の女性になりたいです。このたびは、本当にありがとうございました。〉

手紙には、果穂と写った写真が同封されていた。二人とも、満面の笑みだ。菜生は会社のロッカーの扉の内側に、その写真を飾った。

うれしいことは、もちろんうれしいけれど、正直、今でも考える。

実際に刺すまでには至らなかったが、果穂が人を傷つけようと決意し、実行に移しかけたことは事実だ。友だちを守ろうという決意は立派だが、その方向性は間違っていた。

自分たちがやったもみ消しは、万引きがバレそうになったから、盗品をとっさに棚に戻したあの中年女性の行為と何も変わらないのではないだろうか。

考えながらエレベーターを待っていると、後ろから話しかけられた。

「どうしました？　またしても、そうとう思いつめた顔をしてますけど」

「あ……、お疲れ様です」佐久良次長を見ると、反射的に髪や服を整えてしまう。

恥ずかしい。つねに難しい顔をしている女だと思われてやしないだろうか。ジムで顔をあわせるときは、なるべく柔和な表情で筋トレをするように心がけているのだが、気を抜くとすぐに眉間に力が入ってしまう。

「もしかして、あの女子高生の件ですか？　僕も立場上、報告書は読ませてもらいましたが、たしかに難しい依頼でしたね」

「そうなんです。自分が下した判断が正しかったのか、ずっと答えが出なくて……」

「じゃあ、こうしたらどうでしょう？」佐久良次長が、人差し指を立てた。その指を、空中に線を引くように上下させる。「答えを出すための補助線として、ひとまず仮の一線を引いてみる」

「仮の一線？」

「この前はグラデーションの話をしましたが、やっぱり人間が社会で集団生活をしていく以上、法律のようにきっちり線引きをして白黒つけなければならない場面が必ず訪れます」

　エレベーターが来た。複数の会社が入っているオフィスビルのエレベーターだが、誰も乗っていなかった。菜生は一階のボタンを押して、次長が乗りこんでから扉を閉めた。

「物事には、取り返しのつく過ちと、取り返しのつかない過ちがあります」横にならんだ佐久良次長が、静かな声で言った。「それを基準に、一回、線を引いてみましょう」

　相手の顔から、頭上の階数表示に視線を移した。はい、とうなずく。

「今回の件で言うと、取り返しのつかない最悪の事態は、クライアントの樹里亜さんが、男に怪我などの身体的な危害をくわえられること。そして、クライアントの友だちの果穂さんがナイフで男を刺してしまうこと、でしょうか」

　どこにも停まることなく、エレベーターが下りていく。やがて、一階に到着して、扉が開いた。

「あなたたちは、その最悪の、取り返しのつかない事態を未然に防いだ。それ以外は取り返しのつく過ちだと、ひとまず考えてみましょう。果穂さんが憎い男を傷つけようと画策したこと。あなたたちがナイフを隠して、もみ消したこと。樹里亜さんが友人をそこまで思いつめさせてしまうほど、つらくあたっていたこと」

話を聞きながら、「開」のボタンを押して、佐久良次長を先にうながした。「どうも」と、つぶやいて外に出た次長が話をつづけた。

「次に生かせばいいじゃないですか。女子高生二人も、きっと反省や後悔を今後の人生に生かすはずです。あなたのパートナーの村岡さんも、警察で過ちを犯しましたが、それはきっとボディーガードとしての経験に生きているはずです。東さんの万引き保安員での失敗もそうです」

ビルのエントランスで向かい合った。

「警備員の仕事の最優先課題は、取り返しのつかない事態をいかに防ぐかにあります」

サクラ警備保障という会社も、過去にいろいろあったと噂で聞いていた。その苦い経験が、この人の糧になっているのかもしれない。

「それは、基本的に事件が起きてから動く警察にはできない仕事です。東さん、あなたは今回、立派な働きをしたと思いますよ」

「そう言ってもらえると……」菜生はうつむいた。「少しは楽になります。今後の依頼につなげたいと思います」

次のクライアントは決まっている。同棲している彼氏からＤＶを受けている女性の、シェルターへの避難を支援する任務だ。

「それでは、頑張ってください」佐久良次長が、エントランスの自動扉を出て、新宿の雑踏に消えていった。少し筋肉がついてきたのか、心なしかその背中が大きく見えた。

菜生は「よし」と、つぶやき、自分の頬を両手で軽く叩いた。スマホを取り出し、母に電話をかける。

両親には、ずっと万引き保安員をつづけていると嘘をついていた。もし、危険なボディーガードをしていると知ったら、たぶん母は血相を変えて、娘をとめようとするだろう。わざわざ東京まで来かねない。子どもの頃、父の勧めで柔道をはじめたときも、「女の子なんだから……」と、最後まで反対していた。

一人娘だった。菜生は母親に余計な心配をかけたくなかった。母は母で、向こう見ずな行動をとる娘が心配でしかたないらしい。

「もしもし、どうしたの？」すぐに母が出た。

「今度実家に帰るときに、大事な話があるんだ。あと、あやまりたいこともあって」

「なぁに？　そんなことをあらためて言われると、ちょっとこわいんですけど」

「仕事でちょっと黙ってたことがあって。もう、嘘をつきたくないからさ」

この嘘は、まだ取り返しがつく。きちんと話して、あやまろう。

胸を張って、ＷＥＳのことを打ち明けよう。

最前線に立つ自分が大きく胸を張らないと、その後ろにいるクライアントを守護することなど決してできないのだから。

# 第4章　1号警備「守りたいものなんて、とうになくしました」

冷たい冬の雨と風で、傘の柄を握る手が途端にかじかんだ。ときおり突風が吹いて、木々の枝葉についた雨滴が叩き落とされ、ビニール傘に激しく打ちつける。基輝はそのたびに、両手で傘を支えた。

二月の終わりの、冬の嵐のような日だった。

区立の大きな公園の歩道を歩いていた。以前ここに来たときは、親子連れや、ジョギングをしている人でにぎわっていたが、今はこの荒天のせいで人影はまばらだ。

会社を出るときに、手袋を忘れた。右手で傘を持つときは、左手をポケットに入れる。右手の感覚がなくなってくると、左右の手を入れ替える。右手をポケットの内側の生地にこすりつけて、温める。その繰り返しの間隔が、ますます狭まって限界を迎えつつあったとき、ようやく目指す建物が見えてきた。

公園の北側にひっそりとたたずむ、世《せ》田《た》谷《がや》近代美術館である。

　ガラス張りの正面入り口は、館内の照明が雨を反射して、きらきらと光っている。周囲に立つ常緑樹が揺れていた。レンガ敷きの敷地をまわりこみ、基輝は裏手の通用口に向かった。

「お疲れ様です。本社人事部の佐久良です。溝口《みぞぐち》所長とお約束があってうかがいました」白い息が、空中に漂って消えた。

　この美術館は、サクラ警備保障が警備を請け負っている施設である。窓口にいる警備員に取り次いでもらい、責任者を呼び出した。

　ほどなくして、サクラ警備保障世田谷近代美術館事務所の溝口所長がやって来た。挨拶を交わし、ゲストパスを受け取った基輝は、サクラ警備に割り当てられている館内の事務所に向かった。

「こんな天気の日に、わざわざすみません」スーツを着た溝口が、歩きながら頭を下げた。

「いえいえ、こちらこそ無理を言って、すみません」濡れた革靴が、リノリウムの床とこすれて、ときおり甲高《かんだか》い音をたてる。「企画展、盛り上がってるみたいですね」

「はい、おかげさまで、忙しくさせてもらってます」

　現在、三階の企画展示室では、「木村伊兵衛《きむらいへえ》写真賞」を受賞した経験のある、人気写真家の展覧会が開催されている。そのほか、一、二階に所蔵作品を公開している常設展示室、地下に一般の団体が借りられる区民ギャラリーが二つある。公立の美術館としては、中規模程度の大きさで、晴れた日や、休日には多くの観覧客でにぎわっている。

　地下にある事務所に到着すると、溝口がカードキーで扉を解錠した。ドアが開いた瞬間、かわいた暖気が基輝の体を包みこんだ。濡れたズボンの裾がまとわりつく不快な感覚をやり過ごし、「それで、例の加来《かく》さんは……？」とたずねた。

腕時計を確認してから、溝口が答えた。

「あと五分ちょっとで来るはずです。すぐ事務所に来るよう伝えてますので、少々お待ちください」

今日、基輝がここに来たのは、溝口所長から人事についてとある相談を受けたからだった。

「勤務態度の悪い、加来というアルバイトの警備員がおり、入社後二ヵ月たっても、あまり改善される気配がないので、解雇してもよいか？」

電話があったのは、一週間前だ。現場のアルバイトの人事権は、その責任者に一任されているが、さすがに解雇となると、ひとむかし前のように「遅刻したから、クビです」というわけにはいかない。その加来という警備員は、週五日勤務に入っているので、社会保険にも加入している。おまけに人手不足のなか、警備員を新たに雇うのもタダではない。

求人広告を出す費用はもちろんのこと、未経験の新人が警備員になるには、法律上、新任教育という研修を合計二十時間以上受けてもらう必要がある。その研修には、当然、時給も発生する。

週五日も入ってくれる貴重な人員をやめさせたくない。が、現場の仕事はローテーションでまわるので、遅刻や無断欠勤をされ、一人でも急に欠けると調整が大変だ、というのが責任者の本音だろう。そこで基輝は、その「勤務態度が悪い」という警備員と面談を行うことにしたのだ。反省態度が見られないようなら、解雇もやむなし。少しでもやる気をうかがわせてくれるのなら、様子を見てもいいのではないかと考えていた。

事務所の奥の、パーティションで仕切られた一角で、基輝は加来という警備員の履歴書を受け取った。

「小説家だったんですか、この加来さんという人は」

「みたいですね」と、溝口がうなずいた。「プロの小説家で、二十代でデビューしたそうです。でも、本人は鳴かず飛ばずだったと、面接で話してましたね。今も書いてるのかどうかはわかりませんが、ここ数年本を出せていないそうです」

暖かい室内で、急に毛細血管に血がめぐりはじめたせいか、じんじんとむずがゆい指先で、履歴書をめくった。職歴は飲食店などのアルバイト以外にない。大学卒業間際にデビューし、そのまま作家になったらしい。現在は、四十一歳だ。基輝は、志望動機の欄に目を通した。

〈世田谷近代美術館に所蔵されている、一枚の絵が好きで、むかしからよく通っておりました。警備員の募集が目にとまり、ご縁を感じて志望致しました。〉

「この『一枚の絵』というのは？」

「たしか、兒玉《こだま》未世慈《みよじ》という作家の『自画像』だったと思います」

「すいません……。美術には疎《うと》いもので」この美術館には、何回かプライベートでも訪れているのだが、まったく印象に残っていなかった。

「私もここに来るまでは知りませんでしたよ。常設展示で出てるので、もしお時間があるなら、あとで観ていってください」

履歴書を返し、しばらく雑談を交わしていると、事務所の扉がノックされた。溝口にいざなわれて姿をあらわした加来は、制帽を取って軽く会釈してきた。

「三十分程度でお願いします」溝口はパーティションの外を指さした。「私は、向こうにおりますので、何かあったら呼んでください」

礼を述べて、あらためて加来と向かい合う。

制服はきっちりと着用しているようだ。基輝は、まず相手の身だしなみをそれとなくチェックした。ひげはきれいに剃られている。制服のジャケットの下に着るワイシャツの襟まわりも、黄ばんだり、黒ずんだりしていない。爪も適度な短さだ。靴は……、机の下なので見えないが、見た目の清潔感に関しては申し分なかった。ずんぐりむっくりした体型だが、多少猫背なのが気になるくらいだ。

「お呼びだてして申し訳ありません。私は、本社の人事部の者です。佐久良と申します」

「はあ……」と、曖昧な返事で加来がふたたび頭を下げた。

「加来さんの勤怠についての報告が本社に来まして、それで、聴取と言うと大げさですが、これからも警備員として働く意志があるかどうか、確認に参りました」

「わざわざご足労をかけてしまって、申し訳ないです……」

決まりが悪そうに眉間にしわを寄せ、猫背をさらに丸めて肩をすぼめる。

「私みたいな歳の人間がこんな失態をさらしてしまって、本当に恥ずかしいです。働きたいという意志はもちろんあります」

偉ぶったところはなく、腰は低い。それでいて、ほとぼりが冷めると、また遅刻をしたり、就業中に居眠りしたりするというから、ある意味タチが悪いのかもしれない。

公共の仕事は数年に一度、一般競争で入札が行われ、受託業者は更新される。近年は総合評価方式と呼ばれ、入札金額のみならず、警備会社として優良かどうかも点数化され、判断される場合が多い。「安かろう、悪かろう」で、サービスや社員教育をおろそかにしている会社は淘汰される運命にあるわけだ。

幸いなことに世田谷近代美術館――通称「セタキン」の現場は、約十五年、サクラ警備が受託をつづけている。七年前の三億円盗難事件のときも、これまでの信頼と実績でなんとかのりきることができた。失うわけにいかない大事なクライアントだ。

「小説を書かれていたそうですが、まだそちらのほうに未練があるんじゃないですか？」

「いいえ、まったく逆なんです」加来は顔の前で手を大げさに振った。「きっぱりあきらめてしまったら、他人の小説が楽な気持ちで読めるようになりまして。それで、つい読みふけって夜更かしをしてしまうという、学生に立ち戻ったような気分なんですが、やっぱり体は四十を超えてますから、若いときみたいにはいかないようで、つい寝過ごしてしまったり、日中に眠くなったりで……」

悪びれる様子のない笑みで、小鼻の脇をかいている。なかなか食えない人物というのが、加来の第一印象だった。人当たりは良いが、腹の底では何を考えているのかうかがえない。

「反省はもちろんしています。何より、溝口所長や、警備隊長、同僚の皆さんに迷惑をかけるのが心苦しいです」加来はテーブルの縁に両手をかけて、天板に額がつきそうなほど頭を下げた。「気持ちを入れ替えて精進します」

パーティションで区切ってあるだけのスペースだから、部屋のすぐ近くにいる溝口にその声は筒抜けのはずだ。きっと、溝口は「何度その反省の言葉を聞いたか」と、呆れていることだろう。

「ところで、兒玉未世慈という画家の絵がお好きだとうかがいました」基輝は意図的に話の方向を変えた。「勤務される前から、セタキンにもよくいらしていたそうですね」

「まあ、好きというか、気になるというか……」加来が急に真顔になった。少し首を傾けて、天井を見つめている。「観るたびに印象が変わるので、こっちの心持ちの問題なのかもと思ったりして。だから、好きかどうかは、正直よくわからないんです」

なんとも煮えきらない返事だった。もしかしたら、志望動機に適当なことを書いたのかもしれないとも思ったが、相手の表情からして、その絵が加来にとって重要なものであるのは、たしかなようだ。

「貴重な絵画や彫刻を守るのが、警備員の仕事の一つです。加来さんがうとうとしているあいだに、作品が傷ついたり、破損したりしたら、取り返しがつきませんよ」

「ですよね。まったくその通りです」食えない笑みが、ふたたびじわりと加来の顔面に広がった。すいません、すいませんと、口先だけであやまってくる。

通りいっぺんのことを言っても、この人の心には届かないんだろうなと基輝はもどかしい思いを抱えていた。父が常々話していたことを、あらためて思い出す。

人は必ず大事な何かを守って生きている。家族、仕事であれ、お金や地位や名誉であれ、それを守り通すことが生きる意味そのものになってるんだ。

裏を返せば、守りたいものを守り通せなかったとき、人は生きる意味を簡単に失ってしまう。いちばんは、最愛の家族を失った場合だろう。父が亡くなったとき、母は一時期、かなり無気力になった。

　加来にとって、どうしても守りたかったものは、小説家という仕事だったのかもしれない。未練をきっぱり断ち切ったような口ぶりだが、プライドをかけて取り組んでいた仕事を失ったのだから、その落胆はひとしおだろう。

　ただ日銭を稼ぐだけの毎日に、生きる意味を見出せないのも理解できる。パートナーや子どもがいれば、少しは働く意欲や責任感もわいてくるのかもしれないが、加来は独身らしい。

「加来さんにお聞きしたいです」

　言葉が届かないのなら、多少強引でも、不躾《ぶしつけ》でも、掘り起こしてみるしかない。縁あって、サクラ警備に入ってくれたのだから、この仕事を通して充実した私生活を取り戻してほしい。

「今、加来さんが、生活される上で大事にされてるもの、守りたいものはなんですか？」

「はい……？」加来が眉を大げさに持ち上げ、目を見開く。

　基輝はひるまず、つづけた。

「美術館の警備員が、貴重な作品や、お客様の鑑賞環境を守るのと同じように、加来さんご自身が、今現在、私生活において大事に守っているもの、守りたいものはありますか？」

　加来は、おそらく今、足元を支える根の部分を一時的に失っているような状態だ。だから、どっちつかずで、ふわふわと頼りなく映る。本当に自分は書くことをあきらめるべきなのか、他人の小説や、絵画に答えを見出そうとしているのかもしれない。

「言われてみれば、なんにもないですね……」

加来がぽつりと答えた。

「そんなもん、ないです」

恥ずかしそうな笑みで、うつむく。机の上に置いていた制帽を手に取り、胸のあたりに抱えた。

「守りたいものなんて、とうになくしました。何もありません」

そうつぶやくと、暑くもないのに、胸に置いた制帽でぱたぱたと顔をあおぎはじめる。

基輝は名刺入れから、自分の名刺を取り出した。一枚をテーブルの上に置いて、加来のほうへすべらせる。

「じゃあ、探してみてください」

「えっ……?」

「差し出がましいようですが、探す努力をしてください。実は私も、探してる途中なんです。だから、いろんな人に、その答えを聞いてるってところもありまして……」

「そうなんですか」加来が、ふっと口元をゆるめた。細かくうなずきながら、きちんと視線を合わせてくれる。

「もし、ご自身の答えが見つかったら、遠慮なくこのメールアドレスに連絡をください。その上で、警備員をつづけるのか、あるいは勤務の日数を落とすのか、それともきっぱりこの仕事自体をやめるのかも、あわせて教えてくれたら、助かります」

「わかりました。約束します。探してみます。探す努力さえしなくなったら、本当にただのゾンビですもんね」加来が名刺を受け取った。「見つかるといいですね、佐久良さんも」
「はい、お互いに」

溝口所長の案内で、基輝は常設展示室に入った。

少しの靴音や、咳払いも目立ってしまうほど、なかはがらがらだった。少し薄暗い展示室に、スポットライトに照らされた絵画がならんでいる。人が少ないからか、すっと背筋を正したくなるような、そんな厳粛な静謐《せいひつ》さがただよっているように感じられた。

基輝は、ゆっくりと歩きながら、兒玉末世慈という画家の『自画像』を探した。所蔵作品は、日本人作家の明治以降の日本画、西洋絵画が主なようだった。

風景画、静物画、肖像画と、様々な画風の絵画を横目に、柵の前を移動していく。時代が大正から昭和初期に移っていくにつれて、抽象的な、一見すると何を描いているのかわからない油彩画の割合が多くなっていった。

部屋の隅に立っていたスーツ姿の看視《かんし》員の女性が、基輝の姿を認めると軽く会釈をしてきた。基輝も頭を下げ返した。おそらく、「本社からの視察が、常設展に入った」という情報が無線で流れたのだろう。

サクラ警備は、館全体の施設警備だけでなく、展示室の運営や管理業務も請け負っている。インフォメーション、券売、もぎり、そして企画展と常設展の作品を守る看視員もすべてサクラ警備のアルバイトスタッフだ。

スーツを着ているせいか、看視員が展示室で立哨《りっしょう》していると、美術館の学芸員と間違われ、専門的な質問を受けることもあるらしい。しかし、ある程度大きな美術館では、展示室内の看視業務も、警備会社に外部委託されていることが多い。

時代別に細かく分かれた部屋を二つ通過し、「太平洋戦争」というテーマが掲げられたゾーンに入った。

戦争画がいくつか飾られているなかに、例の兒玉未世慈の『自画像』はあった。基輝は思わず息をのんだ。

胸から上が描かれた男性が、斜め上を向いている。背景が黒く塗りつぶされているからか、クリーム色の肌と、男が着ている白いシャツが際立って、浮いているように見える。絵の具の凹凸がはっきりとわかるほど厚塗りのせいもあるかもしれない。

人間が描かれているのは一目瞭然なのに、それは、まるで大きなひとかたまりの岩のようだった。肌には、やわらかさや、しっとりした質感が、まったく感じられない。ごつごつとした顔には、もちろん、目、鼻、口がついているが、生物としての機能を有しているようには見えない。それぞれのパーツが、岩の隆起のようだ。

目には瞳がなく、白い。何を見つめているのかうかがえない。何かを拒否するようにそっぽを向いている顔から、異様に太い首、白いシャツにつながっていく。

シャツも、繊細な襞こそ描かれてはいるが、ごわごわした質感で、やはり岩の一部分のように映る。まるで、地層や地質の変化を見ているようだ。

なんで、こんなに硬質に描かれているんだという疑問と違和感で、まず見入ってしまう。かと言って、鋼のような、筋肉質の肉体というわけでなく、やはり印象は岩や石に近い。この身体の内側にものすごく頑強な意志と、不屈の精神が封じこめられているように見えてくる。濁流や嵐にも、びくともしない巌《いわお》の姿だ。

基輝は、絵の横に貼られたキャプションに顔を近づけた。

読み終えると、一度大きく息を吸いこんだ。しばし、とめる。そして、一気に吐き出しながら、口のなかで小さくつぶやいた。

「絶筆か……」

〈『自画像』　１９４４
児玉未世慈（こだまみよじ）　１９１１～１９４６
兵庫県生まれ。上京後、活版工を経て画業に専念し、シュルレアリスムに傾倒する。二科展などに入賞するも、中央の画壇とは一定の距離をとりつづけた。戦中、当局から戦争画の依頼を受けるが固辞する。１９４４年、陸軍へ応召。１９４６年1月、シベリア抑留中に死亡。この『自画像』は出征直前に描かれた最後の作品である。〉

＊

探す努力をしてみるなどと、安請け合いをしてしまったものの、そうそう簡単に、生涯を通して守るべき大事なものなど見つかるわけがない。

ところで、友人が最近、猫を飼いはじめたらしい。仕事にも張り合いが出て、毎日、家に帰るのが楽しみだと、ほくほくした顔で自慢してきた。

友則《とものり》も動物が好きなので、もしペットを飼ったら、我が子のように溺愛し、良質のフードを食べさせるため、警備の仕事にもより真剣に取り組むようになるはずだと思った。

ただなぁ……。

友則は、美術館内の巡回中に思案しつづけた。

犬や猫は、どう頑張ったところで、十数年で死ぬ。その喪失感を想像すると、どうしても躊躇《ちゅうちょ》してしまう。六十歳手前で、そんな悲しみを味わいたくない。

一階ロビーの隅に位置する、ロッカーがならんだ一角に、友則は足を踏み入れた。忘れ物がないか、鍵のかけ忘れがないかを、一つ一つ点検していくのも巡回の仕事だ。

守るべき大事なもの、都合よくそこらへんに落ちてないかな。ロッカーのなかにないかなぁと、心のなかでつぶやきながら、鍵のかかっていないロッカーを開け、なかを確認する。

ここにも、ないかな。

僕の守るべきもの、こっちに入ってないかな。

心のなかの声に、自己流のメロディーをつけながら、リズミカルに、次々と扉を開けて、忘れ物がないことをたしかめていった。そう言えば、むかしは駅のロッカーに、赤ちゃんが放置されるという事件がよくあったらしい。人間の子どもが、もし生きたままこのなかに入れられていたら、僕が育てよう。友則は、なかば本気でそう考える。

入ってるかな、こっちにないかな、僕の大事なもの、守るべきもの……。

心のなかのメロディーを、いつの間にか実際に口ずさんでしまっていたらしく、荷物を預けにきたお客さんが、ぎょっとした表情であとずさった。

「すみません……、どうぞ」一気に顔が熱くなった。「恐れ入ります。すみません」

ぺこぺこと頭を下げながら、手早くロッカーの点検を済ませ、逃げるようにロビーへ出た。

子どもの頃から、「お前、ふざけてるだろ」とか「ナメてんのか？」「真面目にやれ」などと、怒鳴られることが多い人生だった。友則としては、いたって真剣に、真面目に、学業やアルバイトの仕事などに取り組んでいるつもりなのだが、どうやら周囲の目にはふざけているように映るらしい。

ついこの前も、企画展示室の入り口で立哨していると、耳につけた無線のイヤホンに《おい、加来》という押し殺した声が響いた。

《なんで鼻歌、歌ってんだ。開館中だぞ》

どうやら、自分でも気づかないうちに、鼻で音を奏でていたらしい。声の主は警備隊長の大《おお》下《した》だった。溝口所長は優しいけれど、大下隊長は厳しい。

見ると、大下は十メートルほど離れたところで、こちらをにらみつけている。近くにいるのなら直接声をかけてとめてくれればいいものを、わざわざ無線を通して注意するのは意地が悪い。無線をつけた全スタッフに、勤務中、鼻歌を歌っていることがバレてしまった。

女性の看視スタッフが笑いをこらえていた。まさかお客様の目の前で、そんなはしたない真似をしているとは思ってもみなかった。真面目に立哨し、来館客が持ち込み禁止品などを持っていないか、目を光らせているつもりだった。

十数年間、ずっと自室にこもり、心の殻にこもり、小説を書きつづけてきたせいか、周囲に他人がいる状況になかなか慣れない。「自」と「他」の境界が、どろどろにとけて、曖昧になっていて、つい人前で鼻歌を歌ったり、居眠りをしたりしてしまう。

「大事なもの、あるかな、ないかな」などと歌いながら、ロッカーを次々と開けている警備員が不気味なのはわかっている。それでも、その瞬間には自覚がないのだから、どうしようもない。

小一のとき、母に連れられて、大きな総合病院に行った記憶がある。簡単なテストを受けさせられたり、いろいろ質問されたりしたのだが、どうやら異常はなかったらしい。

それでも、落ち着きがないとか、不注意だとか、よく先生に言われた。忘れ物や遅刻も多かった。姉からは、お前はまともな就職ができないと宣告された。だから、大学四年の終わりに純文学の新人賞を受賞したとき、母は泣いてよろこんだ。

しかし、いざ執筆に集中しようとすると、三十分も座っていられない。だから、友則はよく母に頼んで、小学生のときに使っていた縄跳びで、椅子ごと体を縛ってもらった。自分では絶対にほどけないように、ぐるぐる巻きにしてもらった。強制的にパソコンに向かうしかない環境で、友則は自分の描く小説の世界に没頭した。

一度、トイレに行きたくなって、「おぉーい、おぉーい」と、階下にいるはずの母に呼びかけたが、母は居眠りをしていたそうで、まったく応答がなかった。腕を懸命に伸ばしても、背後できつく縛られた結び目に手が届かなかった。椅子ごと歩こうと思っても、キャスターつきの大きいものなので重すぎて不可能だった。それで、そのまま漏らしてしまった。二十三歳の春の出来事だ。

落ち着きのなさは、年齢を重ねるごとに、少しずつましにはなってきたものの、やはり警備の仕事でいちばんつらいのは、じっとしたまま立ちつづけなければならないことだ。巡回業務と違って、動けないのは本当にしんどい。

かといって、今さら若者にまじって、飲食店のアルバイトなどできるはずがない。たぶん、ミスを連発してやめさせられるだろう。配達の仕事も、方向音痴なので無理だ。

おっちょこちょいで、そそっかしいから、自分のペースでじっくりと取り組める小説の仕事を天職だと思っていた。それなのに、唯一付き合いのある出版社の編集者とケンカをしてしまい、これ以上、プロとして書きつづけることが難しくなった。

ケンカのきっかけは、「児玉未世慈と、加来さんのお父さんと、加来さん自身、三代の物語を書いたらどうか」と、提案されたことだった。

ロッカーの点検を終えると、友則は一階の常設展示室の巡回に入った。鼻歌を歌わないように気をつけながら、落とし物や不審物がないかを見てまわる。

やがて、「太平洋戦争」のコーナーにさしかかった。

この小部屋に入ると、いつも緊張する。厳正に管理されているはずの展示室の温度が、一、二度下がったように感じられるのは、どう考えても自分の思いこみだろう。けれど、大勢の日本兵と米兵が銃剣で突き合い、殺し合う、凄絶な戦争画のとなりに、未世慈の『自画像』が掲げられているのを見ると、この不条理で残酷な世界が、本当におそろしく感じられる。

戦争画を描いた画家は、戦後も長く生きて、活動している。一方の未世慈は、戦争画を拒否し、前線に送られ、二度と日本の地を踏むことなく死に果てた。もし、何かの皮肉でこの二つの絵画をならべているのなら、セタキンの学芸員はなかなかのくせ者だ。

巡回警備は、作品に異常がないかもあわせて点検する必要があるのだが、どうしても未世慈の『自画像』や戦争画が直視できなかった。直射日光から目をそらすように、床に視線を落としかけたとき、一人の女性の着ているウィンドブレーカーの鮮やかすぎる蛍光の水色が視界に飛びこんできた。

その四十代前半くらいの女性は、頻繁に見かける常連さんだった。

セタキンには、年間パス制度がある。企画展は割引料金、常設展は無料で入場することができる。だから、まるで公園の散歩コースの一部のように、常設展を利用する人もいる。

この女性も、散歩の途中なのか、ラフな格好をしていた。かと思えば、別の日には仕事帰りらしく、カジュアルなパンツスーツを着こなしている姿も見かける。気になるのは、兒玉未世慈の『自画像』の前で、いつもじっと立ち尽くしているからだ。

友則は、女性の背後を通過するとき、そっとその横顔をうかがった。

女性は真正面から、未世慈の発する冷たい熱を受けとめている。しかし、絵のなかの未世慈はあさっての方向を向いているので、永遠に視線は交わらない。暗い色調の絵と、女性の着用している、晴天の青空のようなウィンドブレーカーのアンバランスさで、空間がゆがんでいるような錯覚を覚える。

友則は胸の内側で鼓動が速まっていくのを感じていた。この女性に、ともすればたずねたくなる衝動を必死におさえこんでいる。

この絵を観ていると、人間という存在そのものが、丸ごと否定されているような気がして、頭が変になりませんか?

「あの……、何か……?」

女性が突然、こちらを振り返ったので、友則は一瞬、自分の心の声がまた漏れてしまったのかと思った。

しかし、どうやら違ったようだ。

キャンバスの表面には、透明なアクリル板が入っている。照明の角度と立ち位置によっては、周囲の状況がうっすらと反射して見える。おそらく、女性は背後に立つ警備員に気がつき、不審に思ったのだろう。

「い、いえ……」制帽のひさしに手をかけて、深くかぶり直した。「あっ、半券、落とされませんでした?」

とっさに、制服のポケットから、まったく関係ない場所で拾ったチケットを差し出した。

「違いますね。私、年パスなんで」やわらかく笑いながら、女性が右手を振る。

「そうですか、ご鑑賞中、大変失礼致しました」

何度も頭を下げ、女性の前をあわただしく立ち去った。

「巡回、異常なしです!」

防災センターに戻り、警備隊長の大下に、敬礼をしながら報告する。

なかなか慣れないのは、この敬礼の動作で、街中では警察官や鉄道の運転士くらいしかしているのを見かけない。肩にモールをつけた制服や、白い手袋など、自分がこんな仰々しい格好をして敬礼することになるなんて、小説を書いていたときには思いもしなかった。

大下は、座ったまま、ちらちらと腕時計に視線を落としている。

「早くない？」

「はい？」

「いや、だから、早くない？」

大下が、不機嫌そうに腕を組んだ。友則は、ますますあやしくなる雲行きに不穏な気配を感じながらも、たずね返した。

「時間が、早いってことですか？」

「それ以外、何があるの」

「なんの時間が早いんでしょう？」

「巡回する時間に決まってるでしょ」

大下が大きくため息をついた。防災センターにいた警備員たちが、失笑する。

「次が休憩時間だからって、適当に巡回されちゃ、困るんだよ」

「すみません！」

ロッカーで気まずい思いをして、かなり大雑把に点検を済ませたのと、ずっと考え事をしていたせいで、自然と歩調がいつもより速くなってしまったようだ。

「加来さんさぁ、本社から人が来たってのに、まだ自覚がないわけ？」

「申し訳ありません」

「本当に聞きあきたんですけど。あなたの、その気のない謝罪」

大下は三十代で、溝口所長同様、自分よりも年下であるのが、なんとも情けない。もちろん、年上に怒られるならいい、というわけでもないけれど……。

自分は本当に役立たずなのだなと、ここに来てから痛感させられてばかりだ。日々のルーティーンワークでさえ、満足にできないのかと、笑われ、蔑まれるのは学生のとき以来で、社会の激しい波に容赦なく揉まれ、心の大事な部分を日々削りとられていく気がする。

「まあいいや、休憩行って」最後には、追い払うような仕草で、あしらわれた。

防災センターの壁の一角には、ずらっと防犯カメラのモニターが並んでいる。映像の録画時間は絶え間なく進み、そこに映る人々は、当たり前だが、展示室を自由に歩いていく。

その営みから、自分だけが置いていかれているような気がして、価値のない己の人生が心底、呪わしく感じられた。


帰宅すると、さっそく母の美子《よしこ》から、食卓で質問された。

「今日は、きちんとやれた？」

まるで、小学生とお母さんの会話みたいだ。今日は、忘れ物なかった？　授業で先生の質問に答えられた？　居眠りしなかった？　怒られなかった？

考えてみれば、子どもの頃から、ずっと同じような確認を繰り返しされている。小説を書きはじめると、そういった質問をされることはなくなったけれど、こうして外で働くようになって、また母親の不安の種が復活したわけだ。

「ダメだった。今日も怒られたよ」友則は、肩をすぼめて正直に答えた。

四十一歳、長男である。本来なら、守るべき存在は七十代半ばの老父母であるべきなのだろうが、いまだにこうして相も変わらず守られつづけている。

食卓には、マグロとサーモンの刺身がならんでいた。父の牧夫《まきお》は、友則と美子の会話を聞いているのか、いないのか、黙々と箸を動かしている。

「トモが、生活費を入れてくれるようになってから余裕ができて、少しいいものも食べられるし、助かるんだけど……」美子が、マグロを一切れ、醤油につけて頬張った。

父がタクシー運転手の仕事を引退し、年金生活に入ってから、たしかに食事が貧相になってきた印象はあった。マグロの刺身は父の大好物だが、ここ数年、滅多なことでは食卓に出ない。小説家としての収入などほとんどなく、両親の年金に頼りきり、実家にこもって生きてきた友則は、実に肩身の狭い思いを味わっていた。

「でも、友則の不注意で、周囲の方々に迷惑をかけるくらいなら……」美子が言葉を濁した。

「ねえ、お父さん?」

問いかけられた牧夫は、「ん」と、曖昧な返事をした。

父の牧夫は極度の無口であり、一日に一度、まともな文章をしゃべればいいほうだった。子どもの頃、父親は全員、しゃべらないものだと思いこんでいた友則は、よく話す、愛想のいい友だちのお父さんに衝撃を受けた思い出がある。

友則が新人賞を受賞して、出版された本を手渡したときも、「むぅ」と、うなっただけだったし、姉の和美《かずみ》が結婚して、出産し、初孫を抱かせたときも、「ふむ」という曖昧な反応が返ってきただけだった。それでも、長年いっしょに暮らしてきた家族なら、父がうれしそうにしているのが、たとえ無表情でも――たとえ反応が「うん」だけでも、手に取るようにわかるのだった。

「もうちょっと、頑張ってみるよ」友則は、味噌汁を飲んで答えた。「ようやく、慣れてきたところなんだ」

　マグロとサーモンの取り合わせは、我が家では奇跡に近い。赤とピンクの花が、一気に咲いたような気分だ。父母の年金と、自分の給料の一部を足せば、こうしてささやかながらも、満ち足りた食事ができるのだ。父と母をよろこばせることができるのだ。

　愚にもつかない、売れもしない小説を書きつづけるよりは、よっぽどいい。

　でも、ふとしたときに、このままでいいのだろうかと不安に襲われる。賞味期限をとうに過ぎ、劣化した醤油の味を感じながら、お風呂に入る順番の相談をしていると、何の進展もない老父母との暮らしの味気なさ、わびしさに、体も心も縛りつけられている気がする。縄跳びで体を縛られて小説を書いていたときには、少なくとも心のほうは自由に空想の世界に飛び立っていたのに。

　僕はもう、どこへも行けないのだろうか……。

「ねぇ、お父さん」

　友則は、たまらず、牧夫にたずねた。

「お父さんは、考えたことない？　兒玉未世慈が、もし戦後もずっと生きていてくれたら、自分なんかが存在しなくて済んだのにって……」

牧夫が、ふと顔を上げる。目が合うが、やはり何も答えてはくれない。

「末世慈が戦争画に協力してたら、生き残ってた可能性が高いよね？　そしたら、僕らは生まれることもなかったんだよね？」

「滅多なこと、言うもんじゃないの」牧夫より先に、美子が反応するのは、いつものことだ。

「でも、僕は年々、生きるのが大変になってつらいんだ」明日も頭ごなしに叱られるのかと考えるだけで、出勤するのが億劫になる。「末世慈が長生きしてくれてたらって、あの絵を観るとそればっかり考えて嫌になるんだ」

友則は涙声で父に訴えるが、牧夫は無言で、醤油のしみたご飯をもそもそと咀嚼《そしゃく》するばかりだった。もう、目すら合わせようとはしない。

小学生のとき、父と近所の公園でよくキャッチボールをした。世田谷近代美術館のある、大きな区立公園だ。

ボールのやりとりを通して、あまりしゃべらない父と、そのときばかりは声にならない言葉を交わしているような感覚になった。自分たちは、まぎれもなく幸福な親子なのだと信じて疑わなかった。

父の牧夫は、キャッチボールが終わると、友則を美術館に連れていった。グローブとボールをロッカーに預けて、その当時、父が購入していた年間パスで常設展示室に入っていく。

そして、例の児玉末世慈の絵の前で、牧夫は必ず立ち止まり、友則の頭に手をのせて、注目をうながす。そして、五分ほど何かを確認するように無言で見入ると、「うむ」と、たった一言唸り、友則の背中を押して「太平洋戦争」の部屋を出る。

それは、何かの点検作業のようだった。今日も変わらず兒玉未世慈の絵が、そこにあって、異常がないことをたしかめているような印象だった。

最初は、なぜ父がこの『自画像』にこだわるのかわからなかった。友則としては、血みどろで銃剣を突き刺し合う戦争画のほうが、よほどインパクトが強くて、そちらにばかり目が行きかける。しかし、牧夫はただただ静かに、『自画像』への没入をうながした。あるとき、母に「あの絵は何なのか」と聞いたら、思いもよらない答えが返ってきた。

兒玉未世慈は、父の母の、元夫なのだという。

友則にとっては、父方の祖母が、かつて結婚していた人という、関係がありそうで、まったくないとも言える微妙な存在だった。祖母と未世慈のあいだには子どもがいなかったらしい。だから未世慈の死後間もなく、祖父と再婚できたのだろう。その後、祖母と祖父とのあいだに、長男である父が生まれた。

中学に上がると、実は父は未世慈の実子なのではないかと、突飛な空想をしたこともあった。寡黙な父が、どことなく頑固そうな、芸術家肌の画家の面影と重なったからだ。しかし、父は戦後の一九四八年生まれなので、そんなことは絶対にありえないのだった。

ほかに客も見当たらない、世田谷近代美術館の常設展示室で、ある日、友則は牧夫にたずねた。

「ねぇ、なんで兒玉未世慈は死ななきゃいけなかったの？」

答えは、もとより期待していなかった。父が黙りこむのは、その心のなかの考えや、感情、子が求めている情報や真実を正確にアウトプットできないとあきらめているからだ。誤解を招くくらいなら、唇を閉じたまま、困ったように微笑むことを選択するような父だった。

美術館の展示室で、父と子は向かい合い、見つめ合った。

父の目は、動物園で見たことがある、鹿の目みたいだと友則は感じた。ものすごく高尚なことを考えているようにも見えるし、日々のエサのことしか頭にないようにも見える。

牧夫は喉の具合をたしかめるように「ん」と唸ってから、重い口を開いた。

「友則、本をたくさん読みなさい。いろいろなところに行って、いろいろなものを見聞きしなさい」

それ以降、牧夫が友則を連れて、世田谷近代美術館に行くことはなくなった。友則は父の言いつけ通り、大量に本を読むようになった。また、一人で東京近郊の様々な美術館におもむき、芸術作品を鑑賞した。

その経験は、作家になるための素養と土壌を着実に形成していったが、知識や見識をつければつけるほど、未世慈が何を訴えたかったのかは、逃げ水のように霞む彼方に逃げていった。そして、四十を超えて、書くという行為をみずから放擲《ほうてき》した今、未世慈はまったく手の届かない存在になってしまった。

大きな疑問は、この『自画像』を描いた出征直前の一九四四年の時点で、兒玉未世慈はすでに己の生をあきらめていたのだろうか、ということだ。

一見すると、この自画像は力強く、なんとしても生きつづけ、這いつくばってでも日本に帰るんだという鉄の意志を感じる。

しかし、じっと眺めていると、実はまったく逆なんじゃないかとも思う。

これは遺書だ。あきらめている。戦争画を断り、軍部にさからった時点で、最前線に一兵卒として送られるのはまぬがれない。生きて帰れないと覚悟を決め、そっぽを向いている。だからこそ、せめて無言の抵抗を示すように、まるで無機物のごとく、岩のごとくただそこに屹立している。

力が全身にみなぎっているようでもあり、まったく血が通っていないようでもある。

いったい、どちらが正しいのだろう？　観れば観るほど、わからなくなってくる。この絵から盛んに放出される画家の魂みたいなものは、角度を変えるごとに、受け手の印象を幻惑させる。あきらめろ、あきらめるな。逃げろ、逃げるな――相反する思考が、脳内でからまり合う。

確実に言えることは、たった一つだった。

兒玉未世慈が死んだから、祖母は祖父と再婚し、父を産んだ。そして、その父は母と結婚し、姉と自分をもうけた。兒玉未世慈の死を前提として、我が家は成立している。

裏を返せば、未世慈が戦後、長らく生きていてくれたら、このちっぽけな自分は存在しなくてよかったはずなのだ。

「ねぇ、なんとか言ってよ」

友則は、いまだにマグロを食っている牧夫に訴えた。父の部屋着の胸元には、歯磨き粉がたれたのをずっと放置しているのか、白く汚れがこびりついている。

「僕が子どものとき、未世慈の絵をいっしょに何度も観たでしょ？　あのとき、お父さんは何を考えてたの？　未世慈が生きててくれたら、自分は生まれなかったって考えたことは、一度もないの？」

明日も世田谷近代美術館で働く。絵を守る。こんなに苦しく、みじめな思いをするのなら、もういっそのこと、あの『自画像』を誰か盗んでくれないか、バキバキに壊してくれないかと、警備員としてあるまじきことを考えている。

「仮定の話をしてもきりがない」牧夫が、箸を持ったままぼそっと言った。

「そんなことはわかってるよ！」自分の使った食器を持って、立ち上がった。

四十を過ぎて、両親に感情的に反論する醜さは自覚しているつもりだった。けれど、日中に鬱積したみじめさのはけ口が、この家と両親以外にはなかった。

「きりがないとか、そういう問題じゃないんだよ！」

シンクに食器を置いて、二階の自室に上がる。そのまま、スリープ状態にしていたパソコンを立ち上げた。久しく使っていなかったワードのソフトを開いて、キーボードを手荒に叩く。

〈兒玉未世慈は、いったい何をいちばんに守りたかったのか？〉

今日、本社の人事部の男に「あなたの守りたいものは」と問われ、問題の核心が浮き彫りになったような気がした。ここまで未世慈のことが気になってしかたがないのは、自分には見えていないものが、その当時の未世慈にはしかと見えていたに違いないと感じるからだ。

彼には、彼自身が守りたいものが、はっきりと見えていた。果たして、その「守りたいもの」とは、何だったのだろう……？

〈兒玉未世慈は画家としてのプライドをいちばんに守ることを優先した。〉自分が打ちこんだ文字列を何度も読み返す。

　そう考えるのが、いちばんしっくりくる気がした。軍部に言われるまま、戦意高揚のためのプロパガンダに協力すれば、画家としてのポリシーに反することになる。たとえ命を賭けたとしても、そんな命令には従えない。絵描きの端くれとしての良心を守るため、戦争画を突っぱねた。

　言ってしまえば、家族を守ることは、二の次にした。妻――友則にとっての祖母――を未亡人にしないため、画家のプライドを捨ててまで戦争画を描くことはしなかった。

　自分にはできない芸当だと、友則は椅子の背もたれに深く上半身をあずけ、ため息をついた。みずからの生命を賭けてまで小説に取り組む覚悟など、自分には毛頭ないと思った。もともと、書きたいことを書き尽くし、ネタに困っていた。だから、編集者は親切心で、未世慈のことを書いたらどうかと提案したのだ。

　しかし、友則は編集者の提案を一蹴した。

　反戦を貫いた孤高の画家の死と、戦後の平和を享受しながらも、しかし苦悩する小説家という、ものすごく安易な図式が頭のなかに即座に浮かんだからだ。物語として陳腐だし、なんだかそれは兒玉未世慈の魂を汚す行為のように思えてならなかった。

　でも、書くことがないんでしょ、知りませんよと、編集者は呆れ顔で言った。それから、いっさい先方から連絡が来なくなった。

　兒玉未世慈のことを書くなら、「反戦の画家」という手垢のついたイメージを打ち崩さなければならない。そのためには、でっち上げでも、フィクションでもいいから、兒玉未世慈が

「画家の矜持《きょうじ》」以外の何か別のものを守りたかったのだと、小説のなかで明確に示す必要がある。では、兒玉未世慈はほかに何を守りたかったのだろうかと、原点の疑問に返ってしまい、堂々めぐりから逃れられない。

八方塞がりだ。何も書くことがない。未世慈のような覚悟も信念もない。だから「きっぱりあきらめた」と、自分に言い聞かせ、日々の労働にいそしんでいる。

本当ならば、兒玉未世慈には、妻をいちばんに守ってほしかった。戦争画に協力し、長生きして、妻のために絵を描きつづけ、この「加来友則」という役立たずの人間が生まれてくる余白を一ミリも残してほしくなかった。

翌日、いつものようにセタキンに出勤した。

小説の道をあきらめた以上、社会生活にきちんととけこまないと、この先も長くつづく人生が立ち行かなくなってしまう。今日こそは失敗しないという決意のもと、集中して仕事に取り組んだ。

美術館という場所は、展示されている作品を守るため——そして、誰もが快適に、気持ちよく鑑賞する環境を守るために、禁止事項が多い。アメ、ガムをふくめて、飲食禁止。ボールペン、シャーペン、サインペンの使用禁止（鉛筆のみ使用可）。傘などの長い物品、花などの持ち込み禁止など、挙げればたくさんある。

その他、明文化されている規則以外にも、マナーとして、大声でしゃべらない、小さい子どもを連れている親御さんには手をつないでもらう、指さし行為があまりに作品に近すぎるときは遠ざけてもらう――といったように、警備員、看視員がお客様に声をかけなければならないケースは多岐にわたる。

素直に聞いてくれる人たちがほとんどである反面、なかには「逆ギレ」とでも表現したくなるほど、過剰に反応するお客様もいる。いちばんありがちなのは、指やパンフレットを作品の近くに指している人で、「もう少々、お手を離していただけますか？」とお願いしても、「触るわけない」と、むきになって反論されることがある。しかし、本人がいくら気をつけていても、たとえば混雑している状況で後ろからほかの人がぶつかってきたら、バランスを崩してそのまま展示物と激しい接触をすることだってないとは言いきれない。細かく、厳しい禁止事項は、すべて万が一の取り返しのつかない事態を防ぐためにあるのだ。

企画展示室入り口で立哨をしていると、あきらかに口と顎を絶えず動かしてガムを噛んでいるおじいさんが入ってきた。そこで、友則はすかさず横から声をかけた。

「大変恐れ入りますが、展示室内では、ガムもふくめまして、ご飲食をご遠慮いただいております」

物腰はやわらかく、言葉は丁寧に。ただでさえ、警備服を着た人間は威圧感があるし、いきなり話しかけられたら、誰だって驚くものだ。

「ガムはご遠慮いただいております。お出しいただけますか？」相手が紙を持っていないことも想定して、常備しているポケットティッシュを差し出す。

ところが、何を思ったか、老人はガムを直接床に吐き出した。美術館の展示室内の、木の床である。唾液と、丸まったガムが、友則の足元にこびりついている。

「え……」絶句した友則を残して、老人は無言で立ち去り、まるで何事もなかったかのように、展示されている写真を観はじめた。

友則は、しかたなくティッシュを三重にして、ガムを拾った。近くにゴミ箱はないし、持ち場から離れるわけにもいかないので、そのティッシュを制服のポケットにしまう。汚いとか、そういう嫌悪感以上に、なんだかどんよりとした暗い感情のかたまりが、そのポケットのなかに凝縮して入っているようで、早くティッシュを捨て去りたい。

ようやく交代が来て、申し送りをし、企画展示室の巡回業務に入った。日本人写真家の写真展は、盛況だった。土曜日ということもあり、絶えず入場者がやって来る。みな思い思いに、東京の何気ない街角を写したスナップに見入り、連れがいる者は、静かな声で感想を述べ合っている。

平和というのはいいものだと、友則はざわつきかけていた感情をしずめながら、ゆっくりと展示室内をめぐっていった。すると、男性二人組の行動がすぐに目にとまった。一人は初老の男性で、もう一人は大学生くらいの若者だ。若者は敬語を使っているので、どうやら親子ではないらしい。

二人は熱心に話しこんでいる。声のボリュームは問題ないのだが、立っている場所が厄介だった。

作品のすぐ前に、二人はたたずんでいる。しかも、作品を背にして会話をつづけ、動く気配がない。初老の男性のほうが、学生に何やらレクチャーをしている様子だ。

写真作品はとくに大きいものではないので、二人がその真ん前に陣取って話しこんでいると、周囲のお客様が非常に観づらい。観覧客が流れていく、その動線を完全にふさいでいる。作品に相対しながらレクチャーをするのなら、あまり長時間でないかぎり問題はない。しかし、この二人はまったく別の方向を向いて、作品の前をふさぐようにして話している。フロアはゆったりと広いので、場所をほんのわずかでも移してくれればいいものを、えてして話に熱中している人というのは、周りが見えなくなるものなのだ。

二人が背にしている作品を観たそうにして、身をのりだしている中年女性が、眉をひそめながら、ちらちらと友則に視線を送ってくる。

この突き刺すような視線は、美術館で働く警備員、看視員の誰もが経験するものだろう。直接「この人たちをどけてくれ」と言葉で指摘すると角が立つので、この中年女性は、視線だけで「なんとかしろ」と、周囲のスタッフに訴えているのだ。

切実な目で訴えかけられた友則としては、動かないわけにはいかない。

「あのぉ……」と、男性二人組の、年かさのほうに話しかけた。「お話し中、大変申し訳ないんですが、今一歩、前に進んでいただいて、作品の前のスペースをあけていただけますか」

ふつうなら、そこで周囲の状況に気がつき、「あっ、すみません」と、なるものだ。ところが、相手の男性の沸点はあまりに低すぎた。

「誰にものを言ってるんだ、この警備員風情《ふぜい》が！」

そう叫ばれて、友則はまたしても唖然とした。

「お前のほうが、邪魔だ。お前は、何様のつもりだ。俺はこの美術館の学芸員に知り合いがいるんだぞ」

連れの若者が気まずそうにしているのも構わずまくしたてる。周囲の人たちが、一斉に振り返るほどの大声だった。

「お前なんか、一発でクビにできるんだぞ」

靴音と衣擦れの音だけが目立つ静かな展示室内が、一気にざわついた。友則を気の毒に思ったのか、先ほど目で訴えかけてきた中年女性が、すかさず参戦してきた。

「あなたね、何を考えているの。常識っていうものが、あなたにはないわけ？」

「あんたは、関係ないだろ！」

「ありますよ。そんなところで話しこんでるから、観たいものが、観られないじゃない！」

助太刀してくれるのは、友則の心情的にはありがたいのだが、はっきり言って逆効果だった。一方的にこちらが怒鳴られているだけなら、「申し訳ありません」と、殊勝に頭を下げていれば、やがて嵐は過ぎ去る。中年女性が火に油を注いだおかげで、男性はさらにヒートアップした。

《こちら、看視ポイント３、溝口さんどうぞ》友則の耳につけたイヤホンに、無線の声があわただしく飛び交う。《お客様同士で激しく言い争ってます。加来さんが対応中。至急、いらしてください》

程なくして、溝口所長や大下隊長が駆けつけ、両者は別々に引き離された。展示室はすぐにいつも通りの平穏を取り戻したものの、友則はこのあとの叱責を想像して暗澹《あんたん》たる気持ちに襲われた。

　隊長から厳しく事情聴取を受けた友則だったが、近くで一部始終を見ていた看視スタッフの証言もあり、「加来の対応に非はなかった」と、なんとか認めてもらった。必死の釈明にどっと疲れて、休憩室の椅子に座りこんだ。

「はい、どうぞ」

　目の前の机に、個包装のクッキーがぽんと置かれた。友則が顔を上げると、看視スタッフの磯川《いそがわ》さんが立っていた。先ほど、友則をかばってくれた人だ。

「災難だったねぇ。元気出して」

　磯川さんは五十代の主婦で、セタキンではもう十年近くバイトで働いているという。

「ありがとうございます」友則は礼を述べてクッキーをいただいた。さくさくとした食感と、ほどよい甘さが、ひび割れた心の隙間を、優しくうめてくれるような気がした。

「ああいうしょうもない人間のことは、すぐに忘れることね」

　両手を腰にあてた磯川さんが、「やれやれ」とでも言いたげな渋い表情で、首を軽く横に振った。後々わかったことだが、あの初老の男性は、業界では有名なフリーのキュレーターなのだという。美術大学で講師も務めている。

　男の言う通り、世田谷近代美術館の学芸員に知り合いがいたらしく、その職員さんが現場に駆けつけてくれた。一連の事情を知った学芸員さんは、それとなくサクラ警備側の味方をしつつも、キュレーターをなだめてくれた。「あの人、気難しいんで、業界では取扱注意の人物なんです」と、溝口所長に苦笑して教えてくれたという。

「私の経験上、社会的に偉い男ほど逆ギレしてくる傾向にあるわね」

磯川さんの言葉に、近くで同じく休憩していた、看視スタッフの数人が、「あるある」と同意した。社会的地位がある人は、人前で他人から何かを指摘されることに、プライドを傷つけられたと感じるからだという。

「あの人に関しては、『たかがキュレーター風情』とでも思えば、胸もすくんじゃない？　キュレーターは作品を生み出す作家がいなければ、仕事ができないんだから」

「いやいや、それは、さすがに……」今までの人生で、さんざん怒鳴られ慣れているので、とくにあの男性に深い恨みはない。それでも、磯川さんの心遣いがありがたかった。

磯川さんは、いちばん下の子が歯の矯正、真ん中の子が大学受験、長男が留学で「とにかくお金がかかるから、もう、嫌になっちゃう」と、愚痴をこぼしていた。週五日、フルタイムのアルバイトで働き、家事もこなす。下の子はまだお弁当が必要なので、平日の勤務の日は五時起きなのだという。長くこの美術館で働いているのに、いわゆるお局のように威張ることもなく、常に周囲に気を配って、新しく入ってきたスタッフにも丁寧に業務を教えてあげる。

キュレーターでも、大学教授でも、総理大臣でもなく、真に「偉い人」というのは、こういう女性のことを指すのだと友則はひそかに思っている。だからこそ、聞いてみたくなった。

「あの、磯川さん、話は変わるんですけど、常設で『自画像』が出てる、児玉未世慈のことってどう思います？」

「いきなり、急ハンドル切ってきたわねぇ」と呆れながらも、磯川さんは親切に答えてくれた。「最近、注目されてきて、私は本当にうれしいよ。むかしは、あんまり見向きもされなかったからね。太平洋戦争の部屋で看視してても、みんな戦争画ばっかり観て、あの『自画像』

の前は素通りだったから」

たしかに、そうだ。子どもの頃、父に連れられて以来、大人になってからも何度も未世慈の『自画像』を観に来ているが、磯川さんの言う通り、あまり誰からも注目される絵ではなかった。

しかし、兒玉未世慈は反戦の画家として、ここ数年、急激に再評価が進んでいる。二〇二一年、生誕一一〇年を記念して、地元の兵庫県の美術館で、はじめて大規模な回顧展が開催された。そのときに、この美術館所蔵の『自画像』も現地に貸し出された。ＮＨＫの美術番組でも特集され、兒玉未世慈に対する一般的な認知も一気に上がった。

テレビの力は絶大だった。むかしとくらべて、『自画像』の前で長時間立ち止まる人が格段に増えたと、友則も常設展示室巡回中に実感していた。

「だって、あまりにかわいそうじゃない」磯川さんは自分の体を守るように、両腕を組んだ。「満州の前線に送られて、シベリアで死んで、しかも東京に残してきた作品の多くは空襲で消失しちゃうなんて」

「かわいそう……」友則はつぶやいた。「ですか」

「そうだよ。かわいそう」磯川さんがうなずく。「でも、ようやく浮かばれた感じがして、うれしいの。あの『自画像』が兵庫に凱旋して、旅をして帰ってきたら、有名になって、観る人も、足をとめてくれる人も増えて」

「浮かばれた……」

「だからね、絵のなかで胸を張って立ってる本人が、ちょっと誇らしそうに見えたりして」

「誇らしそう……」

さっきから曖昧なオウム返しを繰り返す友則に、磯川さんは特段気分を害したふうでもなく、「だから、うれしいわけね」と、感想を総括した。三人の男の子を育て上げた母親としては、落ち着きのない友則のこともまるで子どものように映っているのかもしれない。実際には、十歳程度しか年が変わらないのだが……。

一方の友則は、思案に沈んでいた。目の前に磯川さんがいるのも、ほとんど忘れていた。

「もう、いい？　交代時間なんだけど」と問われ、あわてて磯川さんに礼を述べた。

自分も、そろそろフロアに出なければならない。制帽をかぶり、それがよく「斜めになっている」と指摘されるので、きちんと姿見で真っ直ぐになっているかどうか確認して、休憩室を出た。


企画展示室と常設展示室の、人の流れはだいぶ違う。端的に言って、常設展示を観る人の足は速い。

企画展とセットでチケットを購入した人の一部は、常設展を「おまけ」か「ついで」くらいの感覚で流し見していく。企画展をたっぷり堪能して、疲れているのだろう。時間もないのかもしれない。気持ちはわかる。

だからこそ、それぞれの絵の人気が如実にあらわれる。有名な画家の絵は、立ち止まって眺める人も多いし、あまり知名度のない作家の作品は、素通りされる傾向にある。

今日も常設展示の巡回に入ると、未世慈の絵の前に、数人の年配の男女が立っていた。なかでも、キャリーバッグを杖がわりにした、飛び抜けて高齢の女性は、両手を顔の前でしきりに合わせていた。

合掌だ。何やら、繰り返しつぶやいている。その声はひそやかで聞こえないが、口の動きからして、「ナンマンダブ」といったお経を唱えているらしい。

ＮＨＫ「日曜美術館」の、お年寄りへの効果は絶大で、未世慈の特集が組まれてから一年以上たっても、こうして絶筆である『自画像』目当てに常設展に来る人も多い。

テレビでも、やはり「反戦を貫いた信念の画家」というテーマで取り上げられた。コロナウイルスが流行していたこともあり、友則は兵庫県の回顧展には行けなかったが、テレビの特集は視聴した。

時代に恵まれなかった不遇の画家。戦争画を拒否し、戦禍に散った不屈の画家。日本人が好きな、お涙頂戴のわかりやすい物語を誰もが求める。先ほどの磯川さんの感想が、ごく一般的な見方であることはわかっている。

かわいそうな画家だと、絵の前でお経を唱える鑑賞の仕方が悪いとは思わないけれど、友則としてはなんだか複雑な気持ちだ。今の状況を未世慈が見たら、いったいなんと思うだろう？

児玉未世慈は、極端に資料がとぼしく、私生活は謎の作家とされている。変わり者で、無口で、絵のことしか考えておらず、よく絵の具を服や髪、顔にくっつけて歩いていたという。きっと軍隊では、規律正しい集団生活になじめなかっただろうなと思う。あるいは怒鳴られたり、殴られたりしたかもしれない。

自分だったら、絶対、軍隊生活なんて無理だ。銃を持たされるくらいなら「はい、戦争画、描きます」と、軍部の提案に嬉々として飛びついてしまうだろう。

こんな情けない人間が、兒玉未世慈のことを書くなんて、土台、失礼で、無理な話なのだ。

帰宅する前、友則はスーパーに立ち寄って、少し値段の張る日本酒の一升瓶を買った。今日こそは、父からなんとしても聞き出すつもりだった。父にとっての母——友則の祖母、チセのことを。

自分が本当に大事にすべき、守りたいものを探すヒントは、実は祖母のほうにこそ隠されているんじゃないかと思ったのだ。八方塞がりなら、視点を変えてみるべきだ。チセと自分は血がつながっているわけで、こうして連綿とつづく家族、血筋がどのように守られ、それが未世慈とどう関係があったのか探ってみることもきっと無駄ではないはずだ。小説の道はあきらめたわけだが、警備員として——そして、一人の人間として生きるため、佐久良次長に問われた「守りたいもの」は、探しつづける義務があると思った。

しかし、酒でも飲ませないかぎり、無口な父の口はなかなか割れない。今までも、チセのことをそれとなく何度かたずねたが、「まあ、ふつうの母親だったよ」と、はぐらかされ、未世慈との結婚生活のエピソードにまでたどりつくことはかなわなかった。友則が三歳のときに祖母は亡くなっているので、チセ本人から未世慈のことを聞く機会もなかった。

「たまには、どう?」と、友則は食卓で一升瓶を差し出した。しかし、父、牧夫は無言で首を横に振った。

「ちょっと、ダメ、ダメ!」キッチンから突進してきた美子が、友則の手から一升瓶を手荒に奪った。「お父さん、大腸ガンの疑いで再検査が決まったんだから」

「えぇっ！」

おかげで、チセのことなど、吹き飛んでしまった。「大丈夫なの？」と、たずねても、牧夫はいつものように「ふぅむ」と、空気が漏れるような返事で、首を傾《かし》げるばかり。

両親が死んだらいったい自分はどうしたらいいのかと、たまに考えることもあったが、それは遠い未来の出来事だとずっと高をくくっていた。その未来が、今、リアルな実感と、ざらざらした不吉な手触りをともなって、友則に襲いかかってきた。

「どうしよう！」

友則は真っ白になった頭を抱えて叫んだ。

「僕はどうしたらいいんだよ！」

渦潮のように不安が脳内でぐるぐると回転して、そのただなかに冷静な思考が次々吸いこまれ、訳がわからなくなって、友則はなおも叫んだ。

「ガンなんて、嫌だよ！　なんでだよ！」

親が自分より先に死ぬのは当たり前なのに、その事実が到底受け入れられない。

「死ぬなんて、嫌だよ！」

美子が友則の肩を抱きながら、背中をさすってくれた。母親の手の温もりを感じて、ようやく乱れた呼吸が落ち着いてくる。子どもの頃から、迷子になったときなど、パニックになることが度々あった。さすがに成人すると、その頻度は激減したものの、この家で一人ぼっちでわびしく暮らす自分を想像してしまい、久しぶりにこうして我を失ってしまった。

「まだ、結果が出たわけじゃないんだから」美子がささやいた。「だいたい、今はガンが発覚したからって、すぐ死ぬものでもないんだし」

「そう……、だよね」取り乱してしまった自分を恥じた。髪を整え、椅子に座り直し、友則は赤面しているであろう顔を両手で挟んだ。

「よく聞きなさい、友則」

牧夫が、めずらしくみずから口を開いた。組んだ両手を食卓において、低い声音を響かせる。

「俺の人生は、学生運動の時代以外は、幸運なことに平和で平穏だった」

なぜか、人生の総括のようなものを、請われてもいないのに勝手にはじめる。まさか本当に死を意識しているのかと、友則は息をのんだ。美子も、こんなに長く話す夫を久々に見るのか、目を丸くしている。

「でも、友則が生きるこの先、いつ未世慈の時代と同じような状況に日本がなってしまうか、誰にも予想ができない」

つけっぱなしにしているテレビからは、七時のニュースが流れている。

最近、超大国がとなりの小国に攻め入ったことで、世界は混乱におちいっていた。小国の大統領は、「国を守るため、一歩も引かない」と、宣言していた。ヨーロッパや全世界を巻きこみかねない戦争がはじまったのだ。

「万が一、そんな時代が訪れたとして、友則がそのときにする選択を後悔しないために、今のうちから、もう一度、しっかりと生活を立て直してほしい」

「立て直す……？」たしかに、未世慈は当時、究極の選択を迫られた。自分の身にもそんな状況が絶対に襲ってこないなどとは言いきれなかった。

「警備員でもいい。小説家でもいい。自分の拠って立つ土台を、しっかりと築きなさい。時代の激流に押し流されないような、堅固な土台を、つくりなさい」

　この先の余生にしゃべるべき言葉を、今、父がすべて絞り尽くしているんじゃないかと思うほど、長い長い言葉だった。

「落ち着いていけば、友則は大丈夫だ。落ち着いて、深呼吸をして、未世慈の絵だけではなく、周りをよく見なさい。そうすれば、警備員だって、なんだって、大丈夫だ。できるはずだ」

　一息にしゃべると、電池が切れたみたいに父は瞑目《めいもく》した。検査を数日後に控えているためか、その前には、一人だけ簡素な食事がならんでいた。

「ねぇ、お父さん」友則はテーブルに身をのりだした。「もう一つだけ、いい？」

　牧夫がゆっくりと目を開ける。やはり鹿の目を思わせるつぶらな瞳が、いまだにＬＥＤではないリビングの安い蛍光灯に光っている。

「お父さんは、今、何を大事に守りたいと思ってる？」

　学生運動をしていたなんて、今日、はじめて知った。たしかに、年代的にはどんぴしゃかもしれない。そのときには、そのときの、父の守りたいものがあったはずで、しかし、友則の興味は、あくまで現在の父なのだった。

「家族」と、極めて端的に牧夫は言った。

友則は、美術館裏手の通用口で出入管理を行っていた。

入館証を持っている人には、パスを首からさげて提示してもらう。セタキンに入っている業者は、サクラ警備だけではない。清掃会社、一階にあるカフェやミュージアムショップの営業を請け負う会社のスタッフが、常時出入りしている。そして、学芸課や総務課、会計課など、美術館の職員も、平日は朝から出勤してくる。

そのほか、一時的な入館者の出入りも案外激しい。トイレの故障を直しに来た業者、学芸員と打ち合わせをしにきた他館の職員、テレビや雑誌の取材クルーなどには、用紙に連絡先を書いてもらったうえで、ゲストパスを手渡すことになる。

落ち着いて、落ち着いてと、自分に言い聞かせつつ、友則はどきどきしながら窓口から外を眺めている。あわてず、騒がず、所属と名前、来館の目的とアポイントの有無をたずねれば何も難しいことはない。

来館者リストを確認すると、本日開催される講演会の講師が、もう間もなく来る予定だった。講演は、現在あいている区民ギャラリーＢで、パイプ椅子をならべて行われる。テーマは「戦争画と近代美術」だった。講演会のチラシには、大学で美術史を教えている准教授の女性の経歴が載っていた。どうやら、著作も多数あるようだ。

緊張して待ち構えていると、「こんにちは、お世話になります」と、ことのほか明るい声が響いた。窓口にのぞいた女性の顔を見て、友則は「う……」と、思わずうめいてしまった。

「あの……、何か？」女性が困惑げに友則を見やる。

「すみません。常設展示でいつもお見かけするお顔だったので、つい……」

いつぞや、水色のウィンドブレーカーを着ていた、年間パスでよく来る女性だった。この人のことがずっと気になっているのは、あの『自画像』を見つめる、冷淡ともとれる、かわいた視線が脳裏にずっとこびりついているからだ。

未世慈の人生を重ねながら「かわいそう」だと悲しみ、手を合わせる行為が間違いとは思わないけれど、この女性の鑑賞の眼差しは、それとは正反対だった。かつて肩をならべて『自画像』を観た父の、まるで点検作業のような、無感動ともとれる、機械的な眼差しと似かよっていた。

「私、近所なもので」用紙に記入をはじめた女性が、少し恥ずかしそうに答えた。「まさか、覚えられているとは、思いませんでした」

「兒玉未世慈の絵の前で、よくお見かけするもので、はい、ええ……」語尾を曖昧に濁しながら、友則は内線の受話器を取り上げた。講演会を企画した、担当の学芸員に連絡する。

「本日講演予定の諏訪部《すわべ》様、いらっしゃってます。はい、はい、かしこまりました」内線の受話器を置いて、目の前に立つ女性に伝えた。「ただいまお迎えに上がるそうですので、こちらでしばらくお待ちください」

さすがに今日はウィンドブレーカーではなく、かっちりとフォーマルないでたちだ。諏訪部さんは、わかりましたと答えて、笑みを浮かべた。

昨日の父の言葉を受けて、もう未世慈にこだわるのはやめようと思っていた。セタキンに所蔵されているのは、未世慈の絵だけではない。それらの作品を守りながら、視野を広く持って、自分の拠って立つ土台と、守りたいものを見つけなければならない。

友則は、それでも後ろ髪を引かれる思いを捨てきることができなかった。

「兒玉未世慈についても、話されるんですか？」それとなく聞いてみた。

「ええ。回顧展で注目されましたし、学芸員さんからも、ぜひ、と言われてますので」

講演を聞きたい。今すぐ警備服を脱ぎ捨て、ここから逃げ出して、会場のいちばん前の席に陣取りたい。

「警備員さんも、未世慈がお好きなんですか？」迎えが来るまで、少し話をしていいと思ったのか、諏訪部さんが質問を返してきた。

「え……、ええ、まあ……」胸がどきどきしている。

じっと座っていることがもどかしい。いても立ってもいられない、こんな感覚は久しぶりに味わった。やっぱり、僕は永遠の片思いを未世慈の絵に対して抱いているのかもしれないと、センチメンタルな部分にまで思いを馳せたとき、諏訪部さんの言葉が、そんな友則の淡い期待を打ち砕いた。

「もしかしたら……、未世慈がお好きな方には、反感を買う内容になってしまうかもしれません」

「え……」意外な言葉に耳を疑うと、廊下の奥からあわただしい足音が響いてきた。お待たせしましたという、担当学芸員の声が聞こえる。

ここで伝えなければ、一生、後悔するような気がした。友則は制帽を取って、窓口のほうに顔を近づけた。

「あ……、あの！」

廊下を行きかけた諏訪部さんが、こちらに向き直った。友則は勢いこんで、前のめりで告白した。

「僕、未世慈の妻だった女性の子孫、というか、孫なんです！」

「え……」今度は諏訪部さんが言葉を失ったようだった。

「父の母が、未世慈の妻のチセなんです。それで、ずっと未世慈のことが気になっていて、その縁でここでも働くことになって、それで、それで……」

いざというときになって、しどろもどろになってしまって、伝えたいことが伝えられない。本当に恋の告白のようだった。

本日はよろしくお願いしますと、頭を下げる学芸員が、窓口のガラス越しに見えた。二人はあわただしく名刺交換をはじめた。

無視された。ああ、僕の片思いもこれまでかと、友則は落胆した。未世慈のことは、もうきっぱり忘れるべきなのかもしれない。

さぁ、控え室にどうぞと、歩き出した担当学芸員を「ちょっとだけ、待ってください」と制して、諏訪部さんがもう一枚、名刺を手にした。

「よかったら、連絡ください」その名刺を、開いている窓口にすべらせてくる。「電話でもメールでもいいので、ぜひ後日、くわしいお話を」

諏訪部さんは、学芸員にともなわれ、そのまま廊下の奥へと歩き去っていった。

「それは、おそらく幻想ですね」

後日、世田谷近代美術館のカフェで向かい合った諏訪部さんは、研究者らしくきっぱりとそう告げた。

「兒玉未世慈に関しては資料が乏しいので、これはあくまで私の感想に過ぎないんですが、彼が最後にあの『自画像』で何かを訴えたかったとか、何らかのメッセージを託したとか、そういう見方は後世の人間の勝手な思いこみだと思います。自画像は、ただの自画像です」

「やっぱり……」友則は、目の前にあるコーヒーの、黒い水面に目を落とした。「ですよね」

未世慈がかわいそうだと、『自画像』の前であわれむ鑑賞者の態度に違和感を抱いていた友則だったが、知らず知らずのうちに、自分も同じような感傷的な視線で、あの絵に相対していたのかもしれない。

未世慈は、きっと僕らに、訴えたいことがある。後世の平和を生きる自分たちに、託したい思いがあって、僕らにはそれを読み解く義務があると考えるのは、もしかしたら小説を書く人間の悪い癖なのかもしれない。手が届きそうで絶対に届かない幻を、子どもの頃からずっと追いかけつづけていたのだと、友則は思い知らされた。

「自画像ですから、絵のなかの人物と、描いた本人の人生のストーリーを重ねてしまう気持ちは、わからないではないですが、未世慈にとって、自分の姿は、テーブルの上のリンゴや梨、風景のなかの花や木々、街中の建物とまったく同じように、単なる絵のモチーフに過ぎないわけです」

諏訪部さんが、となりの椅子の上に置いた大きめのハンドバッグから、画集を取り出した。

それは兵庫県で行われた回顧展の図録だった。

「未世慈がもっとも興味を抱いていたのは、いかに新しい作風、タッチ、構図で絵画を描けるか、自分だけの画風を切り開けるかという、その一点に尽きます」

諏訪部さんが、友則のほうに向けて、図録をテーブルの上にのせてくれた。友則は礼を述べて、初期の頃からページをめくっていった。

自画像は何点かあったが、たしかに未世慈本人の写真の姿とそっくりな写実的なものもあり、また、全体的に柔らかく、明るい、印象派のようなタッチのものもあった。シュルレアリスムに足を突っこんだあたりから、自画像をふくめた人物画は、写実から程遠い崩れ方で描かれるようになる。未世慈は、自分なりの作風や技法を、ためしつづけていたのだ。

「たしかに、ゴッホの自画像なんかは、時代によって作風がころころ変わりますよね」図録を万が一にも汚さないように、友則はコーヒーを遠ざけた。

「ゴッホもそうですが、なんといっても自分をモチーフにするいちばんの利点は、手っ取り早いし、面倒もないということです」

諏訪部さんは苦笑を浮かべ、説明をつづけた。

「ゴッホの絵のモデルをつとめるのは、そうとう面倒くさかったと思いますよ。何時間も座らせて、いろいろと注文をつけていると、モデルは嫌がりますが、鏡のなかの自分自身が題材なら、どこかへ行く心配がないですし、思い通りに動いてくれます。絵を描いているあいだは、何時間でも文句も言わず、そこにいてくれるわけです」

「たしかに」友則も笑った。「鏡のなかの自分は、逃げないですね」

ガラス張りの壁に面したカフェだった。冬の柔らかい陽光が、差しこんでくる。諏訪部さんの手の爪の、透明でつやのあるネイルが反射して光っていた。

　ほとんど見ず知らずの人と、こうして未世慈について話しているのが、不思議な感覚だった。未世慈が引きあわせてくれたと考えるのは、それこそ幻想だろう。でも、少なくとも未世慈の絵があるセタキンに自分たちが通っていたからこそ出会えたのは事実だった。

「未世慈もそうでした。絵を描きだす前に、その対象を何時間でも、何日でも、穴が開くほど観察するというエピソードが、画家仲間の証言として残っています。物も人物も風景も、まるで顕微鏡で観察するように、微に入り細を穿《うが》つと表現したくなるほどの執拗なまでの眼差しで見尽くしてからでないと、絵筆が動かせなかったらしいです」

「その極致が、あの『自画像』というわけですか……」

「人間も結局は分子、原子の集まりですから、細かく観察しすぎるあまり、まるで無機物の物体のように見えてくるというのもわからないではないです。そうして、あの巌のような自画像ができあがった」

　図録をめくっていくと、「象の連作」と呼ばれている一連の絵画に、友則の目は吸いこまれていった。一時期、未世慈は上野動物園に通いつめ、朝から閉園まで象を執拗なまでに観察し、スケッチし、何枚もの油彩画を描いた。やはりその象も、生物というよりは、岩や島のように、硬くて、巨大だ。ちなみに上野の象たちは、空襲により檻が破壊され、逃げ出すと危険だという理由で、「戦時猛獣処分」により餓死を強要された。それは一九四三年の出来事なので、未世慈は象の餓死を知っていたことになる。

二人同時に、コーヒーを飲む。緊張しすぎて、味がわからなかった。一方の諏訪部さんは、少し眠いのだろうか、いつもよりとろんとした眼差しで、窓外に目をやった。

木々が風に揺れていた。木漏れ日が、正面玄関前に敷かれた、赤いレンガの上にちらちらと落ちていた。赤褐色の無数の点が、輝いて、瞬いている。いったい、見るという行為はなんだろうと友則は思う。普段、自分たちは物を見ているようで、見ていない。そして、それに気づいていない。

だからこそ、我々が日頃何気なく風景や人を見ているように、一瞬の印象を切り取った印象派はその当時さぞかし斬新に映ったことだろう。

「戦争画の依頼も、思想に反するからという理由でなく、作風にまったくそぐわないから、断ったのではないかと私は考えています」諏訪部さんが、友則に視線を戻した。「未世慈はどちらかというと『静』の画家です。躍動感が求められる戦争画は、苦手な分野だったと考えるのが自然です。わしには、戦争はよう描けん——これは、未世慈の言葉です。今までこれは、未世慈の頑強な反抗の意志がこめられていると考えられていましたが、文字通りの意味で『描けない』ととらえることもできます」

たしかに、後世まで残る可能性のある戦争画で、下手なものは描けない。画家としてのプライドを貫いたのは、反戦という理由ではなく、あくまで純粋に絵の質を考えた結果だったのかもしれない。

「徴兵され、前線に送られたのも、当時の成人男性としてはさけられない運命でした。果たして、戦争画を断られた軍部の報復だったのかはさだかではありませんが、未世慈自身も健康な肉体を持つ身としては、戦争へ行くことも日本人としては当然の義務だと考えていた節があります」

いつの間にか、自分は兒玉未世慈という画家を神格化していたのかもしれない。勝手に恋い焦がれて、自分の生きづらさを重ねたり、戦後まで生きていてくれたらと恨んだり、こうであってほしいという理想を、未世慈に求めつづけた。

しかし、当たり前のことに、未世慈は画家である前に一人の人間だった。時代に翻弄された一人の人間だった。

「未世慈は……」友則は、少し迷ってから、口を開いた。「未世慈には後悔がなかったと、諏訪部さんはそう思いますか？」

一人の人間として、一人の画家として、せめて自分が下した決断には後悔の念を抱いていてほしくなかった。とはいえ、質問を発してから、それは酷な問いかけだったということに気がついた。案の定、諏訪部さんの顔に、逡巡の影がさした。

それでも、友則は聞かずにはいられなかった。

「未世慈は、なぜかチセのことを一枚も描いていません。ほかの女性をモチーフにした人物画は何枚も描いているのに、なぜか妻は描いていないんです」

図録には、何枚か女性の肖像画が収録されている。しかし、それはチセと出会う前の年代だ。出会って以降は、女性は一枚も描かれていない。

「それが、後悔になってなければいいけれど……と考えてしまうのは、おかしなことでしょうか？」

諏訪部さんは、無意識なのか、コーヒーカップの持ち手を、長い人差し指でなぞった。

「おかしなことではないと思いますが……」

諏訪部さんがゆっくりと首を横に振ったとき、友則のポケットのなかのスマホが震えた。

今日は、父の大腸検査の日だった。「一人で大丈夫」と、たった一言告げ、朝、父は家を出て行った。そちらの結果も気が気ではなかったので、「失礼します」と断り、スマホを見た。

母からショートメッセージが入っていた。


〈父入院。私付き添い行く。友則夕食自由に。〉


電報のような短文が、かえって不吉だった。家族が入院するというのに、こちらの食事の心配をする母の神経が信じられない。

「すみません。父が入院するそうなんです！」

「えっ？」

「こっちから、いろいろ質問しておいて、本当にすみません。チセのことがわかったら、必ず追って連絡します。父が何もしゃべらないまま死んじゃったら、祖母のことも、未世慈のこともわからなくなっちゃう」敬語で話すことも忘れ、伝票をひっつかんだ。

「私のことはお気になさらず！」諏訪部さんも、なぜか友則の声量に合わせて叫んだ。

「ありがとうございます。お礼はあらためて……！」

病院に駆けこみ、友則は勢いよく引き戸を開けた。

レースのカーテン越しに、赤い夕陽が優しく病室を照らしていた。父はベッドに横たわっていた。母は、そのとなりの椅子に座ってうなだれていた。

「お父さん……」おそるおそる、足を踏み入れる。

「トモ……、来たの」母は心なしか、げっそりしている。生気のない、すがるような目つきで友則を見つめる。

牧夫は目を開けていた。友則は、そっと枕元に歩み寄る。窓辺に寝そべる父の顔の半分は、夕陽のオレンジ色に染まっていた。

「紙とペン」牧夫が、掛け布団から手を出す。美子がすかさず、カバンからメモとボールペンを差し出した。

友則は牧夫の上半身を助け起こした。軽かった。食事をする台の上で、牧夫が何かを書きはじめる。

〈家の金庫に母親から引き継いだ兒玉未世慈の遺品のスケッチブックがある。それをお前にやる。どこかに寄贈するなり、自分で保管するなり、好きにしろ。〉

金庫の番号も、あわせて記されていた。

「お父さん……！」膝の力が抜けて、ベッドの脇にしゃがみこんだ。「お父さん！」

ふたたびベッドに寝そべった牧夫は、友則の呼びかけにも答えず、枕の上でそっぽを向いた。まるで、絵のなかの末世慈のように。

友則にとって、父の死は、世界が崩壊するのに等しい衝撃だ。自分の力ではどうすることもできないだけに、それは災害や戦争と同じく、平穏な生活を脅かし、打ち崩す、暴力的な出来事だった。友則は、ベッドの端のマットレスに額を押しつけた。

今さら気がついたのだ。

僕は、父に読んでもらいたくて、小説を書いてきた。認めてもらいたくて、必死に文章をつづってきた。文芸誌に掲載された短篇や、出版された本を、父は必ず読んでくれた。感想は、たいてい「うむ」だけで済まされた。母は「もうちょっと、何か言ったらどうなの」と呆れていたが、友則にとってはたとえ「うむ」だけでも、読者のどんな肯定的なレビューよりもうれしかった。

社会的に不能な自分が、ここに存在してもいいんだと、その「うむ」は誰よりも雄弁に語ってくれたからだ。

「はぁ……」美子が大げさなため息をついた。「私、疲れちゃった。トモ、行きましょうか。帰りに何か、おいしい物でも食べましょう」

「なんだよ、その態度は……！」友則は呆気にとられ、勢いよく立ち上がった。先ほどのメッセージといい、ここまで家族に薄情な人間だとは思わなかった。「お父さんが死んじゃうのに、ご飯のことばっかり」

「誰が死ぬって？」美子がぽかんと口を開けた。

「お父さんだよ！」

「まだ、死なん」牧夫が怒ったように、そっぽを向いたまま言った。

「え……？」

「お父さん、ポリープ切除しただけよ。あとはきれいだって。明日には、退院」

「は……？」手のなかで、先ほどもらったメモを握りつぶした。「どういうこと？　お母さん、そんなにげっそりして、疲れて」

「もう嫌になっちゃう。枕が変わると寝られないから持ってこいだの、豆腐の味噌汁が飲みたいから作ってこいだの、ワカメは消化できないから入れるなだの、もう、我がまますぎて啞然、呆然。たった一泊くらい、我慢してちょうだいよ、ホントに」

　膝が震えた。握りしめた拳も震えた。今まで感じたことのない感情が、腹の底からわき上がってきた。

「未世慈の遺品を託すのに、このタイミングは果たして正解なの？」憎たらしくあさっての方向を見つめる父の顎をつかみ、強引に自分のほうを向かせた。「まぎらわしいでしょ！」

「だって、今日、未世慈の話を聞きに、研究者の人と会うって言ってたじゃない」美子がカバンを肩に担ぎながら言った。「それに、セタキンで働くようになってから、あなたいつも未世慈のことばっかり聞き出そうとするじゃない。渡すなら、今でしょ」

「今でしょ、じゃないよ。だったら、今日の朝、渡してよ！」

「検査でそれどころじゃなかった」父が力ない声で、ぼそっとつぶやいた。やはり、いくらうわべでは平静をよそおい、すましていても、内心気が気ではなかったのかもしれない。検査結果に安堵し、張りつめていた緊張がとけて、未世慈のスケッチブックのことも思い出したのだろう。

　途端に毒気を抜かれた。

「でも、よかったよ。ポリープで済んで」

　握りつぶしたメモを広げた。番号の部分がしわくちゃで、破れている箇所もあり、解読不能になっていた。

「ごめん、もう一度金庫の番号だけ書いて」

　気まずい空気のなか、牧夫がペンを走らせる音が響いた。

　友則は、押し入れの金庫の前に正座して、ダイヤルを回した。解錠が済むと、一度深呼吸をして扉を開けた。

　定期預金の証書や、株券がならべられているなかに、ジップロックに入ったスケッチブックがあった。手を合わせ、ジップロックのチャックを開ける。ぼろぼろになった小型のスケッチブックを、慎重に引き出した。

「未世慈さん、拝見致します」つぶやいて、そっと開いてみた。

　呼吸をするのも忘れて、見入ってしまった。

　たくさんの兵士がスケッチされていた。しかし、それらの絵は戦争画とは正反対の牧歌的な、和気藹々《あいあい》とした空気に彩られていた。そこに悲惨さの影はまったくない。ハンモックに寝そべっていたり、食事をしていたり、楽器を弾いていたり、あるいは二人ならんで肩を抱き合っていたり……。

簡単なスケッチということもあるかもしれないが、走り書きのように、流れるような筆致だった。従来の未世慈の、執拗なまでの丹念さ、細かい描写はない。線が跳ねるように暴れながら、しかし、自暴自棄というわけではなく、むしろ兵士たちの力強さと、今生きていることのよろこびが端的に表現されている。

友則は、茶色く変色したページを、我を忘れてめくっていった。

ツルハシを振るう男。痩せこけているが、全身に力がみなぎっている。なんとしても生きて帰るという強い意志を、ツルハシの一振り、一振りにこめているのが、静止画なのに手に取るように伝わってくる。

ときどき、無造作にページが破られている箇所がある。失敗したから破ったのではないのだと、友則は不思議と直感する。たぶん、スケッチをして、相手にその絵を渡したんだ。その相手は、無事日本に帰れただろうか……？

最後のページに文章が書かれていた。それは、チセにあてたメッセージらしかった。

〈わしは人を物のやうに描いてきた。人も物も草も木も石ころも動物もわしの目には、見れば見る程《ほど》、かはらず同等にうつる。だからこそ、君のことだけはよう描けんかつた。たゞ一人、君のことはどうしたつて物のやうには描けん。

しかし、こゝでは本當《ほんとう》に人が物のやうに使はれ、壊《こわ》され、捨《す》てられる。なんてことだ。だから、わしははじめて人を人のやうに描いた。血のかよつた、哀れな、人閒たちへの賛歌だ。歸《かえ》つたらきつと君のことを描かうと思ふ。わしはこゝに來《き》たことで一つ、また一つ繪《え》がうまくなつた。そして氣《き》がついた。わしは、描ければよかつたのだ。たゞ、描ければ、それでよかつたのだ。だから、今は苦しいが幸せだ。何も心配はいらない。だから、どうか心穏《おだ》やかに待つてゐてくれ。〉

友則は、スケッチブックをそっと胸のなかに抱きしめた。

未世慈は終戦間際に負傷し、その怪我がたたって、シベリアで最初の冬を越すことができなかったという。遺体は、凍てつく大地に、まとめて埋められた。日本に帰国できた戦友が、このスケッチブックをチセのもとに届けてくれた。

「見たかったなぁ」友則は天井を見上げて、未世慈に語りかけた。「チセさんの絵、見たかった」

愛していたからこそ、描けなかった。好きだからこそ、描けなかった。それは、自分も同じだと思った。

未世慈のこと、そして父のことが好きだから、彼らを下手に書けないと思った。

しかし、自分も、そろそろ新たなステップに足を踏み出すべきだ。チセの視点を通して、元夫、今の夫、生まれた子ども、子どもの妻、そして誕生した孫の軌跡を描くことはできないだろうか？

未世慈が長生きしていたら、自分は存在していなかったのにという、子どもじみた、いじけた思いはどこかに吹き飛んでいた。ただ純粋に、未世慈が日本に帰ってきて、チセと再会し、長生きし、妻の姿を丹誠こめて描く未来が見てみたかった。

少し迷ったものの、友則は未世慈のスケッチブックを、諏訪部さんを通して、世田谷近代美術館に寄贈することにした。長く保存や研究が行われ、未世慈への理解が進むなら、これほどよろこばしいことはない。

友則は、諏訪部さんとともに展示室に入り、あらためて『自画像』の前に立った。

「先日、おたずねしたことですが、未世慈は自分の下した選択に後悔なんか、これっぽっちも抱いていなかったと、今はそう確信しています」友則は『自画像』を見つめたまま、となりに立つ諏訪部さんに言った。

「私も、あのスケッチブックを拝見した今ではそう思います」諏訪部さんは、息をするような小さな声で、うなずいた。

今日も、岩のような未世慈は、そっぽを向いて、ただそこに立っていた。

「加来さん、なぜこの絵に人はひきつけられるか、その根本的な理由がわかりますか?」

「いや……、絵の技術的なことはさっぱりでして……」

五時の閉館間際で、誰もいなかった。それでも、友則たちは互いにしか聞こえないほどの小声でささやき合った。

「絵というのは、当然、観る人がいるという前提で描かれます。当たり前の話ですが」

うなずきながら、諏訪部さんの声に集中する。

「しかし、この『自画像』は、観る人間を拒否しているようにも見えます。観られることが大前提である絵画作品でありながら、同時に、観られることを拒んでいる。非常に矛盾した存在です。だから、なぜかひきつけられる。観てくださいと言いながら、そんなに観るなと拒絶されると、人はどうしても観たくなります」

「それは、そっぽを向いているということに関係しているんでしょうか？」

「そうですね。未世慈が、絵を描く前に、モチーフを穴が開くほど観察するという話を以前しましたが、やはり鏡で自分をじっくり何日も何日も見つめつづけるという行為は、非常に危ういわけです。とくに出征前で、一年後の生死もわからないような状況も重なってますから、正気を失いかねません。自分を見つめながら、同時に自分に見つめ返され、永遠の合わせ鏡状態です。どっちが見て、見られているのか、よくわからなくなってきます」

「ちょっと、こわい話ですね……」

「絵を描きはじめるためにも、どこかで一区切りつけなければ、合わせ鏡状態から抜け出せません。そこで、未世慈はそっぽを向き、瞳を白く塗りつぶした。鏡のなかの自分から見返されることを拒否したわけです。頭がおかしくなる寸前のところで、ふっと視線を切って、現実世界に浮上する、そのぎりぎりの一線を経たことで、未世慈自身も出征前に手応えのある、完成形を描けたのではないかと……」

　諏訪部さんが、絵から視線を外し、こちらを見る。友則も見つめ返す。

「そして、本来なら戦争という決定的な出来事をくぐり抜け、また彼の作風は新たな段階へステップアップするはずでした。私も、加来さんとまったく同じ気持ちです。私もチセさんがどのように描かれるのか、見てみたかった……」

　互いにお辞儀をして、『自画像』の前で別れた。諏訪部さんからは、これで児玉未世慈の新しい論文が書けると、何度もお礼を言われた。書き上がったら、いちばんに読んでほしいと頼まれている。

退院した父にもあらためて寄贈の了承をとった。父が途切れ途切れに語ったところでは、チセは生前、まったく未世慈のことを子どもに語らなかったのだという。

チセが亡くなる三ヵ月前、父は突然、未世慈のスケッチブックを受け取った。そこで、はじめて母親が初婚ではないことを知ったらしい。

父が調べてみると、意外にも未世慈の代表作である『自画像』は、近所の世田谷近代美術館に所蔵されていることがわかった。そして、美術館に問い合わせたところ、そもそもその絵はチセが再婚後に寄贈したものだということが判明したという。

今の家は、途中で建替えが行われているが、友則にとっての祖父、清蔵《せいぞう》から父が受け継いだものだ。チセは生前、自宅近くのセタキンに人知れず通って、寄贈した絵のなかの未世慈に会いに行っていたのか。それを、夫の清蔵は承知していたのか――。清蔵はチセよりも先に亡くなっているから謎は謎のままだった。とにかく、チセが最後に残ったスケッチブックを生涯大事に持っていたことだけはたしかな事実だと言えた。

その大事な遺品を受け継いだ父もまた、セタキンに通った。今となってはわからないことだらけだが、父はわからないことそのものを、未世慈の絵の前でまるごと受け止めようとしたのではないだろうか？　チセにとっての孫――小学生だった友則を連れて、無言の鑑賞をつづけたのだ。

とにかく、チセおばあちゃんが、天国で未世慈と再会できていたらいいなと考えながら、友則は今日も自転車を漕ぎ、セタキンに出勤した。

世間は、海外の戦争のニュース一色だ。今朝は、攻めこまれた国にある動物園の動物たちが、なんとか西側の隣国に疎開を果たしたという映像を見た。やはり、檻が壊されたら、猛獣が逃げ出す可能性があり、危険だからという理由だ。

動物園も、美術館も、平和だから成り立つ。未世慈が描いた上野動物園の象や猛獣たちは、その当時、疎開することもかなわず、毒死や餓死を余儀なくされた。

もし、この先万が一、日本が他国に侵されるようなことがあれば、貴重な美術品は最悪の場合、略奪や破壊の対象となる。美術館の建物も、空襲を受ければ、所蔵作品はあっけなく焼失する。もし、セタキンが焼ければ……。考えたくもないけれど、未世慈の『自画像』も、寄贈したスケッチブックも、その他の作品も、たくさんの作家たちが命を賭けて残してきた痕跡は、この地上から一切合切消えてなくなる。

それは、決して行き過ぎた心配じゃない。父が言ったように、いつ日本が未世慈の時代と同じような状況になってしまうか誰にもわからない。

守りたい。

こんな感情になるのは、はじめてだった。自分一人じゃ、無力に決まっている。それでも、この平和な営みをなんとしても守り抜きたい。友則は警備服に着替えて、いつものように、観覧客を迎える。今日も、未世慈の『自画像』の前に、何人かのお客様が立ち、食い入るように鑑賞している。

そのなかに、見知った顔があった。父がゆっくりとこちらを振り返る。警備服姿をはじめて見られた友則は、恥ずかしさをごまかすように聞いた。

「どう？　この格好。変じゃないかな？」

「うむ」

「それにしても、お父さん、ここ来るの久しぶりじゃない？」

「ふぅむ」

「未世慈を観に来る人、けっこう増えたんだよ」

「むぅ」

この部屋で向かい合うのは、小学生以来のことだった。友則の背は父を追い越し、時が止まったような展示室のなかで、それだけが唯一抗えない時間の流れを感じさせた。

父がぼそっと言った。

「友則、書きなさい」

父もまた気恥ずかしいのか、ふと視線を切り、未世慈の『自画像』に目をやる。

「やっぱり、お前は、書け」

友則は拳を握りしめた。そして、大きくうなずいた。

「うん。書くよ」

今は、なんでもいいから文章を書きたかった。

〈たゞ、描ければ、それでよかつたのだ。〉

「こわいけど、書いてみる」

あのスケッチブックの文章が、強く意識に焼きついている。そうだ。僕だって、書ければ、ただそれでよかったはずなのだ。書きはじめた当初のよろこびは、役立たずの自分を唯一全肯定してくれる感情だった。父のたった一言――「うむ」さえ聞ければ、それで満足だった。

しかし、平和じゃなければ、書けない。生きていなければ、書けない。

こうして、絵の前で、出会い、別れる。たくさんの作品に触れ、心が豊かに満たされる。僕は、この平和な営みこそ、守りたい。それが、僕の答えだ。壮大な願いかもしれないけれど、僕は、書く。小説家として、警備員として、守りたいものを守り抜くと、友則はたくさんの絵画の前で誓った。

今日も、絵のなかの未世慈は、そっぽを向きつつも、観る者を無言で迎え入れている。

# 終章　まもるをまもる

五年の刑期を満了した男が、我が家にやって来た。

七年前、反社会的勢力に脅されるまま、サクラ警備保障、西東京警送センターの金庫室から三億円を盗み、捕まった警備員、坂下達彦《さかしたたつひこ》が、今、仏壇の前で畳に額をこすりつけている。

「社長、本当に申し訳ありませんでした……」

つぶやくように、押し殺した声で、何度も何度も、謝罪の言葉を口にする。

「私のせいで、本当に、本当に……」

遺影のなかの父は、静かな笑みで、無言のまま坂下の丸まった背中を見下ろしている。線香から立ちのぼる煙が、ゆらゆらと揺れながら消えていった。

基輝はいまだに釈然としない思いで、はかなくゆるその煙をぼんやりと見つめていた。やるせなさも、憤りも、悲しみも、たしかにこの胸のうちに感じるのに、それを表現する方法も、ぶつける相手もいない。仏壇に向かって土下座するこの男を今さら怒鳴っても詮ないことだとあきらめきっている自分に対して、もしかしたらいちばんの怒りを覚えているのかもしれない。

その怒りの源は、この仏壇に一時期母が置いていた、小学生当時の自分の作文だった。父の経営する警備会社と警備員の仕事にあれだけ憧れを抱いていたのに、成長とともに警備業に就くことを忌避していった。

坂下が事件を起こし、父が亡くならなければ、自分はいまだに新卒で入った会社にいつづけただろう。サクラ警備とはかかわりのない人生を一生涯過ごしていたかもしれない。

「坂下さん、そろそろ……」兄の光輝が、いつまでも顔を上げようとしない坂下に声をかけた。

はい……と、力のない返事で、坂下がのろのろと上半身を起こし、こちらに向き直った。額に汗がにじんでいる。黒いスーツと、黒いネクタイが、余計暑苦しい印象を与える。五年の刑務所暮らしがこたえたのか、逮捕時に出まわった顔写真よりも、しわが濃くなり、白髪も増えたようだ。

「基輝、悪いが、お茶をいれてきてくれ」座卓の前の座布団を坂下に勧めながら、光輝が指図した。

「いやいや……！」恐縮しきった様子で、坂下が首を振った。「本当にお構いなく。社長や、ご子息に直接謝罪ができれば、私は……」

なんで、そこまでもてなさなければならないんだという不満を押し隠しながら、基輝はキッチンに向かった。坂下だって、この家にいつづけるのは、針の筵《むしろ》のように気まずく、つらいはずだ。仏壇に向かって頭を下げるという儀式が済んだ以上、引きとめる理由なんかこれっぽっちもありはしないはずなのに……。

出所した坂下からの手紙が、会社の社長室宛てに届いたのは、一ヵ月ほど前だった。

そこには、謝罪の文章とともに、生前の父が拘置所まで面会にやって来たことについて触れられていた。

それは、坂下の入所直後のことだったらしい。アクリル板越しに、父は「刑期を終えたら、必ず俺のところに来い。説教なんてしないから、絶対に顔を出せ。孤独がいちばんの毒だ。もう警備員はできないが、もし必要なら知り合いの会社に就職の斡旋をしてもいい。大きな罪は犯したが、君の真面目な人柄は俺がいちばんよくわかっている」と、熱をこめて語りかけたという。

時期としては、父が亡くなる直前のことだ。契約先への謝罪や釈明に奔走していたはずなのに、父はその元凶である坂下を最後まで気づかった。

〈非常に厚かましく、無理なお願いであるということは重々承知しておりますが、そこまで情に厚く、優しかった亡き前社長との約束をなんとしても守りたいのです。どうか、直接ご仏前で謝罪をさせてください。もちろん、奥様や、光輝さん、基輝さんにも、誠心誠意反省の気持ちをお伝えしたい所存です。〉

論外だと思った。人知れず墓参りをするくらいならまだしも、人の家に図々しく上がりこんで謝罪をするなんてありえない。父を殺したも同然の男だ。絶対に母さんが許さないだろう。

しかし、兄は「来てもらうべきだ」と主張した。そのせいで、またしても言い争いになった。

兄は今、実家を離れて、妻と子と居を構えている。この家を守っているのは俺だ。こちらに決める権利があるはずだと基輝は主張した。ところが、兄は勝手に手紙の返事を書き、訪問の日取りまで決めてしまった。

「母さんの気持ちは、どうするんだよ！」会社の内線電話でつい怒鳴ってしまった。

周囲の社員が、「またか」という表情で、こちらをうかがっている。基輝は声をひそめた。

「当日は、寿輝《としき》におばあちゃんを連れ出してもらおう」光輝は息子の名前を口にした。「コロナで、なかなか孫と出かけられなかったからな。おばあちゃんも、寿輝に誘われたらうれしいだろう」

基輝は母のことを「母さん」と呼び、光輝は息子がいるせいで「おばあちゃん」と呼ぶ。たったそれだけのことが、兄弟間の大きな断絶を示しているような気がしてならない。

「母さんを、だますのか？」

「だますわけじゃない。久しぶりに孫との楽しい時間を過ごす。ただ、それだけの話だ」

「兄貴の感覚が信じられないよ」

「父さんだったら、坂下さんを招くようにと必ず言ったはずだ」

「父さんが死んでるのに、その仮定は意味がないよ」

「お前、知りたくないか？」

電話の向こうの兄が、突然思いがけない問いをぶつけてきた。

「父さんが、そもそもどうして警備会社を興したのか」

「そのことと、坂下って男と何の関係があるんだよ」

また大声を出しかけてしまい、あわてて受話器と口元を両手で覆った。

「まあ、お前が嫌がる気持ちもわからないではないからな」はぐらかすように、兄は話をそらした。「そんなに反対するなら、お前もその日、どこかへ出かければいいんじゃないか」

ふざけるな、俺の家だぞと、基輝は憤慨した。

こうしてけしかけるように皮肉を言われれば、こちらも同席せざるをえない。兄の術中にまんまとはまっている自分自身に気づきながらも、安易な坂下の謝罪を受けないためにも、基輝は不承不承、訪問を受け入れたのだった。


日曜日の朝いちばん、光輝の息子——寿輝と動物園に行く約束をしていた母は、いそいそと家を出て行った。このあと坂下が来ることを知るよしもない。

時刻は二時過ぎだった。動物園のあとは、恐竜の骨格が展示されている博物館にも寄ると言っていたから、帰宅は夕方くらいだろう。

坂下は、勧められた座布団を頑なに固辞し、畳に直接正座をしている。しきりに、ハンカチで額を拭っている。基輝は三人分の湯飲みを座卓に置いた。肩をすぼめ、恐縮しきりの坂下が、何度も何度も小刻みに頭を下げてくる。

兄弟は坂下の向かいに、ならんで腰をおろした。近所の小学生たちが家の前の道を歩いて行く。その甲高い声が、家のなかの沈黙をより気まずいかたちでくっきりと浮かび上がらせた。

ちらっと仏壇の父の遺影に目をやってから、光輝が坂下の反応をたしかめるようにゆっくりとしゃべりはじめた。

「こうして、無理にお引きとめしたのは、面会時の父とのくわしい会話を、弟にも聞かせてやりたいと思ったからなんです」

最初の手紙のやりとりから、兄と坂下は電話で話を交わしたらしい。その具体的な内容を基輝は知らない。

本当に飲んだのかと疑うくらい、かたちばかりお茶に口をつけた坂下が、意を決した様子で口を開いた。

「私は、たずねたんです。なんで、会社を潰しかねない裏切りをした人間に対して、ここまでよくしてくださるのかって」

座卓の木目を見つめていた坂下が、おずおずと顔を上げた。交互に兄弟に視線を配る。

「そうしたら、社長……、前社長は……」

「『社長』でいいですよ」光輝が微笑みながらうなずいた。「呼びやすい言い方でかまわないです」

「すいません……。社長は言ったんです。自分もかつて大きな罪を犯した側の人間だから、君の気持ちはよくわかるんだ、と。しかも、傷つけた相手に謝罪を拒否された。そして、刑事的にも裁かれることはなかった。それが、ずっと心にしこりとして残っているんだとおっしゃいました」

基輝は耳を疑った。「聖人」と表現したら大げさかもしれないが、子どもから見ても、父は誰にでも優しく、非の打ち所のない人間に見えた。正義感も強く、犯罪とはもっとも縁遠い場所に立ち、警備会社を経営しているのが基輝にとっての絶対的な父親像だった。

「社長が、大学生のときの出来事だそうです。その当時は、学生運動が盛んな時代でした。社長自身は、政治に対する関心はあったものの、暴力を肯定する革命や、バリケード封鎖などの過激な運動には懐疑的だったようです」

　知識としては知っているが、その当時の若者たちの熱はまったく想像ができなかった。テレビなどでたまに見る白黒の映像も、同じ日本で起こった出来事とは到底思えない。基輝は、坂下が右手に握ったままの紺色のハンカチをじっと見つめたまま話を聞いた。

「ある日、社長は部活の先輩に警備員のアルバイトの誘いを受けたそうです。どこかのイベントなどの警備をやらされると思いこんでいたそうですが、翌日の朝、お仕着せの制服を着せられ、車に乗せられ、到着した先はとある大学だった……」

　そこで、基輝は疑問を抱いた。他人から誘われてそんなにすぐに、警備員のアルバイトはできないんじゃないだろうか……？　新任教育という研修を受けなければ、未経験の人間は警備員になれないのだ。二〇一九年の法改正により、現在の新任教育は二十時間だが、むかしは三十時間もの長い研修をクリアしなければ、新人警備員が現場に立つことは許されなかった。

　むかしは――と言っても、あくまで新任教育が義務づけられて以降の話だ。それよりも、もっと以前はどうだっただろう？

　教育時間を定めているのは、「警備業法」という国の法律である。

日本ではじめての警備会社ができたとされているのが、一九六二年。「警備業法」が施行されたのが、一九七二年だ。その間、十年は警備会社や警備員に対して、何の法的縛りもなかった空白の期間だ。警備員になろうと思えば、前科があっても、反社会的な人間でも誰でもなれたし、まさに馬子《まご》にも衣装で、制服さえ着せてしまえば、なんの資格も経験もない学生や未成年が警備員として現場に出ることもできた時代だ。

「私も生まれるか、生まれないかの時代なんで、細かい部分の話は想像でしかないんですが……」

少し言いよどんだ坂下に、光輝が「父から聞いたままを話していただければ」と、先をうながした。額の汗をぬぐって、坂下が話をつづけた。

「警備員を雇ったのは、大学側です。過激な学生たちがバリケード封鎖をして、授業などできない状態だった。構内を正常化するため、雇われた警備員たちは、バリケードを破り、占拠している学生たちを引っ張り出さなければなりません。端的に言えば、殴り込みみたいなもんです。相手はヘルメットをかぶり、ゲバ棒と呼ばれた角材なんかで武装しています。警備員だって、命がけです。社長も、雇われた以上、途中で引き返すことも許されず、無我夢中で応戦しました。よく記憶がないそうなんですが、思いきり殴られて、馬乗りにされたのを、相手をひっくり返して、警棒で殴り倒しました。興奮していたこともあり、相手が簡単に立ち上がれないように足を執拗に警棒で打ちのめしたそうです」

温厚だった父親が、そんなことをするなんて信じられなかったが、そんな極限の状況下にいきなり放りこまれたら、自分だって何をしでかすか想像できない。こちらが病院送りにされたり、最悪の場合、命を落としたりするかもしれないのだ。

「結果、相手の片足が不自由になってしまった……。社長は打ちのめされたそうです。同じ日本人で、同年代相手に、なんで傷つけ合わなければならないのかと、闘争の時代を呪い、安易な暴力に走った自分を呪った。そして、汚れ仕事を簡単に引き受ける警備業という仕事にも懐疑を抱いた。いわば兵隊のように、そこらの体育会系の学生を集め、まるで戦場に送るように修羅場に放りこむわけですから」

基輝は座卓の上においていた手を握りしめた。

まったく知らなかった。父は警備業に誇りを持っていた。しかし、その出発点が、そんなにも後ろ暗い過去をはらんでいたなんて、思いもしなかったのだ。

律儀に正座を崩そうとしない光輝がぽつりと言葉を放った。

「なんで、警備業法なんていう法律ができたと思う？」

基輝はとなりに座る兄を見た。

「なんで、わざわざ国の法律を作ってまで、業界全体を縛らなければならなかったんだ？」

兄は自分自身に疑問をぶつけているようにも聞こえたが、とっさに基輝は答えた。

「それは、警備会社と警備員が暴走しないため……です」

実の兄相手に、敬語で答える。光輝がゆっくりとうなずいた。

「今、坂下さんが話してくれたような出来事が、日本中で起こっていた。学生運動、労働争議、市民運動が各地で頻発していた。バリケード封鎖、ストライキ、デモなどを破るため、自分の手を汚したくない大学や企業はときに警備会社に依頼し、暴力を外注したわけだ。施設管理権を盾に、まるで警察や機動隊のように好き勝手暴れまわる、ごく一部の警備員や警備会社が社会問題化した」

いつの間にか、お茶はすっかり冷めていた。喉の渇きを覚えた基輝は、生ぬるい液体を一口飲み下した。

「そこで、やむにやまれず国は警備業法を制定した。警備員に警察官のような特別な権限がないこと、他人の自由や、正当な集会の権利を侵害しないこと、警備員になれない者、警備員が持てない装備、警備員になるためには相応の研修を受けなければならないことなど、たくさんの制限が設けられたわけだ」

茶の渋みが、喉の奥に残っている。基輝はつばを飲みこんだ。

「警備会社にかぎらず、守る、という大義名分を背負うと、人間は歯止めがきかなければ、どこまでも突っ走りかねないということだ。愛する人を守るため、地位や財産を守るため、国や領土を守るため、暴力的な革命から現体制を守るため……」

「私が事件を起こしたきっかけもそうです」七年前のことを思い出したのか、坂下が苦しげな表情を浮かべた。「暴力団によって車に監禁され、家族を傷つけるぞと大声で脅されつづけ、パニックになり、正常な判断力を奪われました。金を盗んで渡さないと、家族が大変な目にあわせられると焦り、とんでもない事件を起こしてしまいました」

額に玉のような汗が浮かぶ。坂下がハンカチで拭いつづける。

基輝は塩浜英次のことを思い出した。英次もほとんど同じ運命をたどりかけた。しかし、彼にとっては、元警察官の父親が一つの歯止めになったわけだ。

「父も、かつて暴走した一人だった。訳もわからないまま、いきなり紛争の場に連れこまれた部分は同情に値するかもしれないが……」光輝が一度言葉を区切ってから、話をつづけた。

「相手への謝罪も拒否され、混乱とどさくさで警察に捕まることもなかった。せめてもの罪滅ぼしとして、警備業法成立後に、市民の安心と安全を守る警備会社を立ち上げた」

今では、ある程度大きな街に出れば、警備員を見かけない日はないと言ってもいい。あらゆる施設、工事現場に彼らはいる。かつての暴力的な時代への反省のもとに、市民の笑顔や安心は守られている。

「基輝、お前は父親がいったい何を守っていたのかと、ずっと考えていたみたいだが……」

休日にもかかわらず、スーツ姿の光輝が、ネクタイをゆるめた。

「突きつめれば、父さんは『守る』という行為そのものを守ろうとしていたんじゃないだろうか」

守るを、守る……。

基輝は父の遺影を見た。窓から射しこむ光が反射して、その表面は白く輝いている。

そういうことだったのか……。

守る、という行為は、本来暴力的なものだ。攻めてくる人間がいる場合、しかたのない側面はあるかもしれないが、有史以来「守る」という大義名分のもと、いったいどれだけの命が失われただろう。国、土地、領土、食糧、宗教、イデオロギー、民族、歴史、血縁、家族。

しかし、警備会社は犯罪の抑止を目的に、「守る」を保障とセットでサービス化した。お店の商品を手に取るのと同じように、誰でも依頼できて、クライアントも、そして市民も安心して日々の平和な生活を送ることができる。それは、少し大げさかもしれないが、人類史上、ものすごく画期的な発明だったのではないだろうか。

日本の警備会社は、警察とも、軍隊とも違う。「警備業法」のもと、暴力を介さず、権力を盾にせず、サービス業としてクライアントや市民の安全を守りつづける。しかし、それにはたゆまぬ努力が必要だ。

父はいつも従業員に声をかけ、心配事を聞き、信頼関係を地道に築いてきた。だからこそ、たくさんのモラルの高い警備員たちが、父の理想に共鳴し、その熱意を社会に還元してきた。

「お父様の努力を、私は踏みにじり、一気に無に帰してしまうような行いをしてしまいました」

坂下が、座卓から距離をとり、正座のままふたたび頭を下げた。

「許されようとは、思いません。まったくおこがましいことです。しかし、社長から受けたご恩を、これから少しずつ社会に返すことで、罪を償いたいと考えております」

基輝は、目の前の男に対する憎しみが、少しはやわらいでいくのを感じていた。

父は、きっと犯罪者ですら守りたいと考えていた。坂下のような者を守り、再犯を起こさせないこともそうだ。そして、警備員がこれから罪を犯しかねない者の前に立ちはだかり、取り返しのつかない過失や犯罪を未然に防ぐ——その役割の重さも認識していた。そもそも犯罪が起きなければ、犯罪者も生まれない道理だ。結果的に、クライアントの安全や資産も守られる。秩序や平和も維持される。

光輝とともに、基輝は家の前で坂下を見送った。

坂下は道を曲がるところで、一度こちらを振り返り、深々とお辞儀をした。そして、駅に向かって消えていった。その背中は、この家に来たときよりも、いくぶんすっきりと伸びているようだった。

基輝は深く息を吐き出し、門扉を閉めた。家に戻る兄に話しかける。

「兄貴は、知ってたの？　父さんのむかしのこと」

「いや、知らなかった。坂下さんと話していて、はじめて知った」

家のなかは、まだうっすらと線香のにおいが漂っていた。どことなく、もの悲しさをもよおさせる香りだった。光輝がジャケットを脱ぎ、居間の椅子にかけた。向かい合って座る。

「父さんは、いずれ俺たちにも伝えるつもりだったのかな？」

「それは、わからないな」光輝は首を振った。「社長を継がせるときに言おうと思っていたのかもしれないが、急逝してしまった以上、今となってはわからない」

あらためて、こうして面と向かって二人きりでいることが気まずく感じられ、「お茶、いれ直すよ」と、立ち上がった。

「なぁ、基輝」

和室の湯飲みを集め、シンクで洗っていると、居間にいる兄から声をかけられた。返事もせず、つづきを待つ。

「お前がどう思っているかわからないが、俺は父さんの思いを引き継ぎたいと、しっかり考えてるんだ。守る、というサービスの質の高さを守りたい」

「ああ……」喉の奥で、生返事をした。

「でも、坂下さんの事件の前とあとでは、すっかり事態が変わってしまった。もちろん、時代も変わった。父さんの守りたかったものを守るためには、警察ＯＢに入ってもらうのがいちばんだと考えた。それだけは、わかってほしい」

電気ポットの湯を急須に注ぐ。湯気が立ちのぼる。

兄のやり方を否定する気持ちは、不思議と消えていた。坂下を通して、亡き父が道しるべを示してくれたような気がした。兄弟で互いに別の道を進んでいるように見えるが、目指す場所は同じだと、はっきり確信できたのだ。基輝は、今まで出会ってきたたくさんのサクラ警備の社員やアルバイト従業員の顔を思い出した。

塩浜英次は、貴重品運搬警備業務検定の二級に合格した。今でも精力的に、現金輸送の業務にいそしんでいる。

男沢睦夫さんは、つい最近、警備の仕事を引退した。本社で退社の手続きをした際、人事部長や光輝と話し合って、花束を渡した。最初に退職を勧めたときとは打って変わって、男沢さんの表情はものすごく柔和になっていた。

「自分が守られる側の存在になったんだと受け入れたら、意固地になってた気持ちがすっかり消えて、楽になったんだよ」と、笑いながら話してくれたのが印象的だった。

ＷＥＳの東菜生とは、ちょくちょく誘い合わせてジムに行くようになった。「基輝さんは、もっと筋肉つけたら、絶対いい感じになると思うんですよね」と、彼女は嬉々として筋トレメニューを提案してくる。

「腕とか腹筋に目が行きがちなんですけど、私は断然、背筋推しなんです。ほら、このラットプルダウンっていうマシーンなんですけど……」
なんだか、彼女の理想の体型になるように誘導されている気がするが、基輝としても悪い気はせず、言われるままメニューをこなし、プロテインを飲んでいる。ジムから上がると、二人で焼き鳥屋に行くようにもなった。
「腕相撲しましょう、腕相撲」なぜか酔っ払うと、菜生はテーブルを片づけ、アームレスリングをけしかけてくる。そして、必ず彼女が勝つ。菜生はガッツポーズで、笑顔をはじけさせる。

　菜生という存在が自分のなかで大切な位置を占めていくにつれて、ＷＥＳの活動が心底心配になってきた。自分がＷＥＳに引き入れるために面接までしたのに、できるなら危険な仕事はやめてほしいと身勝手なことを願ってしまう。

　しかし、基輝はその言葉をぐっとのみこむ。彼女の正義感と、困っている女性を救いたいという思いを何よりも尊重したかった。

　セタキンの加来友則からは、あれから長いメールが来た。まるで小説みたいな長文だったが、兒玉未世慈の絵を通して、彼が見つけた守りたいものについて丁寧に記されていた。その人柄がよくあらわれた誠実な文章だった。

　平和だからこそ成り立つ美術館という場所、そこに所蔵されているたくさんの作品、過去から未来への営みを守りたいという彼の思いは、決して大げさなものではないと感じた。

　人なんだ――基輝は思う。
機械でもＡＩでもない。人が守っている。この社会を、市民を、平和を、秩序を。

しかし、人間や、人間の作る組織である以上、つねに暴走の危険をはらんでいる。

「やっぱり俺は……」

キッチンから、居間にいる光輝に声をかける。

「俺は、父さんが大事にしてきたように、対話や信頼関係の部分も守っていきたい」

互いに顔が見えない場所にいるからこそ、本音が言える。

「もちろん、もう二度と坂下さんのような人を出さないために、法律や警察の監視で抑止することも大切だと思うけど、やっぱりサクラ警備を安心して働ける場所にするのがいちばんだと思うんだ。気軽に相談できる人や部署、窓口があるんだってことを知ってもらうのが大切だと思うんだ。青いって言われるかもしれないけど……」

居間から大きなため息が聞こえる。また説教されると思ったら、意外な言葉が飛んできた。

「俺たち、二人合わせて、ようやく父さんに届くのかもしれないな」

ため息のついでに吐き出されたような小さな声だった。

「実は、俺、お前のことを悪く言う資格なんてまったくないんだ」

「えっ……？」思わず振り返る。居間に座る光輝の姿は壁にさえぎられていて見えない。

「俺も高校生くらいから、警備員になんてなりたくないって思ってた。でも、父さんが失望してしまうかもしれない。だから、本心を隠して、大学生からサクラ警備でバイトをはじめた。だからな、違う業界に就職したお前が、最初はちょっとうらやましかったんだ」

まったく初耳だった。基輝は黙ったまま、ひそやかな兄の声に耳をすませた。

「さっき俺が使ってた部屋の押し入れを探してみたら、あったよ。俺もお前とまったく同じだったんだ」

何があったんだ？　聞き返すかわりに、居間に戻った。兄が椅子にかけたジャケットの内ポケットから紙片を取り出し、広げる。

それは、古びて変色した、四百字詰めの原稿用紙だった。子ども特有の、クセの強い汚い字がならんでいる。

「父親の仕事について、俺も作文を書いてたみたいだ。すっかり忘れてたけど、この前、実家に帰ってきたとき仏壇にお前の作文が置いてあるのを見かけて、思い出した」

兄が立ち上がり、さっきまで坂下がいた和室に歩いていく。基輝もあとにしたがった。

「お父さんの仕事は、カッコいい。ヒーローだ。俺もお前と同じことを書いていて、びっくりしたよ」

兄が仏壇の前に正座する。線香立てを支えにして、自身の原稿用紙を立てかける。そして、合掌した。基輝も光輝の背後に座り、目を閉じた。

「実は、この前、寿輝にはじめて言われたんだ。パパみたいに警備員になって、会社を継ぎたいって」

甥の寿輝は、この四月から小学校に上がったばかりだ。まだまだ、将来のことはわからない。

「正直、複雑な気分だったよ。『楽しみだな、頼もしいな』って笑顔で答えたけど、心のなかは、実はもやもやしてた」

「なんで……？」目を開けてたずねたが、聞かないでも、答えはわかっているような気がする。

子どもから憧れられる職業とは、到底言えない。かく言う自分たちも年齢を重ねるごとに、父の会社への憧れをすり減らしていったわけだ。

「これから、ますます警備業界は厳しくなっていく。同族経営が会社にとっていいのかっていう問題の前に、そもそも生き残っていけるのか、この先も安定して警備の担い手や人員を確保しつづけられるのか……」

社会的地位、給与の低さ――。様々な問題が山積している。

寿輝が大きくなっても憧れの気持ちが消えないように――若者から高齢者まで生き生きと働けるように、サクラ警備保障を希望のある会社にしなければいけない。

「でも、寿輝が会社を継いでくれるって言ってくれて、どうしようもなくうれしい気持ちもあって。心配なのは、そのうれしい気持ちの裏返しでもあって……」

合掌をといた光輝が、正座のままこちらに向き直った。

「何より、自分が小さかったときの気持ちを――この作文を書いたときの憧れの気持ちを思い出したんだ」

今も社長室に飾られている、父と自分たち兄弟の写真を基輝は思い出した。現金輸送車をバックに、つたなく敬礼する兄弟と、ぶかぶかの警備帽をおさえる父の笑顔が脳裏をよぎった。

「守ろう」

基輝は言った。この家で父や兄と戯れた無邪気なあの頃には、もう二度と戻れない。この世で、もっとも取り返しのつかないものは、過ぎ去ってしまった命と時間だ。

ならば、この刻一刻を後悔のないように。大きな事件や事故を未然に防ぎ、無事平穏な社会を維持できるように。

「守っていくんだ、未来を」

今日も、何も起きませんでした——それこそが、実はこの世界でいちばん幸せな言葉なのかもしれない。

本書は書き下ろしです。

＊本作はフィクションです。実在する人物、
事件とはいっさい関係ありません。

**朝倉宏景** Asakura Hirokage

1984年東京都生まれ。東京学芸大学教育学部卒業。
2012年『白球アフロ』（受賞時タイトル「白球と爆弾」より改題）で、
第7回小説現代長編新人賞奨励賞を受賞。
2018年『風が吹いたり、花が散ったり』で島清恋愛文学賞を受賞。
2022年『あめつちのうた』で第1回ひょうご本大賞を受賞。

# サクラの守《まも》る街《まち》

二〇二三年五月一五日　第一刷発行

著者　朝倉宏景《あさくらひろかげ》

発行者　鈴木章一

発行所　株式会社講談社
東京都文京区音羽二-一二-二一　〒一一二-八〇〇一
電話　出版　〇三-五三九五-三五〇五
販売　〇三-五三九五-五八一七
業務　〇三-五三九五-三六一五

KODANSHA

本文データ制作　講談社デジタル製作

印刷所　株式会社ＫＰＳプロダクツ

製本所　株式会社国宝社

定価はカバーに表示してあります。
落丁本・乱丁本は、購入書店名を明記のうえ、小社業務宛にお送りください。
送料小社負担にてお取り替えいたします。
なお、この本についてのお問い合わせは、文芸第二出版部宛にお願いいたします。

N.D.C.913 334p 19cm
ISBN 978-4-06-531456-2
Printed in Japan